굿바이, 세븐틴

초판 1쇄 발행 | 2018년 2월 19일

지은이 최형아
발행인 이대식

주간 이지형 **편집** 김화영 나은심 손성원 김자윤
마케팅 배성진 박상준 **관리** 이영혜
디자인 모리스

주소 서울시 종로구 평창길 329(우편번호 03003)
문의전화 02-394-1037(편집) 02-394-1047(마케팅)
팩스 02-394-1029
홈페이지 www.saeumbook.co.kr
전자우편 saeum98@hanmail.net
블로그 blog.naver.com/saeumpub
페이스북 facebook.com/saeumbooks

발행처 (주)새움출판사
출판등록 1998년 8월 28일(제10-1633호)

• 잘못된 책은 바꾸어 드립니다.
• 책값은 뒤표지에 있습니다.

굿바이,
세븐틴

최형아 장편소설

새움

프롤로그

눈을 감자 노랫소리가 더 가까이 들리는 것 같다. 복도는 아주 어두웠고 공기는 탁했다. 언제부터 사내를 뒤따라온 것인지 정확한 시간은 기억나지 않는다. 여느 때와 다름없는 밤이었고, 밤이었지만 사내의 얼굴이 어디선가 본 듯했다는 것만 분명히 기억났다. 편의점 커피와 샌드위치로 저녁을 때우고 멍하니 거리를 바라보다 윤영은 주저 없이 노래방으로 들어가는 사내의 뒤를 밟기 시작했다.

어쩌면 오늘도 아닐 수 있었다. 하지만 그것은 반대로 저 사내가 그 남자가 맞을 수도 있다는 가능성을 포함하고 있었다. 이런 밤이 거듭될수록 확률은 높아질 것이다. 그 생각만 하면 윤영의 심장이 뛰었다. 무기력한 밤, 선글라스와 킬 힐을 신고 집을 나서는 윤영의 얼굴엔 낯선 생기마저 감돌았다. 그것이 불안의 또 다른 징후라는 걸 안 건 비교적 최근이었다.

태평스러운 건 언제나 누군가 자신을 미행하리란 생각을 단 한 번도 해본 적 없는 사내들이었다. 오늘 이 사내 또한 예외는 아니다. 어여쁜 도우미를 앉혀놓고 노래를 부르는 사내를 지켜보느라 윤영은 요란하게 울리는 전화벨 소리도 듣지 못했다. 밤은 깊었고 여기저기 막힌 방들에서 노랫소리가 들려왔다. 하품을 해대며 캔 맥주의 개수를 확인하던 노래방 주인이 이쪽을 흘끔 쳐다보며 불쾌한 시선을 던졌다. 전화벨 소리도 못 듣고 염탐하듯 방을 기웃거리는 젊은 여자가 영 못마땅하다는 표정이었다.

"이봐요, 전화 왔잖아요. 안 들려요?"

화가 난 주인은 결국 성큼성큼 카운터를 걸어 나와 윤영의 팔목을 낚아채며 말했다.

"젊은 사람이 정신이 없네. 그리고 사람을 찾는 거라면 문을 열고 들어가 보시든지. 한밤중에 선글라스는 또 뭐람."

네에, 하고 대답하며 윤영은 미끄러진 선글라스를 콧등 위로 밀어 올렸다. 사람이 아니라 짐승을 보고 있어요, 라는 말까지는 차마 하지 않았다.

전화벨은 잠시 끊겼다가 다시 울리기 시작했다. 데이 오프에 전화하지 말라고 그렇게 일렀건만, 윤영이 짜증스럽게 휴대폰을 귀에 갖다 대자마자 간호사의 볼멘 목소리가 들렸다.

"선생님, 왜 이제야 전화를 받으시는 거예요? 그, 그 환자분 있잖아요. 심희진 씨."

쉬는 날에 수시로 전화를 걸어대는 개념 없는 간호사보다 심희진이라는 여자의 이름이 윤영의 신경을 긁었다. 잊어버릴 만하면 한 번씩 찾아와 윤영의 속을 뒤집고, 뒤집힌 속을 다시 헤집으며 윤영을 당황케 하던 여자.

"왜, 또 그 여자가 문제야? 병원이 무슨 휴대폰 A/S서비스센터라도 되는 줄 아나 보지? 지난번에 와서 그 난리를 친 것도 모자라 이번엔 또 뭔데?"

윤영이 버럭 소리를 지르자 간호사는 잠시 숨을 모아 쉬었다가 말했다.

"죽었어요."

시끄러운 노래방 복도에서 듣기에 어떤 망설임이나 주저함도 없는 목소리였다.

"뭐라고? 다시 한번 말해봐."

"죽었다고요."

"……왜?"

"그거야 저도 모르죠."

자신이 짐작할 수 없는 걸 간호사도 알 리 없다는 걸 알면서도 윤영은 힘이 빠졌다. 며칠 전만 해도 마주 앉아 대화를 나누었던 사람이 죽다니. 윤영은 간호사의 말을 믿을 수도 믿지 않을 수도 없었다.

그사이 흥이 오를 대로 오른 사내는 탬버린을 들고 춤을 추는 도우미 여자의 허리를 쥐다시피 끌어당겼다. 한두 번 반항을 해보던 여자가 사내의 허벅지 위에 앉기까진 그리 오랜 시간이 걸리지 않았다. 맥주 심부름을 하러 들어간 아르바이트생이 힐끗 그들을 쳐다보았다가 못 본 척 고개를 숙였다. 그런 것에 아랑곳할 남자였다면 이런 곳에 혼자 와서 도우미 여자를 부르지도 않았을 것이다. 사내의 남은 손은 어느새 여자의 한쪽 가슴을 움켜쥐고 있었다. 사내는 허겁지겁 여자의 입술을 찾았다. 황홀한 표정으로 소파에 등을 기댄 사내의 무릎 위로 여자가 두 다리를 벌리고 앉았다.

　한참 동안 노골적인 사내의 애무에 여자가 몸을 뒤트는 것을 노려보다가, 윤영은 털썩 그 자리에 주저앉았다. Y시에 혹 가본 적 있느냐 묻고, 물끄러미 윤영을 바라보던 여자의 모습이 문득 의미심장하게 떠올랐다.

　바다가 가깝고 겨울에도 날씨가 따뜻한 곳이죠. Y시는요. 그래서인지 모르지만 옛날부터 미인이 많았다고 알려져 있어요. 재미있지 않나요. 사과도 아니고 배도 아니고 미인이라니. 길거리에 걸어 다니는 여자들이 죄다 예쁘다는 이야기잖아요. 하긴 포도나 수박도 아닌 주먹으로 유명한 곳도 있으니 그리 이상한 게 아닐지도 모르겠네요. 뭔가 자랑거리가 있다는 건 어쨌든 좋은 일일 테니까. 아무튼 Y시의 여자들은 예쁘다고 그 주변 지역에서도 정평이 나 있었고 아이들은 공부를 잘했어요. 언젠가 한 해 서울대학교에 들어간 학생 수만 40명인 고등학교도 있었다니 말 다 했죠. 지방에서 그만하기가 쉽지 않은 일이거든요. 거의 모든 고등학교가 밤늦게까지 야간자율학습을 했어요. 스트레스가 쌓인 아이들은 어둠 속에 숨죽인 가게의 유리문이나 비에 흠뻑 젖은 가로수에 대고 화풀이를 하곤 했죠. 밤이 깊어지면 혹시 누군가, 아니면 무엇인가 그 아이들의 표적이 되진 않을지 어른들은 남몰래 숨을 죽여야 했어요. 요즘도 그러는지는 모르겠어요. 솔직히 전 Y시를 떠나온 지 한참이 되었거든요. 하지만 가끔 그곳에 다시 가보고 싶은 생각이 들 때가 있어요. 특별한 이유가 있는 건 아니지만…….

1
올리메이드

월요일 아침, 병원 문을 열고 들어가며 윤영은 심호흡을 한다.

모르겠다. 이건 습관이다. 한 달째 같은 한숨을 내뱉으면서도 윤영은 도무지 무감각해지지 못한다. 가슴 깊숙이 빨아들인 것이 공기인지 자신의 직업에 대한 회의인지 그녀는 오늘따라 더욱 알 수 없어진다. 작고 아담한 진료실 문을 열 때마다 딸랑거리는 방울 소리가 갈수록 귀에 거슬린다는 것만은 분명한 사실이다.

'올리메이드 여성 병원'

코끝을 간질이는 허브 향을 타고 흐르는 클래식은 기본, 호텔 로비처럼 안락하고 세련된 인테리어에 친절한 서비스는 덤이다. 맨 처음 환자를 맞는 간호사들의 입가엔 조용한 미소가 걸려 있고, 시선이 닿는 벽마다엔 아름다운 그림과 시어들이 걸려 있다. 매끄러운 대리석 바닥에 비치는 천장의 조명들은 밟아도 되는지 고민스러울 만큼 밝고 아름답다. 외관상으로만 보면 언뜻 병원이 아니라 인테리어 솜씨가 좋은 누군가의 거실이라 해도 무방하다.

유방과 얼굴, 각선미에서 음부까지, 여자들의 성형만을 전문으로 하는 이 병원이 강남 한복판에 자리 잡은 것은 3년 전이었다. 반응은 거의 폭발적이었다. 한 건에 수백만 원에 이르는 수술비 따위가 문제가 되는 경우는 거의 없었다. 사랑에 자신을 잃은 많은 여자들이 오랫동안 몰래 간직해온 비자금을 스스럼없이 털었다. 현금 대신 장기 할부가 되는 카드를 끊는 것은 물론 카드 할부가 끝나기도 전에 재수술을 청해오는 경우도 다반사였고, 그 때문에 월급을 차압당했다면서 수술비 할인을 요청해오는 여자들도 더러 있었다. 다시 황홀한 사랑을 할 수 있다면 언제까지나 거듭되는 재수술도 불사할 것 같은 태도였다. 맨 처음 개원 컨설팅 때부터 윤영에게 동업을 제안했던 닥터 안의 입은 귀에 걸렸다.

— 예상은 했지만 이 정도일 줄은 몰랐는걸. 카드 장기 할부까진 그렇다 쳐. 월급을 차압당하면서까지 열성적일 줄은.

수술실과 입원실을 늘리고 인테리어를 손보면서 그녀는 투자금의 절반을 회수했고, 병원 근처의 고급 아파트를 샀다. 애초에 한 층으로 시작한 병원은 이제 3층 건물의 층마다 다양하게 세분화된 클리닉을 가질 만큼 성장해 있었다.

동업이라고는 하지만 윤영이 병원에 투자한 금액은 닥터 안의 4분의 1 수준이다. 무사히 의대를 졸업했다는 안도감은 잠시, 전문의를 따고 페이 닥터 생활을 하는 동안 들었던 자괴감만 아니라면 그렇게 무리할 필요가 없었으련만. 정신을 차려보았자 발을 뺄 수 있는 상황은 아니었다. 삼 년 동안 병원에서 닥터 안은 주로 여자들의 유방과 얼굴을, 윤영은 각선미와 음부를 담당했다. 실질적인 병원장의 역할을 하고 있는 닥터 안이 영리하게 인기 과목을 선점했던 탓이다.

아주 갈등이 없었던 건 아니다. 전공의 시절 산부인과에서 성형외과로 방향을 바꾼 윤영에게 '여성성형'은 여전히 부담스러운 분야였기 때문이다. 난감해하는 윤영을 바라보며 닥터 안은 노골적으로 인상을 찌푸렸다.

─가끔 보면 닥터 진은 지나치게 감상적인 데가 있어. 나쁠 건 없겠지만 이럴 땐 좀 피곤하더라. 자기 성형외과 전문의 따기 전에 산부인과 레지 이 년 하다가 그만둔 거 내가 몰라? 산부인과 여성성형의로 자기만 한 적격자가 없다니까. 복잡하게 아기들을 받거나 여자들의 자궁을 들여다봐야 하는 것도 아닌데 뭘 그래. 그러니까 생각을 좀 바꿔. 자기도 얼른 독립하고 싶을 거 아니야. 알겠지만 여긴 정신과가 아니라 성형외과라고. 그것도 여성을 위한, 여성에 의한, 여성에 관한 것이라면 모든 것이 있어야 해. 얼굴이나 가슴은 되고 거기만 안 된다는 것도 우스운 거고. 자기가 몰라서 그렇지, 그쪽으로 문의하는 환자가 얼마나 많은데. 이걸 계속 할지 안 할지는 나중에 병원이 커져서 의사를 더 고용하게 될 때 해도 늦지 않아. 그동안 케이스를 늘려서 실력과 노하우를 쌓아둔다고 나쁠 건 없지 않아?

당분간. 그래 당분간만, 하고 생각한 것이 실수라면 실수였는지 모른다. 막상 병원 문을 열고 환자를 받기 시작하면서도 싫은 기색을 감추지 못하는 윤영을 바라보며 닥터 안은 말하곤 했다.

—들어봐. 알랭 드 보통이라는 작가가 이런 말을 한 적이 있어. 누군가와 새롭게 사랑을 나누는 일이란 결국 과거에 같이 잔 사람들의 섹스 습관이나 그에 대한 기억과 충돌하는 일이라고. 아무리 아니라고 해도 사랑을 나누는 방식에는 그들의 성생활의 역사가 고스란히 담겨 있기 마련이라는 얘기였지. 이를테면 키스는 과거에 했던 키스들의 종합형인 것이고, 침실에서 하는 행위에는 과거에 거쳐 왔던 침실의 흔적이 넘쳐나게 돼 있다고. 알겠지만 우리나라는 여성의 성에 관한 한 심하게 보수적인 사회야. 처녀막을 재생하러 오는 환자들이나 다른 사람과의 성적 체험을 지금 상대에게 들킬까 봐 수술을 감행하는 여자들한테 과연 누가 돌을 던질 수 있지? 남자들? 웃기지 말라 그래. 그자들이야말로 여자들이 느끼는 신체적 고통 따윈 아랑곳없이 자신의 쾌락에만 충실한 존재들이니까.

쁘띠petit 성형 분야에서 닥터 안은 나름 이름 있는 의사였다. 트렌드를 읽는 눈과 트렌드에 대처하는 능력도 그만하면 수준급이었다. 자신의 일을 추진하고 밀어붙이는 힘과 열정도 윤영과는 비교가 되지 않았다. 그녀의 말마따나 얼른 독립해 혼자 일하고 싶었던 윤영은 잠시 감정을 내려놓고 현실적인 판단을 했다. 지금은 닥터 안 옆에서 어떻게든 기반을 만들어두어야 한다, 어차피 몇 년만 지나면 이 일에서도 손을 뗄 수 있다. 그때 가서 조금 더 폼이 나고 편안한 분야로 유턴할 기회를 잡으면 된다는 생각이 판단의 중요한 기준이 되었다.

그러나 지금 돌이켜보면, 그때 안의 제안을 확실히 거절했어야 했다는 생각이 든다. 그랬다면 그 여자, 심희진을 만나지 않아도 되었을 테니까.

"괜히 심난한 표정 짓지 말고 하던 대로 해. 내가 다 알아서 할 테니까."

카운터에 초조한 표정으로 서 있는 간호사에게 심의 진료 기록을 넘겨받고 윤영은 곧장 진료실로 직행한다. 다행히 닥터 안은 아직 출근 전이고, 병원은 지난주와 다름없는 모습이다. 늘 그랬듯 간호사가 모니터에 띄워놓은 하루 스케줄은 점심을 먹을 틈도 없이 빽빽하다. 자칫 질문이 많거나 의심이 많은 환자를 만나게 되면 약속된 시간을 훌쩍 넘기기 일쑤였다. 그러나 오늘은 차라리 다행이란 생각이 들었다. 평소와 다름없는 앵무새의 언어만으로 환자들을 상대하다 보면 자연스럽게 머리가 가벼워질 것이기 때문이다.

하루 동안 처리해야 할 일들 앞에 늘 먼저 떠오르는 건, 여자들의 얼굴이었다. 어딘지 자신감을 잃고 풀 죽은 듯 보이지만 사랑에 대한 은밀한 욕망을 담고 있는 얼굴. 잃어버린 처녀막을 재생하러 오는 20대부터 뒤늦게 육체의 기쁨을 되찾길 원하는 50대까지, 생김새와 사연은 다르지만 모두 같은 표정이다.

그녀들의 한결같은 표정에서 윤영은 사랑에 대한 집요한 집착을 발견하곤 했다. 그것은 대개 잃어버린 사랑에 대한 슬픔이나, 사랑을 잃어버릴까 봐 전전긍긍하는 나약한 자아의 두려움에서 비롯된 것이었다. 아니면, 사랑이란 이름으로 거래되는 다른 무언가를 잃을지도 모른다는 불안감이었거나.

생각보다 처방은 간단했다. 그녀들의 조바심과 두려움이 실은 쓸데없는 걱정에 불과하다는 것을 부드러우면서도 확실한 어조로 알려주는 것. 그리고 이 병원을 찾은 것만으로도 그녀들의 문제가 반은 해결되었음을 암시해주는 것. 여성들을 위한 성형병원의 전도유망한 의사로서 윤영은 자신의 미모와 나긋나긋한 목소리를 십분 활용했다.

아름다운 여성으로 다시 태어나고 싶으세요?

여성의 은밀한 입술, 소음순이 고민되지 않으세요?

잦은 성교와 출산으로 늘어난 당신의 질을 처녀 때와 같은 모양으로 완벽하게 복원해드립니다.

더 이상 주저하지 마시고 지금 바로 상담 전화 주세요.

인터넷 홈페이지에서 비공개 상담도 가능합니다.

비용 문의는 메일로만 받습니다.

얼핏 노골적인 상업용 광고 같다는 느낌이 들기도 하지만 이 방면으로 오래 고민한 여자들의 귀에 솔깃한 문구들이었다. 간혹 수줍음 많은 여자들의 얼굴을 붉히게 할지언정 말 못 할 고민일수록 은밀해지기 마련이고, 은밀할수록 낯이 뜨거워지기 마련이다. 세상이 지나치게 밝거나 위선적인 탓이다. 진실은 늘 어두운 곳에 존재했다.

종일 진료실에 앉아 그녀들의 이야기를 듣다 보면, 세상의 모든 여자는 두 부류로 정리되곤 했다. 나이와 상관없이 도톰하게 살이 오른 대음순을 가진 여자와 주름지고 색 바랜 대음순을 가진 여자. 아침마다 분홍빛이 감도는 소음순에 모닝 키스를 받는 여자와 아침마다 허무한 지난밤을 떠올리며 눈물을 훔치는 여자. 색 바랜 대음순을 지녔거나 아침마다 눈물을 흘리는 여자들이 자신의 성기를 복원하고 G-스팟에 보형물을 심고 싶어 하는 것은 당연한 일일지도 모른다. 그녀들에게 성기란 곧 남자였고 사랑이었기 때문이다.

윤영의 기억이 맞는다면 심희진 또한 그녀들과 별반 다르지 않은 케이스였다. 다른 환자들에 비해 좀 불안해 보이긴 했어도 심각할 정도는 아니었다. 문제라면 어느 순간부터인가 그 여자가 윤영 앞에서 쓸데없는 이야기를 너무 많이 늘어놓았다는 것뿐.

윤영은 오늘 필요한 만큼의 홍보용 책자를 뽑아 심의 진료 기록 옆에 던져놓고 소파에 등을 기댄다. 잠시라도 여유를 즐기고픈 기분이었으나 이내 중요한 숙제를 미루는 것 같은 찜찜한 기분이 들고 만다. 윤영은 다시 일어나 방 안을 서성이다가, 한 여자의 갑작스러운 죽음과 관련해 자신이 할 수 있는 일이 뭘까 생각해보다가, 적당한 때 그녀가 두고 간 휴대폰을 돌려주는 것 말고 딱히 할 수 있는 일이 아무것도 없음을 깨닫는다. 당연하게 뭔가를 해야 할 의무도 없었다.

그럼에도 끝없이 왜? 라는 의문이 드는 건 왜인지 알 수 없는 일이다. 윤영의 머릿속은 내내 복잡하기만 했다. 생각들이 뒤엉켜 풀기 힘든 매듭을 만들어놓은 것처럼, 답을 쉬이 내릴 수 없는 질문들만 끝없이 이어진다.

분명한 건 언제부터였는지 그 여자가 토해놓은 말들과 윤영의 기억이 맞닿은 지점 어디에선가 아득하게 잊힌 시간의 냄새가 풍겼다는 점이다. 윤영은 그게 아직도 수수께끼였다. 닥터 안이 이 사실을 알고 쓸데없는 걱정을 늘어놓기 전에 윤영은 그것부터 풀어야 할 듯했다. 대체 왜 그 여자의 말과 표정은 윤영에게조차 아득하고 먼 시간의 풍경을 비추고 있었던 것인지.

똑똑, 들려오는 노크 소리에 고개를 돌려보니 수줍은 표정의 여자애가 윤영을 바라본다. 어깨부터 흘러내린 가방을 메고 안절부절못하는 폼이 여기까지 오는 데 꽤나 고심한 흔적이 역력한 오늘의 첫 환자다. 곱게 풀린 생머리에 화장기 없이도 피부가 탄력 있는 것을 보니 나이는 20대. 대체로 몸에 꼭 끼는 옷을 선호하는지 허벅지를 감싸고 있는 청바지의 질감도 그만큼 팽팽하게 느껴진다.

함께 들어온 간호사로부터 진료 차트를 넘겨받으며 윤영은 가볍게 인사를 건넨다. 그때까지 손에 들고 있던 심의 진료 기록은 누가 볼세라 얼른 서랍 속에 밀어 넣는다. 아랫배에 힘을 주고 얼굴에 띄우는 미소 속엔 아주 차갑지 않으면서 과잉 친절하지도 않은 프로의 냄새를 실어본다. 어떻든, 무슨 일이 있었든, 병원에서의 하루는 시작되었고 윤영은 의사였다. 주말 내내 윤영을 짓누르던 마음의 동요 정도는 프로답게 억누르고 윤영은 책상으로 간다. 맞은편엔 말하는 중간중간 등을 기대거나 팔을 얹을 수도 있는 훌륭하고 값비싼 의자가 놓여 있다.

"어서 와요. 편히 앉으세요."

잠깐 주위를 둘러보던 여자애가 의자에 앉는다.

"무엇을 도와드릴까요?"

대부분의 환자는 이 질문이 끝나기 무섭게 자기 얘기를 풀어놓기 시작한다. 환자에 따라 단도직입적이기도 하고 애매모호하기도 하다. 전자의 유형이 상대하기 편하다면 후자의 유형은 무엇을 원하는지 한참을 들어야 핵심을 파악할 수 있을 만큼 상대하기가 피곤하다. 한눈에도 여자애는 후자의 유형인 듯싶었다. 여기까지 와서 망설이는 것일까. 자리에 앉은 뒤에도 물끄러미 윤영을 바라만 보는 게 마치 어느 정도까지 자신을 털어놓아야 할지 망설이고 있는 눈치다. 윤영은 답답함을 느낀다. 그러나 재촉할 수도 없다. 애매모호함이라는 보호막으로 자신을 가린 환자의 경우, 성급히 다가갈수록 대화가 핵심 밖으로 달아나버린다는 것을 경험으로 알고 있기 때문이었다. 흔들리던 여자애의 시선은 어느 순간 은색 목걸이가 달린 윤영의 목에서 멈춘다.

한 달 전이었다. 백화점 액세서리 코너에서 윤영은 작은 나비 모양 목걸이를 구입했다. 일의 특성상 몸에 붙이는 액세서리를 삼가는 편이었지만 줄의 두께도 얇고 디자인도 심플해서 내내 풀지 않고 있었던 것이 여자애의 눈에 든 모양이다.

"진주도 잘 어울리실 것 같은데요. 늘 하얀 가운을 입고 계실 테니 말이에요."

"아, 그래요? 기회가 되면 꼭."

싱거운 웃음을 흘리며 윤영이 멋쩍은 표정을 짓자, 여자애는 머뭇머뭇 입을 다문다. 더 이상 할 말이 없어진 것이다. 동시에 지나치게 말을 돌려야 할 필요를 느끼지 못하게 되었는지도. 윤영은 그 틈을 놓치지 않는다. 간호사가 미리 받아놓은 신상 정보 정도는 벌써 훑었다.

"스물두 살이면, 혹시 대학생?"

"네, 뭐 휴학 중이긴 하지만."

"그래요, 무슨 사정인지 모르지만 공부야 언제든 다시 시작하면 되는 거니까."

"공부는, 그렇죠. 하지만 사랑은……."

"사랑은?"

"그러기 힘든 것 같아요."

여자애는 말하고 나서 슬그머니 윤영의 눈치를 살핀다. 이럴 때 어떤 표정을 지어야 할지 윤영은 매번 고민스러워진다. 명색이 의사니 대놓고 웃을 수도 없는 데다 '사랑을 위하여'라고 말하는 그녀들의 한결같은 대사 어딘가에는 꼭 지겨운 거짓말의 냄새가 풍겨 나왔기 때문이다. 하지만 뭐 그 정도 거짓말이야 윤영도 밥 먹듯이 하고 있는 입장이라 탓할 일은 못 되었다. 윤영은 침을 삼킨다. 더 이상 쓸데없는 이야기로 본론을 미루고 싶지 않아서다. 다행히 여자애가 먼저 입을 연다.

"그래서요, 그래서 왔어요."

"무슨?"

"언제인지 모르겠지만, 사라져버린 처녀막을 다시 만들고 싶어서요."

"아, 처녀막……."

윤영은 깍지 낀 손을 턱 앞으로 끌어당기며 차분히 기다려준다.

"네, 처녀막……"이라고 말하면서 여자애는 그게 도대체 언제 사라져버린 것인지 모르겠다며 재차 고개를 젓는다.

언제이긴. 아마도 네가 처음 남자와 섹스를 했을 때였겠지.

물론 윤영은 그 말을 대놓고 여자애에게 하지는 않는다. 대신 불안하게 흔들리는 여자애의 눈빛을 살펴본다. 상실의 아픔인지 위장의 두려움인지 모를 슬픔이 촉촉한 물기로 변해 쏟아지기 일보 직전이다. 위로가 필요한 순간이다.

"수술은…… 알겠지만 걱정할 필요 없어요. 아주 간단해요. 통증도 없고 흔적도 없죠. 나른한 주말 오후 낮잠을 즐기듯이 그렇게 한숨 자고 나면 모든 게 끝나 있을 테니까. 마취가 깨는 시간까지 포함하면 한나절 정도? 물론 일상생활은 그대로 하면 돼요."

"그대로요?"

"네, 하던 대로. 다만 이삼 주 정도 섹스는 안 돼요."

얼굴을 붉히는 것인지 걱정할 필요가 없다는 것인지 모를 수줍은 미소가 언뜻 여자애의 얼굴에 나타났다 사라진다. 윤영은 좀더 진도를 나가본다.

"특히 처녀막 재생 같은 수술은 저희 병원 진료과목 중에서도 가장 간단한 수술이니까요. 파열된 처녀막의 단면을 절제해 다시 봉합하는 데 필요한 시간은 한 시간 정도? 머리카락보다 가는 봉합사를 이용해 이중 봉합만 하면 끝. 몇 번을 해도 표가 나지 않는 게 장점이라면 장점이죠. 남자친구에게 멋진 선물을 줄 수 있을 거예요."

　그럴 생각까진 없었는데 마지막 말은 무심코 튀어나와 버렸다. 윤영은 반사적으로 여자애의 얼굴을 살핀다. 혹시나 마음 깊은 곳을 들켜버려 당혹해하는 건 아닌지 문득 걱정이 되었기 때문이다. 다행히 여자애는 가볍게 입술을 실룩거렸을 뿐 별다른 표정의 변화가 없다.

　"저기 그러니까 내 말은……."

　"괜찮아요, 설명하지 않으셔도. 어차피 스스로도 수없이 무의미한 짓이라는 생각은 했어요. 하지만 곧 결혼할 남자친구가 은근히 그걸 원한다는 생각이 든 순간 불안해지고 말았죠. 결혼이 깨질까봐. 스물둘에 무슨 결혼이냐 생각하실지 모르겠지만…… 저로선 할 수 없었거든요. 대학을 나와봐야 별다른 희망이 있는 것도 아니고, 아무리 잘나가는 여자들이 많은 사회가 되었다지만 그녀들도 실은 고작해야 몇 프로에 불과한 거죠. 제 능력으론 도저히 그 몇 프로 범주 안의 능력 있는 여성에 들 자신도 없고요. 친구들은 딱 두 부류예요. 결혼이니 연애니 다 포기하고 자기 계발에 몰두하거나, 자기 계발이니 자아 성취는 다 포기하고 능력 있는 남편감 사냥에 온 정성을 기울이거나. 굳이 말하자면 저는 후자에 속하겠네요. 하지만 뭐, 그래서 무사히 결혼에 골인할 수 있다면 다행이라고 생각해요. 이 살벌한 취업 전쟁에 뛰어들지 않아도 대충 행복한 삶 비슷한 걸 흉내 내고 살 수 있을 테니까. 선물치곤 좀 값비싸긴 하네요."

　그래, 좀 비싸다. 윤영은 속으로 중얼거린다. 누구에겐 선물일지 모르지만 누구에겐 치명적인 상처가 될지도 모를 혈흔을 선물하다니. 혹시라도 쓸데없는 짓이라는 생각이 들거든 지금이라도 마음을 바꿔. 그러나 막상 여자애와 눈을 마주친 순간 윤영의 입에서는 그와 정반대의 말이 튀어나온다.

"그래요. 비싼 선물일수록 효과가 만족스러운 법이죠. 혹시, 비용에 대해 더 설명이 필요한가요?"

"아뇨, 간호사분한테 대충 들었어요."

휴학 중이라면서, 경제적인 문제는 아닌 모양이다.

"그럼 구체적인 일정을 의논해볼까요?"

윤영은 탁자 위에 놓인 삼각 달력을 여자애 앞에 밀어놓는다. 말없이 달력을 살펴보던 여자애가 특정한 날을 손가락으로 가리키자 윤영은 재빨리 그 날짜에 동그라미를 그려 넣는다. 다른 동그라미가 하나 더 있는 것으로 보아 오전에 수술 한 건이 예약되어 있다. 여자애의 처녀막 수술은 오후로 잡아놓는다.

"좋아요. 그럼 그날 보죠. 하루 전에 간호사가 연락해 주의 사항을 알려줄 거예요. 이 번호로 하면 되죠?"

여자애가 고개를 끄덕이는 것을 보고 윤영은 일어선다. 여자애에게 뭐 더 해줄 말이 없나 생각해보다 윤영은 이내 고개를 젓는다.

이만하면 충분하다. 윤영은 알고 있다. 병원에 오기 전 대부분 여자들은 이미 너무 많은 정보를 긁어모은 상태다. 그러므로 필요한 건 수술에 대한 친절한 설명이나 설득이 아니라 파악이었다. 오늘 나를 찾아온 이 환자가 과연 수술을 결심할 위인인지 아닌지에 대한 판단. 윤영의 직감이 맞는다면 여자애는 자신이 가리킨 그 날

짜에 수술을 받으러 병원에 올 확률이 높다. 물론 이것은 직감이다. 그러나 삼 년 동안 거의 틀린 적이 없는 직감이다. 사랑이 거래되는 시장에 내몰릴수록 여자애는 애가 탈 것이다. 자신의 몸이 아무도 밟지 않은 하얀 눈밭임을, 최초의 사용 상태로 전혀 하자 없는 물건임을 증명하기 위해, 남자와 아무리 많이 자도 터지지 않는 처녀막을 만들어야 할 테니까.

어떻게 해서든 짧게 짧게. 월요일은 정말 끔찍해.

답답한 듯 가슴을 크게 부풀려 숨을 토해내며 윤영은 속으로 중얼거린다.

2
그 여자, 심희진

여자의 눈은 작은 타원형이었다. 쌍꺼풀이 없어 전체적으로 처진 인상이었지만 수술이라도 한 것처럼 콧날이 오똑하고 입술이 도톰해 어딘지 관능적인 느낌을 풍겼다. 나름대로 외모에 신경을 쓰는 편인지 화장을 안 한 피부는 잡티 없이 깨끗했으나 차림이 너무 수수해 어딘가 부조화하다는 느낌을 주기도 했다. 뭐랄까, 병원에 오면서까지 자신이 가진 모든 걸 뽐내려드는 강남 여자들과 조금 다른 분위기였으나 윤영은 그다지 신경 쓰지 않았다. 그저 잠시, 대화를 하는 동안 이리저리 움직이던 여자의 불안한 눈동자가 독특한 인상을 준다는 생각을 했던 것 같다.

새벽부터 장대비가 내려 잠을 설치는 바람에 윤영은 그날 하루 종일 눈이 아팠다. 낮잠을 자고 싶은 마음이 굴뚝이었지만 간호사로부터 예약 환자가 있다는 말을 들은 뒤였다. 잠을 깨기 위해 커피를 들고 창가에 서 있을 때 하필 엄마로부터 전화가 걸려왔다. 다가오는 아빠의 기일에 집에 올 것인지를 묻는 전화였다.

— 잊어버리진 않았을 거라 믿지만, 이번 주말이…….

— 알고 있어요.

— 올 거니?

— 봐서요. 기다리진 마세요.

여자가 불쑥 진료실 안으로 들어온 건, 조용조용 필요한 말만 하던 윤영이 신경질적으로 뭔가를 소리치던 순간이었다.

— 여보세요? 듣고 있니?

전화기 속에서 들려오는 목소리가 잠시 누구의 것인지 분간이 되지 않았다. 통화를 하다 말고 멍해진 윤영의 눈치를 살피며 여자를 뒤따라 들어온 간호사가 말끝을 흐렸다. 잠시 기다리시라고 했는데, 예약 시간이 오 분 지났다고.

윤영은 그때 하필 엄마와 결혼이니 선이니 하는 문제를 놓고 작은 실랑이 중이었기 때문에 자신의 가장 사적인 부분을 불시에 들킨 기분이 들었다. 비록 상대가 엄마이고 보통의 엄마와 딸이 그런 식으로 티격태격하는 것이 일반적인 경우라 해도, 누군가에게 자신의 사적인 영역을 들킨다는 건 어쨌든 불쾌한 일이었다. 아무 일 없다는 듯 미소를 지으면서도 여자를 대하는 윤영의 마음 한쪽은 이미 불편해지고 말았다. 그러나 진료실 안의 의사는 자기 안의 감정 따위는 괄호 치고 삶의 온갖 문제를 들고 오는 환자들에게 웃으며 응대할 수 있을 뿐이다.

— 자, 그럼 이제 얘기를 시작해볼까요?

윤영이 금방 몸에 밴 프로의 자세로 돌아와 여자의 대답을 기다리는 동안 다시 몇 분이 흘렀다. 예약 시간이 오 분 지났다고 불평을 하던 여자는 웬일인지 윤영을 바라보고 또 바라보았다. 눈이 마주치면 잠시 딴청을 부렸다가 다시 물끄러미 윤영을 바라보는 식으로 윤영의 얼굴을 뚫어지게 쳐다보았다. 그 모습이 어찌나 태연했던지 윤영이 오히려 당황스러울 지경이었다. 우리가 언제 만난 적이 있었던가? 윤영의 머릿속으로 그런 의문이 스쳐 지나갈 때쯤 여자는 첫 마디를 내뱉었다.

— 여기까지 오는 동안 고민이 많았어요.

그렇죠. 다들 그렇게 말해요. 윤영은 그제야 엷게 웃으며 여자를 향해 고개를 끄덕였다. 그러나 곧 아무것도 아닌 문제가 되고 말죠. 불쑥 불쑥 목구멍 밖으로 튀어나오려는 말들을 참고 삼키며 환자를 상대하는 태도는 여느 때와 마찬가지였다.

진료에 앞서 작성한 상담 기록이 정확하다면, 나이는 38세, 결혼한 지 십팔 년쯤 되었고 자녀는 두 명이며 남편과 섹스는 서너 달에 한 번꼴로 한다. 그리 많은 횟수는 아니었다. 직업이 전문직에 속하는 것을 보면 바빠서일 수도 있고, 둘만의 어떤 성적인 트러블 때문일 수도 있다. 그런 것이 중요한 것은 아니었다. 여자의 진술이 정확하다면, 심희진 씨의 남편 또한 어떤 이유에서인지 섹스를 기피하는 개인적 문제를 가지고 있었음에도, 여자는 한사코 그것이 자신의 성기 결함 때문이라고 생각하고 있었다.

하기야 콤플렉스라면 많이 배운 사람일수록 그 뿌리가 깊고 어두운 편이었다. 의사로서 케이스를 늘려 나쁠 게 없었던 윤영은 어쩔 수 없이 여자의 생각에 맞장구를 쳐주었다. 물론 조심스럽게 부부의 '행복한 성생활'을 위해서 남편도 병원 진료를 받아볼 것을 권했지만, 어디까지나 초점은 여자가 수술을 결심하느냐 안 하느냐에 맞추어졌다. 일단 결심이 서면 다른 문제들은 어떻게든 해결되기 마련이었으니까. 첫 번째 상담에서 마음을 정하지 못한 심희진 씨는 세 번째 상담에 와서야 '성감 향상을 위한 질 레이저 성형수술'을 선택했다. 그사이 얼마나 많은 정보를 훑고 다녔는지 올 때마다 여자의 질문은 늘어났다. 문제라면, 그때마다 여자가 던지는 질문이 종종 의사와 환자가 병원에서 나눌 수 있는 대화의 경계를 아슬아슬하게 넘나들었다는 것이다. 이를테면 이런 질문들.

— 저기, 그런데 혹시 결혼하셨나요?

— 아뇨, 아직.

— 그럼 나이가 몇 살이죠?

서른아홉이라고, 스스로도 믿기지 않는 나이를 말해놓고 윤영은 결국 쓴웃음을 짓고 말았다. 요즘 같은 위장의 시대에 뜬금없이 나이를 묻다니 여자의 정신세계는 얼마나 촌스러운 것일까. 성형외과, 병원, 백화점, 텔레비전, 기능성 화장품, 수술. 위장을 파는 상점과 상품의 수는 셀 수도 없이 많다. 나이란 결국 숫자에 불과하다는 말씀. 예의를 차리느라 진지한 표정을 짓고 있었음에도 어딘지 우스운 기분이 드는 건 어쩔 수 없었다. 이런 윤영의 속마음을 아는지 모르는지 여자의 얼굴은 어느새 밝아져 있었다.

— 어쩐지, 비슷한 것 같았어요. 그런데 저와는 외모가…… 선생님이 너무 젊고 세련돼 보여서 말이죠.

그리고 한참 동안 여자는 윤영의 헤어스타일과 피부, 옷차림, 액세서리 등에 대한 칭찬을 늘어놓으면서 다시 윤영의 표정을 살폈다. 마치 그런 것들 속에 감추어진 윤영의 진짜 모습을 찾으려는 사람처럼. 꼼꼼하게. 그토록 지독하게 한 사람에게서 쏟아지는 눈빛을 견뎌본 적 없는 윤영은 다른 때보다 두세 배의 피로를 느꼈다. 그런데도 꼬박꼬박 대답을 해줘야 할 것 같은 기분이 드는 게 스스로 생각해도 이상할 지경이었지만 윤영은 그때 그런 기분이 어디서부터 오는지 알지 못했다. 그러나 언제까지 그렇게 한가한 얘기를 나눌 수는 없는 일이었다. 우선 시간이 허락지 않았고, 더 얘길 듣다간 여자의 얘기를 계속 받아주어야 할 것만 같은 낭패감이 스쳤다.

 ─여러 가지로 좋게 봐주셨다니 감사합니다. 그럼 수술하시는 날 뵙기로 하죠. 달리 준비하실 건 없고 그냥 편안한 마음으로 오시면 됩니다.

 서둘러 대화를 마무리하려는 윤영을, 여자는 가볍게 제지하며 말했다.

 ─저기 잠깐만요. 잠깐만. 사실 이런 말, 누구에게 해야 하나 늘 고민이었었는데 문득 선생님이 떠올랐어요. 의아해하실지 모르겠지만 어쩌면 선생님이라면 금방 이해할 수 있을지도 몰라요. 물론 우리는 겨우 몇 번밖에 만나지 않은 사이고 서로에 대해 아는 것이 전혀 없지만 그래서 더 부담 없는 사이일 수도 있잖아요. 때로는 나와 아무런 상관없는 타인이 나를 더 잘 이해해주기도 하니까.

 환자 입장에서 평소 말하기 어려웠던 신체의 고통을 의사에게 호소하는 것이라면 얼마든지 환영이다. 그러나 혹여, 외과적 처치만으로도 어쩔 수 없는 정신적 고통을 호소하는 것이라면? 정말이지 피하고 싶은 게 윤영의 솔직한 심정이었다. 닥터 안의 말마따나 여긴 성형외과지 정신과가 아니었으니까. 윤영은 재빨리 선을 그었다.

— 이해합니다. 수술을 결심하기까지 환자분들 입장에서 걱정되는 게 한두 가지가 아니실 테니까요. 그러나 지금은 다른 예약 환자가…….

하면서 윤영이 시계를 보았지만 여자의 눈은 여전히 윤영을 뚫어지게 응시하고 있었다.

— 제가요. 결혼을 좀 일찍 해서 올해 벌써 18년차거든요. 그런데…….

윤영은 입술을 깨물며 한숨을 내쉬었고, 여자는 잠시 뜸을 들였다가 다시 말했다.

— 아직까지 몰라요.

대체 또 무슨 이야길 하려는 것일까. 윤영은 전략을 바꿔 여자가 궁금해하는 것을 재빨리 대답해주는 것으로 대화의 가닥을 잡아나갔다.

— 모르시다니, 뭘요?

— 말하긴 좀 거북하지만.

— 뭐가요.

윤영의 재촉에 이번에는 여자가 짧은 한숨을 내뱉었다.

— 오르가즘요. 사실 그래서 결심한 거예요. 수술 말이에요. 워낙 그런 환자만 상대하시니까 무감각하게 들릴지 모르겠지만 저로선 심각한 일이죠. 그렇다고 욕구가 없는 건 아닌데 막상 행위에 들

어가면 아무것도 느끼지 못해요. 내 몸은 마치 약간 탄력 있는 구멍을 지닌 마른 장작처럼 변해버리죠. 정말이지 느끼고 싶은데 아무것도 느낄 수 없는 고통을 짐작도 못하실 거예요. 그저 행위 내내 멍해지기만 하고, 그런 내 기분에 신경을 쓰면 쓸수록 딱딱하게 굳어만 가는 내 몸이 이젠 두렵기까지 해요. 내 앞에서 쩔쩔매는 남자의 난감한 얼굴을 볼 때마다 정말이지 죽고 싶은 기분이 들 때도 있어요. 그래서 결심한 건데, 돈이나 시간 같은 게 문제가 된 적은 없어요. 오로지 수술을 결심하기까지 끓였던 마음, 그 마음 때문이었는데, 막상 마음을 먹고 나니 너무 불안해서요. 이런 게 정말 도움이 될까. 잘한 일인지도 모르겠고요. 저기, 듣고 있나요?

여자가 윤영과 눈을 맞추려고 애를 쓰며 물었다.

—네, 그럼요. 듣고 있습니다. 충분히 이해할 수도 있고요.

말은 그렇게 했지만 실소가 나왔다. 윤영은 손가락을 코끝에 대고 흠흠, 잔기침을 하듯이 잠시 숨을 골랐다. 지금쯤 여자의 얼굴은 빨개져 있을까? '어머나, 세상에! 그러셨어요? 그걸 왜 이제야!' 하고 농담해주고 싶은 기분이 들었다. 하지만 그럴 수는 없는 일, 윤영은 애써 여성 전문 병원 의사로서 자신의 기본 자세를 상기했다.

—그러나 이제 걱정하지 마세요. 우리 병원을 다녀가신 분들 중에서도 의외로 많은 분들이 그런 이야기를 하시더라고요. 일종의 불감증 같은 거죠. 일시적인. 너무 바쁜 생활이나 잦은 스트레스 때문에 몸도 기쁨을 느끼는 방법을 잊어버린 거예요. 하지만 대부분 수술 후엔 더 이상 그런 말씀을 하지 않으시더군요. 심희진 씨만 특별히 다른 케이스가 아니라는 말씀이에요. 누구나 그런 한두

가지 정도의 성 트러블을 경험하지만 다들 현명하게 극복하고 있어요. 필요하다면 우리 병원이 더 많은 도움을 드릴 수 있을 겁니다. 큰맘 먹고 병원을 찾으신 거잖아요. 앞으로는 좋은 일들만 있으실 겁니다. 다만.

윤영은 거기서 잠깐 말을 끊었다가 다시 이었다.

─성감이라는 것이 외과적 수술만으로 완벽하게 좋아지지는 않는다는 걸 명심하시기 바랍니다. 그러니까 이제부터 중요한 것은 본인의 노력이라는 말씀이죠. 어쩌면 다 알고 계신 내용인지 모르겠지만 그때그때 분위기라든가 컨디션이라든가 사랑의 감정 같은 것들을 늘 새롭게 하는 게 중요하죠. 무엇보다 쾌감에 대한 고도의 집중력이 중요합니다. 누가 뭐래도. 섹스란 정신적인 행위이니까요.

─정신적인 행위.

그러나 지극히 육체적인 행위이기도 하죠. 다만 정신을 배제할 수 있는 특별한 능력을 갖춘 사람에게만, 이라는 말은 생략한 채 윤영은 이야기를 멈췄다. 그러나 뭔가 미진한 느낌이 들었다. 늘어진 소음순을 성형하고 장작처럼 마른 질을 복구하기 위해 이 여자가 병원에 지불해야 할 돈만 수백만 원이었다. 윤영은 조금 더 인내심을 발휘했다.

─물론 수술 그 자체만으로도 확실히 달라진 느낌을 체험하실 수 있겠지만요.

그때였다. 말없이 윤영의 얘기를 듣고 있던 여자가 조용히 표정을 바꿔 이렇게 되물었다.

─정말인가요? 그 말씀, 믿어도 되나요?

때로는 자신이 원한 적 없는 인간관계가 자신의 삶을 지배하고 영향을 끼칠 때가 있다. 철없던 어린 시절, 오로지 자기 힘만으로는 스스로를 보호할 수 없던 때를 제외하고, 윤영은 자신이 비교적 그런 관계들을 잘 차단하면서 아주 고립되지는 않은 채 사회라는 정글에 안착해왔다고 믿었다.

성인이 되어 성공을 위해 달려오는 동안 윤영이 가장 경계했던 것은 외로움과, 자신과 같은 동성이었으나 너무나도 비주체적인 삶을 아무런 저항 없이 받아들이며 사는 여자들에 대한 동정이었다.

윤영은 종종 주위 사람들로부터 쿨하다는 평가를 받았고 스스로도 그걸 칭찬으로 여기는 편이었다. 누구에게나 친절하지만 아주 따뜻하지는 않았고, 모두와 대화를 나눌 수 있지만 누구와도 사적인 대화를 하지 않았다.

그런데 왜?

윤영은 여자의 말도 안 되는 푸념과 의사를 찾아온 환자라고 보기에 도를 넘은 행동들을 참아주고 그걸 일일이 받아주었던 것일까?

의문이 의문을 부르며 윤영을 데려다 놓은 곳은 뜻밖에도 Y시라는, 윤영이 한 번도 가본 적 없는 작은 도시의 풍경이다. 무사히 수술이 끝난 뒤에도 볼일이 남은 듯 병원으로 윤영을 찾아오던 여자가 들려준…….

병원은 더할 나위 없이 안락한 곳이었고, 한동안 여자는 일주일에 두세 번 윤영을 찾아왔다. 그러고는 마치 사전 약속이 되어 있는 사람처럼 넓은 로비에 앉아 윤영을 기다렸다. 비교적 진료가 적은 오전 혹은 점심시간, 퇴근 무렵. 윤영이 학회나 개인적인 일로 병원을 비우거나 일찍 퇴근했거나 수술로 짬을 낼 수 없을 때에도 여자는 왔다 갔다.

간호사들이 친절하게 궁금하신 것 있으면 전화로 미리 시간을 말해주세요, 그러면 이렇게 헛걸음하시는 일이 없죠, 라고 해도 여자는 아무 때나 불쑥 불쑥 나타났다. 그러고선 전화로 말하긴 좀 그래서, 라고 얼버무렸다고 했다. 가끔씩 윤영과 짧게 부딪칠 때도 있었지만 언제나 윤영은 바쁜 상태였기 때문에 여자와 길게 말을 섞는 일은 좀처럼 일어나지 않았다. 편안하시죠? 하고 그저 가볍게 경과를 묻거나, 그럼 또 궁금하신 것 있으면 전화 주세요, 하는 게 다였다. 진료가 아닌 일로 길게 말을 섞지 않는 것은 다른 환자들의 경우에도 마찬가지였으므로 윤영은 애써 스스로를 공평하다고 생각했다.

그러나 그날은 달랐다. 커피를 한 잔 들고 모처럼 로비에 나와 있던 윤영에게 여자가 문득 혹시 Y시에 가본 적 있으세요? 라고 묻고, 지나가는 말처럼 자신이 나고 자란 Y시의 풍경과 Y시에서의 기억들을 설명하기 시작했을 때, 윤영은 여자와 완전히 새롭게 만난 기분이 들고 말았다.

물론 윤영은 Y시를 몰랐다. 누군가로부터 그런 도시가 있다는 얘기를 들어본 적도 없었다. 그런데도 왠지 Y시에 가본 것 같은 생각이 들었다. 아니 어쩌면 Y시가 윤영의 마음 깊숙이 파묻힌 그곳의 분위기와 비슷하다는 생각을 해서인지도 모르겠다. 윤영은 여자를 뚫어지게 바라봤고 여자의 말 속에 나오는 Y시가 왜 이렇게 낯익게 들리는지를 생각했다.

— 겨울에 아이들은 눈 구경을 실컷 해보는 게 소원이었어요. 하지만 여름에는 그 반대였어요. 장마철엔 비가 어찌나 길고 지겹게 내리는지 아침도 밤만 같아 지각하는 아이들도 많았어요. 저는 좀 다른 이유로 며칠씩 학교를 빠지곤 했죠. 다른 아이들보다 몸이 좀 약한 편이었거든요. 어찌 된 일인지 고등학교 때까지 개근상을 타본 적이 없었으니까요. 그런데 실은 마음에 병이 좀 있었던 것 같기도 해요. 그때를 돌아보면 교복도 갈아입지 않고 침대에 얼굴을 파묻고 울고 있는 나와 그런 날 슬픈 눈으로 바라보던 엄마가 떠오르는 걸 보면. 다른 가족들은 모두 과묵한 편이었어요.

윤영이 호기심을 보이는 걸 눈치챈 여자는 자신감을 얻은 듯 얘기를 계속했다. 진료를 기다리고 있던 환자 하나가 잔뜩 화가 났다는 얘기를 간호사로부터 전해 들어야 했을 때까지.

— 바다가 가깝고 겨울에도 날씨가 따뜻한 곳이죠. Y시는요. 그래서인지 모르지만 옛날부터 미인이 많았대요. 재미있지 않나요. 사과도 아니고 배도 아니고…….

돌아보면, 여자가 이상하다는 생각을 최초로 했던 순간이 언제인지 불분명하다.

하지만 윤영 안의 뭔가가 여자에게 반응하기 시작한 순간이 언제인지는 분명히 기억할 수가 있다. 타인이 불러들인 어떤 기억이 자신의 기억과 만나면서 지금껏 억지로 억눌렀던 어떤 감정이 폭발해버릴 것만 같았던 어떤 순간.

별 탈 없이 수술을 받고 퇴원을 했던 여자가 다시 병원으로 전화를 걸어왔던 건 정확히 2주 전, 수술 후 이틀이 지났을 때였다. 그때 여자는, 자기에게 실은 남편 몰래 만나온 애인이 있으며 그 때문에 이번 수술을 결심하게 되었다는 사실과 그 애인을 얼마나 소중히 생각하는지에 대해 짧은 시간 공들여 설명했다.

결혼한 여자에게 애인이 있다는 얘기는(그 반대의 경우도 물론) 너무나 많이 들어 더 이상 새로울 것도 없는 얘기였다. 윤영은 오히려 그럴 거면 뭐 하러 결혼은 해서 서로 속고 속이는지 어리석기 짝이 없다고 생각하는 쪽이었으니까. 더 심각한 건 거기에 무슨 커다란 운명의 장난이라도 있는 듯 거창한 의미를 부여하면서 세상의 모든 고민을 혼자 하고 있는 듯 인상을 쓰는 부류다.

애인이 있었다는 여자의 우스운 고백이 윤영에게 가져다준 최초의 감정은, 그러므로 불쾌감이었다. 이상하게 신경이 거슬렸고 이상하게 화가 났다. 대체 언제까지 이 여자의 시답잖은 자기 고백들을 들어주어야 하나. 생각할수록 자괴감만 몰려들었다. 그래서 윤영은 이번에야말로 매몰차게 여자를 털어내버려야겠다고 다짐했지만, 전화기 속에다 곧 눈물을 쏟을 듯 떨리는 여자의 목소리가 윤영을 주춤하게 만들었다.

— 그런데 너무 아파요. 원래 이렇게 아픈 건가요? 잠시도 서 있을 수가 없네요. 일을 해야 하는데, 도무지 꼼짝을 할 수가 없어요.

수술 후 전화를 걸어오는 환자의 대부분이 여자와 똑같은 말을 한다. 하루 이틀 통증이 있을 거라고 그렇게 일러주었건만, 마치 그런 말은 들은 적 없다는 태도였다. 그날따라 너무 바빠 커피 한 잔 마실 시간도 없었던 윤영은 짜증스럽게 대꾸했다.

— 지난번에 말씀드렸는데 잊으셨나 보군요. 원래 수술 후 이삼 일이 좀 그래요. 마취가 깨면서 수술 부위의 신경들이 되살아나는 과정인 거죠. 그러니까 통증이 있다는 건 좋은 거란 말씀입니다. 오히려 그 반대가 문제죠. 아무런 통증도 느끼지 못하는 신경 말이에요. 그러니까 너무 걱정하지 마세요. 조금만 더 지나면 괜찮아지실 거니까. 처방해드린 대로 잘 관리하고 계신 거죠?

— 네. 하지만 그것도 별 소용이 없어요. 잠깐은 괜찮다가 다시 화끈거리고, 그럴 때면 타들어갈 듯 아픈 게 뭐가 어떻게 되는 건지 불안해서 견딜 수가 없어요.

— 마찬가지로 상처 부위가 아무느라 그런 겁니다. 개인에 따라 다르긴 하지만 누구나 겪는 과정이니까 불안해할 필요도 없어요. 그래도 통증을 참기 어려우시면 진통제를 드세요.

— 다 먹어봤어요. 그런데 서너 시간밖에 효과가 없어요.

그럼 다시 먹으면 되잖아! 아무리 달래고 충고해도 안심하지 않는 여자에게 윤영은 머리끝까지 화가 났다. 버럭 소리를 지르고 싶은 마음을 억누르느라 윤영의 목소리는 낮아졌고 조금 근엄해 보이기까지 했다.

— 조금씩 통증 없이 지낼 수 있는 시간 간격이 늘어날 겁니다. 제가 장담하죠. 일주일 정도만 지나도 수술 부위가 아물면서 모든 게 정상으로 돌아올 테니까. 다시 말씀드리지만 지나친 걱정이 오히려 통증을 악화시키기도 하는 법입니다.

— 그런데 약을, 그렇게 오래 복용해도 별 문제가 없는 것인지?

─괜찮아요. 아무 상관 없어요.

여자가 잠시 침묵을 지켰다. 그대로 전화를 끊어버렸어야 했는데 이번에도 윤영은 무엇에 이끌린 한마디를 덧붙였다.

─정 불안하시면 언제 한번 시간 내서 병원에 다시 들러주세요. 집에서 간단히 할 수 있는 운동요법을 알려드리겠습니다.

─운동요법요?

그때서야 여자의 목소리는 차분하게 가라앉았다. 물론 인터넷만 열면 저절로 성기능이 향상된다고 속삭이는 제품은 많이 있었다. 저 유명한 FDA 인증까지 받았다는 에로스테라피도 있고 정기적인 운동요법도 있다. 그러나 이렇게 불안해 보이는 여자가 그런 것들을 찾아 자신에게 맞는 방법을 연구할 가능성은 거의 없었다. 더구나 여자는 이미 수술만으로도 감당하기 어려운 비자금을 사용했을 것이다. 여기서 더 비용을 지불하라고 하는 게 영 꺼려졌다. 윤영은 조금 측은해지려는 마음을 다잡으며 말했다.

─네. 간단한 기구가 필요한 운동이지만 금방 익숙해지실 겁니다. 효과도 물론 확실하고요. 따로 추가 비용을 받지도 않아요.

사랑에 대한 확신에 찬 희망의 메시지에다 비용 무료라는 서비스까지. 이만하면 금상첨화 아니었을까? 혹시나 수술 후 무슨 문제가 생겼을까 했던 노파심은 사라지고, 윤영은 어느새 여자가 귀찮아지기 시작했다.

─혹시 또 힘드시면 전화하세요. 굳이 저를 찾지 않으셔도 언제든지 병원으로 문의하시면 간호사들이 잘 설명해드릴 겁니다.

전화를 끊을 때 던지는 마지막 멘트는 늘 똑같다. 그럴 경우 상대방이 보여주는 반응도 거의 비슷했다. 네, 하고 대답하거나 네에, 하고 어정쩡한 미련을 남겨놓거나. 하지만 이번에도 여자는 윤영의 기대를 보기 좋게 무너뜨렸다.

— 달라질 수 있다면 이보다 더한 것도 할 수 있다고 생각했어요. 이제까지의 나와 다른 사람이 될 수 있다면 말이에요. 그런데 막상 너무 아프니까 괜한 짓을 한 건 아닌지 뭔가 더 나빠진 건 아닌지 불안했었나 봐요. 하지만 이제 안심이에요. 선생님 말씀대로 참아 볼게요. 이제 며칠이나 지났다고 이러는지 정말 죄송해요. 스무 살 도 되기 전에 남자한테 당한 뒤로 제가 늘 이 모양이네요.

— 네?

깜짝 놀란 윤영이 되물었지만, 여자는 마치 윤영의 말을 듣지 못 한 사람처럼 대답 없이 전화를 끊었다. 정작 수화기를 내려놓지 못 하고 굳어버렸던 건 윤영이었다.

— 정신이 어떻게 된 것인지 제 뜻대로 움직이지 않아요. 선생님 은 물론 그런 적이 없으시겠죠? 모든 면에서 완벽하시니까.

다음 말은 실제로 여자가 한 말인지 윤영의 기억이 만들어낸 말 인지 알 수가 없었다.

오래전 극복했다고 믿었던 도벽이 도지듯, 윤영 안의 나쁜 버릇 이 꿈틀 시동을 걸기 시작한 건 그 무렵이었다. 윤영은 자주 여자 를 떠올렸다. 그러면서도 정작 여자와 엇갈리고, 여자와 대면하게 되는 순간을 피했던 건(언젠가 윤영은 여자가 병원 로비에 앉아 있는 걸 보고 그녀가 화장실로 간 틈에 그대로 퇴근을 해버린 적도 있었다) 언제부터인가 윤영의 마음속 깊이 자리 잡은 공포 때문이었다. 언제 어디서든, 누군가 자신을 들여다보고 있는 것 같은 느낌만으로도 어김없이 윤영의 마음을 굳어버리게 만들었던, 그러나 결코 드러내본 적이 없는 공포.

늦은 밤 머리 위에서 물들이 쏟아지는 소리가 다시 들려오기 시작한 것도 그 무렵이었을 것이다. 설마 누가 이 시간에 세탁기를 돌리는 것일까. 굵은 호스 관을 타고 커져버리듯 사라졌다가 다시 들려오는 그 소리만으로는 윗집인지 아랫집인지 분간이 되지 않았다. 윤영은 급기야 소리의 진원지를 찾아 부지런히 눈동자를 굴리다가 두 손으로 귀를 틀어막았다. 한밤중에 세탁기 따위를 돌리고 있는 이웃보다 자신의 머릿속에서 들려오는 물소리를 참을 수가 없어서였다.

그러나 그렇게 머리 위로 떨어지는 물소리가 저절로 잠잠해지는 경우는 결코 없다. 윤영은 결국 누운 채로 손을 더듬어 전화기 속에 저장된 관리실 번호를 눌렀다.

─도대체 몇 번을 말해야 알아들어요? 네? 한밤중에 세탁기 같은 거 돌리지 말아달라고 안내방송을 자주 좀 해주시라니까요. 그게 그렇게 힘든 일인가요? 기어이 제가 나서서 이 시간에 아랫집 윗집 초인종 눌러대며 소란을 떨어야 하나요?

대부분 전화를 받지 않는 경우가 많았으나, 메아리 없는 윤영의 외침이 어느 날엔가는 생생한 목소리로 되돌아온 적도 있었다. 그는 아마도 밤늦게까지 관리실에 남아 뭔가 잔뜩 쌓인 일거리를 처리하고 있던 남자였을 것이다.

— 저기 선생님 죄송한데요. 지금 밖에 비가 많이 내려요. 모처럼 아주 시원하게 내리는 중인데 혹시 빗소리를 잘못 착각하신 건 아닌가요?

아파트를 오가며 한두 번 인사를 나눈 적 있던 관리실 남자의 목소리가 윤영의 뒤통수를 때렸다.

그러면 이제껏 윤영의 머릿속에서 들려왔던 물소리가 죄다 빗소리였단 말인가?

얼굴이 화끈 달아올랐다. 윤영은 남자가 거짓말을 한다고 생각했지만 창문을 열자 정말 기다렸다는 듯 세찬 빗소리가 빗방울들과 함께 안으로 들이쳤다. 멍하니 서 있는 동안 윤영은 자신의 손등이, 머리카락이, 옷이 젖고 있다는 걸 잊어버렸다. 머릿속은 다시 물소리와 빗소리가 뒤엉켜 뒤죽박죽이었다.

그럴 때면 윤영은 자기도 모르는 사이에 피할 곳이 없는 막다른 골목에 들어서 있음을 느꼈다. 잔뜩 움츠린 표정으로 고개를 돌려 보면 아직 어둡고 캄캄한 골목에 살고 있는 한 소녀가 윤영을 바라보고 있다. 젖은 세일러복 차림의 소녀는 오랫동안 자라지 않은 듯 어리둥절한 표정을 지어 보일 뿐이다. 예전이나 지금이나. 시간이 늦어 차도 없고 사람도 없는 거리에는 후두둑 후두둑 정수리를 때리며 떨어지는 빗소리들뿐이다.

윤영은 한참 동안 소녀를 바라본다. 소녀도 윤영을 바라본다. 둘은 할 말이 있으면서도 할 수 있는 말이 별로 없다고 생각하는 듯하다. 얼마쯤 시간이 흐르자 마주 보이는 컴컴한 어둠 속에서 한 무리의 남자아이들이 뛰어오는 것이 보이기 시작한다. 교복 상의를 머리에서부터 뒤집어쓰고 종종걸음을 걷고 있는 세일러복의 소녀를 발견하고서야 그들은 달리기를 멈춘다. 집에 가는 길이냐? 구수한 사투리가 묻어나는 억양으로 남자아이들이 소녀를 아는 척하자 소녀는 웃는다. 같이 가자. 남자아이들의 목소리는 다정하고 친근하다. 하지만 비를 맞으며 달리기 시합이라도 한 듯 헉헉대던 남자아이들의 몸에선 비릿하면서도 들뜬 땀 냄새가 났다. 그 빗속에서도.

뛰어. 뛰라니까.

윤영은 어둠 속의 소녀에게 소리친다. 목소리는 웃고 있는 소녀의 정신을 깨울 만큼 충분히 위협적이고 다급하다. 그러나 소리를 듣지 못한 소녀는 이미 그중 한 남자아이가 받쳐준 우산 속으로 기어 들어가 있다. 집까지 데려다줄게. 남자아이의 속삭임이 그날 밤 엄마가 가져다주리라 믿었던 우산처럼 포근하고 따뜻하다는 듯, 소녀는 아무런 의심 없이 남자아이의 우산을 함께 받쳐 들고 있다. 빗길에 함께 달리기를 했던 남자아이들은 뭐가 좋은지 히죽히죽 웃고만 있다. 집으로 돌아가는 또 다른 골목길 어디에선가 발을 헛디딘 소녀가 바닥으로 넘어져버릴 때까지.

철퍼덕. 그리고 이어지는 비명.

어둠 속에서 아이들이 뒤엉키고, 또 뒤엉키는 소리가 들려온다. 어느 순간 바닥으로 툭 떨어진 소녀의 팬티는 붉게 젖어 있다. 그때 윤영은 눈을 질끈 감아버린다. 아무것도 보지 못했다는 듯이 눈을 감고 끝없이 중얼거렸다.

바보같이. 겁도 없이. 왜 그랬어……

윤영은 묻고 또 물어보지만 소녀는 어느새 사라지고 없다. 언젠가 책에서 읽은, 기억을 팔아 술을 마시는 사람들에 대한 허황된 얘기가 떠오르는 건 바로 그런 순간이다. 불유쾌하게 자꾸 반복되는 이런 기억들을 팔아치울 수 있는 방법은 정말이지 현실 어디에도 없는 걸까? 텅 빈 거실에 앉아 몇 시간씩 노려보곤 했던 오피스텔의 창문은 윤영에게 아무런 답을 주지 못했다.

때때로 윤영은 늦은 밤에도 옷을 갖춰 입고 거리로 나갔다. 목적지가 있는 것도 아니고 할 일도 없었지만 그것 말고 딱히 다른 할 일을 떠올리지 못했을 때, 언젠가 보았으나 지금은 얼굴을 잊어버린 사내들을 찾아 나섰다. 사람 많은 도시에는 어디에나 사내들이 있었다. 그들은 모두 윤영이 환영 속에서 본 남자아이들과 비슷한 얼굴을 하고 있었다. 몽유하듯 초점 없는 눈빛을 굴리며 도시의 밤거리를 배회하고 돌아온 날이면 윤영의 몸은 흠뻑 젖어 있었다.

3
닥터 안

"닥터 진, 잠깐만."

오후 2시에야 수술을 마치고 점심을 먹으러 들어온 닥터 안이 윤영을 한쪽으로 불러낸다. 오전 내내 가슴이 짝짝이어서 불만인 20대 환자의 수술이 있다더니 이제야 끝난 모양이다. 그 방면으로만 수백 건의 케이스를 보유한 의사답게 닥터 안의 얼굴에선 피곤한 기색이라곤 찾아볼 수가 없다.

파란 물결무늬 원피스 위에 걸친 하얀 가운이 동그랗게 말아 올린 헤어스타일에 오늘따라 잘 어울린다는 생각이 든다. 늘 그녀를 감싸고 있는 밝은 분위기만큼 닥터 안은 병원에서 가장 활달한 성격의 소유자다. 평소 윤영의 눈치를 보던 간호사들이 닥터 안에게 여자와 관련된 얘기를 전했을 것이라는 걸 짐작하는 건 어렵지 않은 일이다. 문제라면, 어떻게 된 일이야? 라고 묻는 닥터 안에게 윤영이 해줄 수 있는 말이 아무것도 준비되지 않았다는 데 있었다. 윤영은 대수롭지 않은 듯 딴청을 부리며 대답한다.

"들었어? 그렇게 되었대."

"그렇게 되었다니, 참 태평하게도 말한다. 넌 언제 알게 된 거야?"

"지난주 금요일. 데이 오프 날 저녁에."

"세상에, 하필이면. 전혀 눈치도 못 챘어?"

"그렇지, 뭐."

시큰둥한 대답을 건네고 윤영은 간호사들이 놓아주고 간 탁자의 음식을 가리킨다.

"일단 먹자. 금방 또 수술 있다면서."

"닥터 진, 지금 밥이 넘어가? 그 여자 휴대폰이 우리 병원에 떨어져 있었다면서?"

"우연히, 우연히 그냥 그렇게 됐어. 지난주 목요일에 여길 다녀갔거든."

"그래서 하는 말 아니야. 병원에 다녀간 뒤 바로 그렇게 되었다니까."

닥터 안의 상상력이 어디로 향하고 있는지는 불을 보듯 뻔한 일이다. 윤영은 가볍게 인상을 찌푸리며 애써 아무렇지도 않은 척을 한다.

"걱정할 일 없을 테니 그만 신경 꺼. 밥이나 먹자."

윤영은 자꾸만 팔꿈치를 잡아당기며 더 많은 얘기를 원하는 닥터 안을 밀어내고 음식 앞으로 간다. 그런 윤영을 바라보며 어이없어하는 닥터 안의 표정 따윈 잠시 모른 척한다. 그렇지 않으면 윤영도 문득 이성을 잃고 '안 그래도 머리가 터질 것 같아. 제발 그 입 좀 다물어줘.' 하고 말해버릴 것 같아서다. 동업하는 처지에 음식을 앞에 놓고 그런 살벌한 말들을 나눌 수는 없는 일이니까.

건물 1층 식당에서 올려 보낸 점심 메뉴는 산채비빔밥이다. 탱탱한 콩나물과 싱싱한 오이채 위에 뿌려진 빨간 고추장을 뒤섞으며 윤영은 혼자 찬찬히 생각해보기로 한다. 이상한 우연들이 연달아 겹치는 걸 뭐라고 불러야 할까. 답을 안다면 잔뜩 신경을 곤두세운 채 비빔밥을 휘젓고 있는 닥터 안을 안심시켜주고도 싶지만…….
윤영도 모르겠다. 뭐가 어떻게 된 일인지 정말 모르겠다는 생각만 들 뿐이다.

그런데 참, 그 휴대폰은 어디 있지?

골몰하는 윤영의 머릿속으로 지난 금요일, 노래방으로 전화를 걸어왔던 간호사의 목소리가 고스란히 되살아난다.

'누가 그래?' 윤영의 질문에 간호사는 분명 '그 여자의 남편이요.' 하고 말했다.

─그 환자 남편 되시는 분이 분명히 그렇게 말했어요.

─알았어. 그건 알겠으니까 어떻게 된 일인지나 설명해봐.

─어제 그 환자분이 여기 왔다 갔을 때 말이에요.

─그래, 어제.

─선생님 나가시고 뒷정리하다가 소파에 뭔가 떨어져 있어서 봤더니 심희진 씨 휴대폰이 있잖아요. 처음엔 그냥 아무 생각 없이 데스크에 보관했죠. 왜 다른 건 몰라도 휴대폰 없는 건 금세 알아채

잖아요. 아마 지하철 타기 전에 문득 그걸 깨닫고 다시 오겠거니 생각하고 조금 기다리기도 했어요. 그런데,

— 그런데? 왔어?

— 안 왔어요.

— 삼십 분을 기다렸는데도 말이지?

— 네. 그래서 저도 그냥 퇴근했어요. 시간도 늦었고 피곤했으니까. 오늘 아침엔 너무 바빴어요. 선생님도 데이 오프인 데다 오전에 수술도 두 건이 있었거든요. 오후에도 마찬가지여서 그 휴대폰 생각은 까맣게 잊어버렸다가 퇴근 무렵에야 데스크 한쪽에 그게 놓여 있는 걸 본 거예요. 아무래도 주인 없는 전화가 신경 쓰였지만 역시 생각나면 전화하겠지 싶어서 그냥 퇴근하려는데 그때 마침 전화벨이 울렸어요. 남편분이라고 하더군요. 거기가 어디냐고 묻기에 병원이라고 했고. 잘 보관해둘 테니 편한 시간에 오셔서 찾아가거나 바쁘시면 택배로 보내드리겠다고 했어요. 전화를 건 사람이 심희진 씨가 아니라 남편인 게 좀 이상하다 싶었지만 어쨌든 남편이라고 하시니까. 그랬더니 그 남편이라는 분이 아주 경황이 없다는 투로 아내가 약을 먹었다고, 몇 번이고 그 말만 되풀이하면서, 나중에 찾으러 오겠다고……

간호사는 이 대목에서 잠깐 말을 끊었다. 그러고는 곧 땅이 꺼질 듯이 한숨을 내쉬었다.

— 어쨌든 이 모든 게 오늘 하루 사이에 일어난 일이라구요.

단 하루 사이에, 그래, 많은 일들이 일어나지. 윤영은 노래방 벽에 몸을 기댄 채, 슬슬 열이 오르기 시작한 이마를 한 손으로 짚었다.

— 닥터 안한테도 말했어?

— 아직요. 말씀드려야 할까요? 저도 이런 경운 처음이라. 어떻게 해요, 선생님?

— 어떻게 하긴 뭘 어떻게 해?

어쩔 줄 모르겠다는 듯 연거푸 한숨만 내쉬는 간호사에게 일단 전화를 끊으라고 한 뒤 윤영은 서둘러 노래방을 빠져나왔다. 입술을 벌리고 한껏 바깥공기를 빨아들여 보았지만 웬일인지 시원한 공기라곤 한 모금도 마실 수 없었다.

갑작스레 여자와 마지막이 되어버린 어제 일이 떠올랐다. 한동안 조용하던 여자가 다시 찾아왔고, 전날 남편과 다툰 일로 정신이 나간 듯 다른 때보다 조금 더 불안해 보였다. 하지만 그뿐, 늘 울먹이고 중얼거리며 자신을 토로하던 여자의 지겹도록 변하지 않는 모습 어디에 죽음의 기미가 있었던 것인지 윤영은 아무리 생각해도 알 수가 없었다.

분명한 건 이건 의료사고가 아니라는 사실이었다. 그러므로 귀찮은 법적 소송에 휘말려들 가능성은 거의 없다. 문제는 휴대폰이었다. 나중에 찾으러 오겠다는 남편의 말은 결국, 언제이든 윤영이 여자의 남편이란 사람을 한 번은 대면할 수도 있다는 뜻이었으므로.

친구 사이지만 엄연히 존재하는 사회적 위상의 차이를 상기시켜주듯, 진지한 상황에서만큼은 꼬박꼬박 닥터 진이라고 부르는 닥터 안의 고민도 여기에 있음을 윤영도 모르진 않는다. 지난 삼 년간 그녀가 보여준 모습이 그랬다. 윤영이 아는 안이라면 병원이 시끄러워지는 것을 원치 않을 것이다. 많은 돈을 벌어왔지만 그만큼 또 많은 돈을 투자했기에 그녀는 더 많은 돈을 벌어야 했다. 물론 여기에 의사로서 명성과 지위도 덤으로 얻을 수 있다면 더없이 좋겠지만 그건 아무래도 좀더 많은 시간과 노력을 필요로 했다. 그래서였을까. 닥터 안은 윤영과 달리 여기저기 의학 잡지에 칼럼도 자주 기고하는 편이었고, 임상학회에 정기적으로 사례 발표도 했다. 어쩌다 윤영과 저녁을 먹고 술이라도 한잔하는 날이면 그녀는 한껏 희망에 들떠 이렇게 떠들곤 했다.

— 불과 십 년 사이에 우리 과가 이토록 인기 과 될 줄 누가 상상이나 했겠어? 오랫동안 내과나 외과 의사들만 알아주는 세상이었는데 말이야. 돌아보면 전공의 따려고 사 년 동안 레지던트 하면서 아등바등한 시간도 아깝다는 생각이 들 때가 있어. 졸업하고 의사 면허 따자마자 그냥 개업을 할걸. 그랬다면 지금보다 더 많은 케이스를 보유한 믿음직한 의사라는 소릴 들으며 좀더 크고 근사한 병원을 가질 수 있었을 텐데. 후회막급이라고나 할까. 하지만 뭐 이미 지난 시간이니 어쩔 수는 없고, 앞으로 잘하자. 나중에 너무 유명해져서 매일매일 피곤하다고 날 탓할 생각은 하지도 마.

그녀 또한 윤영처럼 미혼이었다. 쉽게 말하자면, 결혼보다 돈을 더 소중하게 생각하는 타입이었다고나 할까. 그렇다고 사귀는 사람이 아주 없어 보이는 것도 아니었으니 윤영이 닥터 안의 사생활까지 걱정할 필요는 없었다. 다만 윤영이 늘 신경을 쓰고 조심하는 것은 동업의로서 서로에게 절대 손해를 끼치는 일을 하지 말아야 한다는 것, 바로 그런 경계에서 오는 팽팽한 긴장감이었다.

불편한 침묵 속에서 점심식사가 끝이 난다. 닥터 안은 여전히 뭔가를 골똘히 생각하는 듯 심각한 표정이다. 오늘 수술한 환자는 어때? 식사 중간중간 윤영이 화제를 돌리기 위해 던진 질문에도 별 반응이 없다. 그러나 윤영의 말을 의도적으로 무시할 의사는 없었다는 듯 다시 시큰둥한 표정으로 대답한다.

"짝짝인 유방을 양쪽 다 예쁘게 키워 놓았으니, 이제 유방 때문에 취업 면접에서 탈락했다는 소린 안 하겠지."

닥터 안의 농담에 윤영은 웃고 만다. 무슨 말이든 해서 그녀를 안심시켜줘야 할 것 같은 기분이 든다.

"심희진 씨 일은 너무 걱정하지 마. 신경 쓰이는 거야 어쩔 수 없겠지만, 그렇다고 병원에 어떤 과실이 있어서 그런 건 아니니까. 그냥 어쩌다 보니 예민한 환자를 하나 만난 것뿐이야. 지금 내 마음도 편하지 않지만 결국 이 일도 다 지나가려니 생각해. 세상 모든 일이 그렇듯이 말이야."

윤영이 나름 진지하게 말했지만 닥터 안은 여전히 어딘지 못마땅한 얼굴이다.

"글쎄, 믿어도 될까?"

"무슨 뜻이야?"

윤영이 묻자, 닥터 안이 물컵을 내려놓으면서 말한다.

"솔직히 그 여자가 병원에 드나들기 시작하면서부터 닥터 진 좀 이상해졌던 거 알아? 아침마다 잠이라곤 한숨 못 잔 사람처럼 피곤한 얼굴로 출근해서는 하루 종일 말도 없이. 간호사들은 닥터 진을 전보다 더 어려워하고 무슨 일이 있으면 나한테 먼저 달려와. 나한테 와서 닥터 진 앞에서 어떻게 행동해야 좋은 건지를 묻는다고. 이게 정상적으로 잘 굴러가는 병원의 풍경 같진 않은데 닥터 진은 어떻게 생각하는지 궁금하네. 말해봐. 대체 요즘 왜 그래?"

대체 왜 그러느냐고. 글쎄, 나도 그걸 알 수 있다면 좋겠어.

윤영은 속으로 그렇게 중얼거리며, 오늘 저녁엔 어디든 들러 한잔을 하고 집으로 가야겠다고 생각한다.

4
지나친 거리, 낯익은 눈동자들

밤길은 어두운 편이다. 골목으로 들어갈수록 자동차 소리는 멀어졌고, 인적은 없다. 사내는 편의점에 들러 조그만 드링크를 하나 사고 담배를 주문한다. 피우는 담배가 디스인지 말보로인지는 멀리서는 보이지 않는다. 술기운 때문에 만 원짜리를 꺼냈다가 오천 원짜리를 꺼냈다가, 천 원짜리로 바꾸며 변덕을 부리는 사내를 종업원은 귀찮은 눈빛으로 흘겨본다. 후덥지근한 바깥보다 에어컨이 빵빵한 가게가 좋았던지 사내는 계산을 하고서도 한참 진열대를 둘러보며 밖으로 나올 생각을 하지 않는다.

윤영은 편의점 앞에 놓인 파라솔에 엉덩이를 걸치고 앉아 그 모든 광경을 무심한 표정으로 훑어본다. 잠시 후 엉덩이만 겨우 가린 미니스커트 차림의 여자애 둘이 까르르 웃으며 그런 윤영을 지나쳐 편의점 안으로 들어간다. 윤영은 반사적으로 얼굴을 찡그리면서도 그녀들의 희고 고운 다리에서 시선을 떼지 않는다. 아무런 흉터도 없이 매끈한 그녀들의 다리를 보며 느끼는 감정이 슬픔인지 질투인지 잘 구별되지 않는다. 그러나 진열대를 살피는 척 고개를 돌려가며 여자애들을 힐끔거리는 사내의 시선에 대한 느낌이 분노라는 것만큼은, 확실하다.

몇 분쯤 지났을까. 아이스크림을 사든 여자애들이 골목으로 사라지고, 사내가 밖으로 나온다. 윤영은 파라솔 의자를 돌려 사내의 눈에 띄지 않게 앉은 다음, 화장을 고치는 척 핸드백을 뒤져 콤팩트를 꺼내든다. 콤팩트 안에 반쯤 비스듬히 비치는 사내의 등은 온통 땀에 젖어 있다. 사내는 길을 건너거나 버스를 타려고 시도하지 않고, 곧장 앞으로 걸어 나간다.

그때서야 윤영도 파라솔 의자에서 일어나 사내를 뒤쫓기 시작한다. 물론 사내의 눈에 띄지 않게 조심하면서, 구두 굽 소리가 크게 울리지 않는지 신경을 쓴다. 혹시나, 혹시나 사내가 무심코 뒤를 돌아본다 해도 눈이 마주치지 않게 고개를 좀더 숙이는 것도 잊지 않는다.

조금 전 바에서 나온 시간은 9시. 아직 밤이었고 들어갈 만한 술집들은 근처에 차고 넘쳤지만 윤영은 군이 택시들이 대기 중인 전철역 쪽으로 발걸음을 옮겼다. 갑자기 저 사내의 정면을 봐야겠다는 생각이 들어서였는데, 막상 택시를 잡고 이곳으로 오는 동안에는 마음이 더 조급해져 사내가 사라져버렸으면 어쩌나 하는 조바심이 들 정도였다. 눈앞에서 실컷 증오해야 할 대상이 사라져버리는 것 또한 어느 날 갑자기 사랑하는 사람을 잃는 것만큼 견딜 수 없는 일일 테니까.

몇 년 전 처음 윤영이 이 동네를 찾아왔을 때만 해도 사내에게는 직장이 있었다. 양복을 입은 사내는 보통의 직장인들처럼 이른 아침 만원 지하철을 탔다. 저녁이면 어김없이 출발했던 동네로 다시 돌아왔지만 곧바로 집으로 들어가지는 않았다. 대신 동네 주변 술집을 기웃거리며 안주 없는 소주를 홀짝이거나 가끔씩 동네 친구를 불러내 의미 없는 시간을 죽이다 한밤중이 되어서야 자신이 사는 집으로 들어갔다. 아침이면 다시 출근 전쟁을 치러야 할 텐데도 사내에게선 어쩐지 그 내일을 위한 걱정 같은 걸 찾아볼 수가 없었다.

윤영은 가끔, 그러니까 삼사 개월에 한 번 정도 사내를 보기 위해 이 동네를 찾았다. 굳이 이유를 말하자면 어떻게 사는지 궁금해서였다. 그뿐 아니라 어떤 일을 하고 누구를 만나며 무슨 이야기를 하는지도 궁금했다. 사내 옆에는 누가 있는지, 그 누군가는 사내를 어떻게 생각하는지, 사내는 또 그 누군가를 어떻게 생각하는지, 그들을 진정으로 아끼고 사랑하긴 하는지, 무엇보다 지금 그는 아무 걱정 없이 행복한지 하는 것들이 시시콜콜 궁금했다. 과연 저 사내에게도 세상의 평범한 삶이 주는 소소한 기쁨이 허락될 수 있는지 매번 두 눈 뜨고 지켜보려는 사람처럼.

다행히 사내의 사는 곳과 직장을 알아내는 데 많은 시간이 걸리지 않았다. 그건 지금 저 사내 말고 다른 사내의 경우도 마찬가지여서 윤영은 한편 허탈한 기분이 들 정도였다. 들인 돈에 비해 돈을 받고 사람을 찾아주던 사람들의 수고가 너무 간단해서는 아니었다. 윤영은 다만 이렇게 가까이 그 사내들이 있다는 데 알 수 없는 분노를 느꼈고, 그걸 알면서도 아무것도 할 수 없는 자신에 대해 깊은 무력감을 느꼈다.

어쨌거나 그때 일을 부탁했던 흥신소 청년은 돈이 더 필요한 듯 "필요하다면 놈의 일거수일투족을 사진으로 찍어 보여드릴 수도 있는데"라고 말했지만 윤영은 거절했다. 중요한 건 사진이 아니라 직접 보는 것이었다. 사내의 일상과 주변 사람들, 아니 그의 실패와 불행을 낱낱이 지켜보는 것이었기 때문이다. 문제는 시간이었다. 언제나 밤이 되어서야 바라보는 사내는 어쩐지 초라하고 불쌍한 모습을 하고 있다. 술에 취해 어깨를 축 늘어뜨린 채 거의 매일 밤 비틀거리며 밤거리를 배회하는 저 모습이라니. 그 모습에 불현듯 인간적인 동정심이 느껴질 때마다 윤영은 혼자 입술을 깨물며 중얼거렸다. 지금 억울한 게 누군데.

대로 끝, 옆으로 난 아파트 입구에서 사내는 잠시 머뭇거린다. 조그만 경비실 너머 마주 보이는 건물은 드문드문 불이 켜진 주공아파트 단지다. 얼마나 오래된 건물인지 밤인데도 간간이 불빛에 드러난 아파트 벽들은 트고 갈라진 손등처럼 거칠고 볼품없다. 검은 비닐봉지를 들고 음식 쓰레기를 버리러 나온 여자 하나가 그렇게 멀거니 서 있는 사내를 발견하고는 흠칫 놀란다.

"뭐야, 또 술 드셨어? 작작 좀 마셔요. 제발. 매일 밤 돈이 아주 썩어난다니까."

여자의 말에 자존심이 상한 사내는 주먹을 힘껏 들어 올리며 소리친다.

"뭐라고? 돈이 썩어난다고? 그러든 말든 니가 뭔데 남의 집 일에 상관이야? 아줌마나 잘해, 엉? 아줌마나 잘하라고, 씨팔. 되는 일도 없는데 별게 다 남의 인생에 감 놔라 배 놔라 지랄이야, 응? 에이, 좆같은 것들이."

소리소리 지르며 바닥의 돌맹이를 걷어차려던 사내는 결국 중심을 잃고 그 자리에 쓰러진다. 음식 쓰레기를 다 버리고 들어가려던 여자가 잔뜩 눈살을 찌푸리면서도 그런 사내를 부축하며 말한다.

"이 화상이 진짜. 정신 좀 똑바로 차려요. 세상에 이 꼴 좀 봐. 자, 얼른 일어나. 일어나라니까!"

그러나 여자 힘으로 대책 없이 늘어져버린 사내를 일으켜 세우긴 역부족이다. 하는 수 없다고 생각한 듯 여자는 사내를 내버려둔 채 자리에서 일어난다. 사내는 여전히 꼼짝없이 바닥에 누워 일어날 생각을 하지 않는다. 윤영은 십여 미터 뒤에서 그런 사내를 노려본다. 정지한 바람, 정지한 공기 속에 마지막 발악을 해대는 매미소리만 귓전을 흔든다. 윤영은 태연히 그런 사내를 밟고 지나가는 상상을 해본다. 상상 속에서 사내는 그저 조금 커다란 길가의 돌맹이에 지나지 않는다. 아무런 감정의 동요도 없고 영혼도 없고 피부로 느껴야 할 고통도 없다. 당연히 그 어떤 흔들림도 없다. 사내를 밟고 지나갔던 윤영은 다시 몸을 돌려 누워 있는 사내를 한 번 더 밟고 지나간다. 그리고 또다시 한 번 더, 몇 번쯤 그러기를 반복한다. 벌러덩 누워 있는 사내의 가슴에 커다란 구멍이 뚫릴 때까지, 윤영은 신고 있던 하이힐 뒷굽에 힘을 주고 또 주어본다.

마침내 사내를 포기한 여자는 휙 몸을 돌려 아파트 안으로 사라진다. 그제야 떼를 쓸 상대가 없다는 걸 알아차린 사내는 실수로 넘어진 아이처럼 주변을 살피며 주춤주춤 일어나보려고 애를 쓴다. 그런데 하필이면 그런 순간 술기운이 일시에 몰려든 모양이다. 사내는 한 다섯 번쯤 비슷한 시도를 하고서야 비틀비틀 일어서 다시 걷기 시작한다. 환하게 불 켜진 아파트 단지 안 계단을 기듯이 올라간다.

윤영도 조금씩 걸음을 움직여 사내가 넘어졌던 자리까지 걸어간다. 조금 전 상상 속에서 그랬던 것처럼, 사내가 사라진 자리의 보이지 않는 그림자를 밟고 서서 또각또각 구두 굽 소리를 내며 땅바닥을 두드리기 시작한다. 한 번 두 번. 트위스트를 추었다가 탱고를 추었다가 왈츠로 몸을 푼다. 그 어느 순간 바닥에 떨어진 무언가 철커덕 윤영의 하이힐에 걸려든다. 동그란 쇠고리에 달린 열쇠 꾸러미다.

윤영은 몸을 숙여 구두 굽에 걸린 열쇠 꾸러미를 집어 들고 이제 막 사내가 들어간 아파트 입구를 한번 쳐다본 다음, 재빨리 몸을 돌려 그곳을 빠져나온다. 애써 무표정함을 가장한 얼굴에는 슬그머니 미소가 피어오른다. 안됐지만 사내는 오늘 밤 아파트 놀이터에서 불편한 잠을 청하거나 가벼운 지갑을 걱정하며 밤새 문을 여는 술집을 찾아야 할 것이다. 아니면 갖은 욕설을 퍼부으며 굳게 잠든 아파트 문을 부숴야 할는지도. 훗. 자기도 모르게 터지는 웃음을 삼키며 윤영은 주워 든 열쇠 꾸러미를 하수구에 던져버린다. 그때 기다렸다는 듯 윤영의 머릿속으로는 오래전 관계가 끊어진 홍신소 청년의 빈정거리는 듯한 목소리가 들려온다.

— 세 번째 사내, 당시 신문엔 C군으로 쓰여 있었던, 이름은 김종수입니다. 조사해보니 그때 고등학교에서 퇴학당하고 몇 개월 뒤

부모님과 서울 변두리로 이사했더군요. 검정고시는 겨우겨우 합격한 모양인데 대학 입시에서는 세 번 실패. 한 이 년 백수 생활을 더하다가 직업전문학교에서 컴퓨터를 배워 조그만 회사에 취직했는데 일 년도 안 돼 사표를 냈군요. 이유가. 그러니까 그때 사건과 관련이 있네요. 하기야 남학생 넷이 여학생 하나를 그 지경으로 만들어놓았으니 쉽게 잊힐 수 있는 사건은 아니었겠죠. 사람 일이란 게비밀은 없는 모양인지 처음 입사할 때는 어떻게 부끄러운 전력을감추고 취직한 모양인데 나중에 들통이 난 꼴이죠. 아직 더 알아봐야겠지만 누군가 우연히 지나간 신문을 보다가 알아냈을 수도 있고요. 누군가 악의적으로 소문을 퍼뜨렸을 가능성도 있습니다. 어쨌든, 회사에서 연애도 했던 모양인데 그것도 별로 소문이 좋지 않네요. 배우자가 있는 여직원을 건드렸답니다. 첫 번째 결혼에 실패하고, 두 번째 노래방에서 만난 도우미 여자랑 살림을 차리긴 했는데, 술에 도박에 빠져 살다가 지금은 혼자 지내고 있어요. 이유요? 뻔한 것 아니겠어요? 마누라가 도망간 거죠.

윤영이 보기에 청년은 일의 속도는 빨랐으나 언행의 신중함이라곤 찾아볼 수 없을 만큼 경솔한 데가 있었다. 조금만 주의를 기울였다면 어떤 말을 하고 어떤 말은 하지 않아야 하는지 알 수도 있었으련만.

결과적으로 윤영이 의뢰한 일을 잘했다고 볼 수도 없었는데 당시 신문에 주동자로 알려졌던 D군(사실 A군 B군 C군, 이들은 줏대도 없이 동조한 것에 불과했기에 사건의 진정한 주범이라고도 할 수 없었다)을 끝내 찾지 못했기 때문이었다.

그러고서도 차일피일 시간을 달라며 추적이 쉽지 않네, 집안이 대단한가 보네, 하면서 계속 비용을 청구하기만 했다. 어쩌면 이 청년은 계속 돈을 받기 위해 그를 찾지 않은 건 아닐까 하는 생각이 들었던 어느 날, 윤영은 그를 해고했다. 그게 벌써 삼 년 전의 일이었다.

5

나비의 눈

왜 이렇게 조용한 걸까. 이 병원에선, 아직 아무 일도 일어나지 않는다.

이른 아침 문을 연 인터넷의 바다에는 수많은 이야기들이 떠다닌다. 그러나 언제나 시끄러운 것만은 아니다. 눈을 감고 귀를 막으면 그 속엔 언제나 '남의 일'들만 가득 차 있다. 다행스럽게도 그것들은 윤영의 마음속에 오래 머물지 않는다. 무관심의 눈으로 보면 세상의 모든 일은 나와 별 상관 없는 타인들의 아우성일 뿐, 그 어떤 인간적인 메아리나 감탄사도 기대할 필요가 없는 난장판 같기도 하다.

역시나 오늘 이 아우성 같은 도가니 속에는 아무것도 없다.

혹시나 있을지도 모를 실마리를 찾듯 윤영은 마우스를 이리저리 움직이며 모니터를 노려본다. 아침 8시. 인터넷 포털 뉴스나 뒤적거리며 한가하게 앉아 있을 시간은 분명 아니었지만 마음이 갈피를 잡지 못하고 흔들릴 때 시간을 보내버릴 수 있는 오락거리로 이만한 것도 없었다. 한 가지 불만이 있다면 포털이건 종이신문이건 너무 많은 익명들이 존재하고, 때때로 보호막이 전혀 필요가 없는 흉악범들조차 익명이라는 이름 뒤에 숨어 인간으로서의 존엄을 유지하려 든다는 것이었다. 세상에는 엄연히 뼛속까지 까발려진 채 드러나야 할 진실이 있을 것인데도. 윤영은 자기도 모르게 인상을 찌푸리며 열어두었던 인터넷 화면을 닫고 상념에서 빠져나온다.

때맞춰 인터폰이 울린다. 보나마나 예약 시간보다 한참 일찍 병원을 찾아온 환자일 거라 생각했는데 뜻밖에 닥터 안이다.

"잠깐 시간 되지? 내가 그쪽으로 갈게."

여자가 죽은 지 오늘로써 나흘째. 언제나 조용하고 차분하면서도 자신만만했던 병원은 확실히 전과 다른 고요에 휩싸여 있다. 물론 아직 아무 일도 일어나지 않았고, 잘하면 아무 일도 일어나지 않을 것이었지만, 모두들 어서 빨리 시간이 가주길 기다리는 표정인 것만은 분명한 사실이다. 아무것도 모르는 환자들만 어제와 같은 얼굴로 병원을 찾아오고, 그래서 병원은 여전히 분주하다. 당연한 듯 오늘 아침 간호사는 출근하는 윤영에게 "어쩌죠, 오늘 일정도 좀 빡빡하세요."라고 걱정 아닌 걱정을 늘어놓았다.

윤영의 진료실은 병원에서 가장 깊숙한 복도 끝이었다. 문을 열면 커다란 파티션이 놓여 있고, 그 옆으로는 환자들 핸드백이며 휴대폰 같은 것을 올려놓는 선반이 있으며, 또 그 옆으로는 각자의 팬티 속에 갖가지 사연을 감춘 여자들이 자신의 음부를 의사에게 보이기 위해 옷을 벗는 탈의실이 있다. 그 안쪽으로 난 작은 문을 열고 들어가야 커다란 책상 앞에 앉아 환자를 기다리고 있는 윤영을 만날 수 있다.

닥터 안의 진료실은 한 층 위에 있었는데 층이 분리된 데다 일이 바빠 자주 얼굴을 볼 일은 없었다. 그런데 오늘은 웬일일까. 진료를 시작하기도 전에 아래층으로 내려온 닥터 안이 윤영의 책상으로 두툼한 보고서를 던진다.

"오후까지 기다릴까 하다가, 내가 좀 성질이 급하잖아. 시간 날 때마다 틈틈이 봐."

"뭔데?"

"이런저런 의료 분쟁과 관련된 판례들이야. 닥터 진이 하도 태평한 것 같아 내가 자료 좀 뽑아왔지. 물론 그럴 리 없다 생각하긴 하지만, 혹시라도 그 여자 쪽 가족이 우리 병원을 걸고넘어질 기미가 보인다면 도움이 될 수도 있어. 어젯밤 야근까지 하면서 뽑은 거니까 잘 봐두라고."

어젯밤이라면, 윤영은 픽 웃고 만다.

"쓸데없는 짓을 했네. 어쩜 둘이 똑같이."

"무슨 뜻이야?"

윤영은 어깨를 으쓱한다.

"그리고 이거."

닥터 안이 또 뭔가를 윤영에게 내밀면서 말한다.

"뭔데?"

"논문. 혹시 참고가 될까 해서."

윤영은 인상을 찌푸린다. 논문을 안 본 지가 몇 년이었더라.

"갑자기 논문이라니, 내가 학회 일에 관심 없다는 거 닥터 안도 잘 알잖아?"

"알지. 너무나 잘. 그래도 그냥 봐두는 게 좋을 거야. 학회와 관련된 일은 아니니까."

"알아듣게 설명해줘."

윤영이 여전히 시큰둥한 반응을 보이자 닥터 안은 짧은 한숨을 내쉬며 말한다.

"혹시 오 년 전쯤인가 미국 성형외과연감에 실렸던 논문 기억나? '유방 성형 후 자살 충동'에 관해 스웨덴 의사들이 수년 동안 사례 추적을 해서 발표한 연구 논문 말이야. 지금이야 우리도 익히 알고 있는 일반적인 사례가 되어버렸지만 그때만 해도 대단했잖아. 유방 성형을 한 여성이 일반 여성에 비해 자살률이 세 배나 높다는 결론 이었으니까. 그때 선배들이 한 말이 있었어. 이제 앞으로는 성형 상담하러 온 환자들에게 무조건 정신과 전문의 소견서를 받아야겠다고. 혹시 생길지도 모를 뒤탈에 대비해야겠다는 뜻이었겠지. 임상 교수들은 한술 더 떠 훌륭한 성형외과 의사라면 먼저 수술 전 환자의 정신 건강을 체크할 필요가 있다고 떠들기 시작했지. 물론 실제로 그렇게 하는 병원이 있다는 얘긴 들어보지 못했지만."

그랬다간 성형 전 단계에서 수술을 포기하는 사례만 늘어났겠지. 정신과적 문제라는 것에 사람들은 대체로 민감하게 반응하는 편이니까. 하지만 도대체 왜, 닥터 안은 아침부터 이렇게 장황한 설명을 하고 있는 것일까. 윤영은 닥터 안이 가져온 것들을 가지런히 모아 책상 한쪽으로 밀어놓으며 묻는다.

"그래서, 하고 싶은 얘기가 뭐야?"

윤영의 재촉에 닥터 안은 다시 깊은 한숨을 내쉰다.

"이제 말해서 미안한데 사실 그 여자 심희진 씨. 닥터 진한테 가기 몇 달 전에 나한테도 왔었어. 굳이 말 안 했던 건 나도 이제야 기억난 데다. 그런 일까지 신경 쓸 필요가 있나 싶어서였는데 자꾸만 신경이 거슬려서 말이야. 어제 문득 생각해보니 어쩌면 그전부터 정신적으로 좀 문제가 있었던 것 아닌가 싶기도 하고. 생각난 김에 진료 기록을 좀 뒤져봤지. 자연유착 매몰법을 설명해주었더라고. 물론 시술은 안 받았어. 쌍꺼풀 수술이야 뭐 흔한 환자여서 특별할 건 없었는데……."

"없었는데?"

"자꾸만 초점을 흐리면서 신변잡기나 늘어놓더니 닥터 진에 대해서 묻잖아. 하지만 뭐 그것도 금방 잊어버렸지. 왜 더러 수술 받을 생각도 없으면서 병원이나 의사들에 대해 이런저런 정보나 훑고 다니는 환자들이 있으니까. 그런 케이스인가 보다 했지. 그런데 이런 일 생기고 보니 아무래도 이상해."

"……."

"생각해봐. 수술 전 환자가 지니고 있던 어떤 심리적인 문제가 성형 후 자살로 이어진 것이라면? 심희진 씨가 딱히 그런 경우가 아니라고 말할 수도 없는 것 아니야? 혹시 나중에라도 문제가 생기면……."

그때서야 윤영은 혀를 내두른다. 처음부터 닥터 안이 하고 싶었던 말은 바로 이것이었던 것이다. 우리 병원을 거쳐 간 한 여자가 어떤 이유로 자살을 한 것에 대한 인간적인 연민도, 그 일 이후 윤영의 마음속에 일어나는 감정의 동요에 대한 위로도 아닌, 병원의 안위. 그러나 닥터 안의 이런 생각은 누군가 자기에게 손해를 끼칠지 모른다는 망상에 가까운 것인 데다, 동료의로서 윤영에 대한 무의식적이고도 지극한 불신을 드러내는 것이나 마찬가지다. 윤영은 문득 속이 불편해지는 것을 느끼며 쏘아붙인다.

"지금 대체 뭘 걱정하는 거야? 내가 그렇게 못 미더워? 왜 쓸데없이 일어나지도 않을 일을 두고 엉터리 소설을 쓰려고 하지? 분명히 말하지만 심희진 씨는 내 환자야. 수술도 내가 했고 상담도 내가 했어. 그러니 더 이상 함부로 상상하고 함부로 말하지 말았으면 해. 이건 그냥 고민을 나누는 친구로서가 아니라 동업의로서 정당한 충고야. 참견도 정도껏 해야지 도대체 들어줄 수가 없잖아?"

윤영은 폭발하고 닥터 안은 벌어진 입을 다물지 못한다. 말을 마친 윤영의 뇌리로 마지막 말까진 너무 심하지 않았나? 하는 자책이 스쳤지만, 기가 막힌다는 듯 방문을 박차고 나가는 닥터 안의 표정은 이미 일그러져 있다.

"선생님, 수술 준비 다 됐는데요."

벌컥 열렸다가 닫히지 못한 문을 붙잡으며 간호사가 말한다.

"……."

가슴 한가운데 한 마리, 아랫배에 한 마리, 엉덩이에 한 마리…… 윤영의 몸은 나비들의 사육장이다. 살짝 날개를 접은 나비도 있고 날개를 활짝 펴고 힘껏 날아가는 나비도 있다.

수술실로 들어가기 전, 윤영은 진료실 안쪽에 마련된 자신만의 공간에서 셔츠 단추를 풀고 몸 안쪽의 문신들을 확인한다. 그중 가장 최근에 새긴 문신은 오른쪽 허리에 새긴 작은 멋쟁이 나비다. 앞날개는 짙은 노란색에 검정 무늬가 있으며 뒷날개 끝에는 다섯 개의 눈알 모양 무늬가 있다. 원래는 그냥 밋밋한 흰 점 무늬였던 것에 검은 점을 그려 넣어 진짜 눈을 만든 것이었는데, 윤영이 특히 마음에 들어 하는 것도 바로 이 부분이었다. 얼굴뿐 아니라 신체 어느 곳에도 무언가를 응시하는 눈이 있다고 생각하면 이상하게 마음이 편안해졌다.

사람들에게 나비는 자유를 상징한다. 날 수 있기 때문에. 윤영에게 나비는 수술대 위에 다리를 벌리고 누운 여자들의 성기였다. 날게 해주기 때문에. 날 수 있는 것과 날게 해주는 것의 차이는 뭘까. 본능과 의지의 관계 같은 것 아닐까, 하고 윤영은 종종 생각한다. 이성을 받아들이고 유혹하여 자기 것으로 만드는 데 성기의 도움을 필요로 하지 않는 경우는 없을 테니까.

욕망을 배설하고 또 욕망을 받아들이는 기관으로서의 성기. 음핵과 소음순, 질로 연결되는 어두컴컴한 그곳은 그런 의미에서 나비의 진짜 몸통이라 할 만했다. 사랑할 상대를 고르고 그 상대가 나와 잘 맞는지를 판단하고 반응할 수 있는 최초이면서 최후이기도 한 신체의 중심부. 그 중심부를 그토록 소심하게 묘사하다니. 언젠가 윤영은 세계의 명화집에 실린 쿠르베의 〈세상의 기원〉이란 그림을 보면서 생각한 적이 있다. 모델의(실제 모델이 있었는지 없었는지 알 수 없지만) 다리를 좀더 벌려놓았다면(그러니까 나비의 날개처럼 무릎을 세워 모델의 허벅지가 위를 향하게 그렸다면) 논란의 여지가 아예 없지 않았을까 하고. 그랬다면 그것은 사실주의적 그림이 아니라 누구도 부인할 수 없는 완벽한 사실이었을 테니까. 음모만 적나라하게 묘사하고 진짜는 감춰놓은 그 그림의 제목이 왜 '세상의 기원'인지 윤영은 도무지 이해할 수 없었다. 세상의 기원씩이나 되는 그곳을 훼손하지 못해 안달이 난 남자들만큼이나. 남자들만큼이나?

무심히 떠올린 생각 앞에서 윤영은 멈칫한다. 상념의 끝에는 늘 분노가 있다. 분노의 끝 뒤에는 또 뭐가 있었더라? 슬픔, 우울, 환청, 그리고 미행. 떠올리면 떠올릴수록 인상을 찌푸리게 하는 일들. 윤영은 더 이상 앞으로 나가지 못한다.

다만 한 가지 지금껏 윤영을 위로해준 것이 있다면, 일이 있는 한 윤영이 여기서 무너지는 일은 결코 일어나지 않을 것이라는 사실이었다. 매일 다른 문제를 들고 윤영을 찾아오는 여자들이 있는 한, 윤영은 그녀들과 매일 새로 태어나는 기쁨을 누리게 될 것이었으므로. 때로는 공감하고 때로는 조롱하면서 새로 태어난 그녀들이 보기 좋게 남자들을 리드하며 앞으로 나가는 모습을 보는 일. 그것만이 윤영이 이 일을 그만두지 않고 버티는 이유라는 걸 닥터 안이 알 리는 없겠지만 말이다. 문제는 며칠 전까지 자신의 환자였던 심희진 씨가 윤영의 이런 신념을 송두리째 흔들고 있다는 사실이었다.

하지만 좀더 두고 볼 일이겠지. 결국은 지나갈 일이다. 세상의 다른 모든 일들처럼 흔적 없이.

윤영은 길게 이어지는 생각의 꼬리를 단숨에 잘라내고 진료실 밖으로 나간다. 수술에 들어가기 전이면 늘 그랬듯 손바닥을 비벼 열을 낸 뒤 눈두덩을 꾹 눌러주는 동작도 잊지 않는다. 엉덩이와 허벅지를 꽉 조이는 스커트의 타이트한 느낌이 오늘따라 답답하다는 생각이 들었지만 윤영은 애써 콧노래를 흥얼거리며 수술실 안으로 들어간다.

약간 겁을 먹은 듯 긴장한 표정의 환자가 수술실로 들어온다. 능수능란한 간호사들이 마취제를 준비하고 여자를 수술대에 눕히는 동안, 윤영은 긴장 때문에 두 다리를 꼭 붙이고 누운 여자의 다리를 적당히 벌려놓는다.

"편안하게 누워요. 다리에 힘 빼시고 긴장 푸세요."

수술대 위에서 환자는 아무런 힘이 없다. 순하게 지시에 응하는 것으로 안전한 수술을 부탁할 수 있을 뿐이다. 간혹 '저기, 떨려요' 하거나 '아, 안 되겠어요' 하면서 수술대에 와서까지 갈등하는 환자도 있었지만 대개 이쯤에선 자포자기가 되기 쉽다. 웬일인지 갑자기 환자가 안쓰러워진 윤영은 그때까지 긴장을 풀지 못한 여자의 무릎을 조심스럽게 쓰다듬어준다. 40대는 되었을까? 살결은 말라 비틀어져 있고 무릎에서 발등까지 살비듬이 보풀처럼 일어나 있다. 어지간히 몸에 게으른 여자가 아니고서야 이럴 수 있을까. 한심하다는 생각 한편으로 얼마나 사는 게 분주했으면 하는 연민도 일었지만 그렇다고 여자의 책임이 사라지는 것은 아니다. 소녀에서 여자로, 여자에서 아내로, 아내에서 엄마로 이어지는 끝없는 역할 연기를 하는 동안 누구보다 열심히 자기 자신을 돌보고 지켜야 하는 책임. 어떤 경우에도, 누구도, 자신의 몸과 마음을 짓밟지 못하게 할 책임. 어찌 되었든, 오늘 이 여자는 보기 흉하게 처진 소음순을 버리고 갓 체모가 자라나는 소녀의 분홍빛 소음순을 갖게 될 것이다. 물론 그것이 여자가 원하는 남편의 사랑을 얻게 해줄 수 있을지는 알 수 없는 일이다.

"자, 시작합니다!"

윤영은 짐짓 간호사들 들으라는 듯 크게 소리를 질러보지만 집중하기가 쉽지 않다. 수술 중 잡생각은 금물 중에 금물인데, 집중을 해야 한다는 생각이 오히려 집중을 방해한다. 윤영은 중간중간 고개를 들고 수술실의 하얀 벽을 바라본다. 눈은 피로했고 손끝에선 다른 때보다 심한 긴장이 느껴졌다. 어젯밤 잠을 못 잔 탓일까. 윤영이 동작을 멈출 때마다 국부마취를 하고 누워 있던 여자의 눈동자가 불안하게 흔들린다. 그러나 웬일인지 지난 주말 자기도 모르게 찾아갔던 장례식장의 풍경만 떠오를 뿐이고, 액자 하나 걸리지 않은 하얀 수술실 벽으로 그날 거기서 본 사람들의 얼굴과 표정들이 흑백영화의 한 장면처럼 떠올랐다 사라진다.

눈을 떠보니 어디선가 구수한 육개장 냄새가 났다.

하얀 비닐을 뒤집어쓴 상갓집의 앉은뱅이 탁자 위에는 어느새 음식들이 놓여 있었고, 윤영은 혼자였다. 검고 점잖은 옷차림을 한 채 둘 아니면 셋 이상씩 앉은 문상객들을 둘러보고서야 윤영은 자신이 얼마나 어처구니없는 짓을 했는지 깨달았다.

인터넷 고인 검색을 통해 여자의 이름을 발견할 때까지만 해도 윤영은 뭐가 어떻게 된 일인지 확인이나 해보자는 심산이었다. 죽고 싶다는 말은 쉽지만 실제로 죽는 것은 어려운 일이다. 윤영이 아는 한 죽고 싶다는 말 또한 살고 싶다는, 너무나 잘 살고 싶다는 말을 의미했다. 그런데 바로 며칠 전까지 눈앞에 살아 있던 여자가 죽었다고 한다. 그것도 스스로 목숨을 끊었다고 한다. 윤영은 믿을 수가 없었다. 간호사가 뭘 잘못 안 것이라면 이 기회에 평소에도 일처리가 맘에 안 들었던 그 간호사를 눈물이 쏙 빠지도록 혼을 내줘야겠다는 생각을 했고, 여자가 정말로 죽은 것이라면 그동안 쓸데없이 찾아와 신경을 거스르고 간 존재가 사라졌다는 사실만 생각하며 그녀를 잊어버리자고 다짐했다.

그런데 무엇이 윤영의 마음을 바꾸어버린 것일까. 왜 갑자기 여자를 찾아가봐야겠다는 생각이 들었던 것일까. 윤영은 여전히 그런 질문들에 명쾌한 답을 내릴 수 없었지만 어떤 순간에 자신의 마음이 극적으로 바뀌게 되었는지는 기억했다. 고인 검색을 마치고 사이버 조문 코너에 올라온 여자의 영정 사진을 봤을 때였다. 사진 속에서만 빛나는 얼굴로 웃고 있는 여자의 모습이 너무나 낯설었다. 윤영의 얼굴에 비친 여자의 표정을 아는 사람이 어쩌면 이 세상에 거의 없을지도 모른다는 생각. 윤영은 불현듯 여자가 바로 앞에 앉아 있기라도 한 것처럼 크게 소리 내어 묻고 있었다.

당신 혹시 나를 알고 있었어? 그래서 나를 찾아왔던 거야?

죽은 여자가 윤영의 질문에 대답을 해줄 리는 만무했다. 윤영은 답답했고 화가 났다. 무수한 실마리만 남겨놓고 혼자 입을 다물어버리다니. 이건 너무 비겁한 짓 아닌가. 영정 사진 앞에 가서 따지 듯이 물어보기라도 해야겠다는 생각을 한 뒤 얼마 지나지 않아 윤 영은 장례식장으로 가는 택시에 앉아 있었다. 그러나 정작 너무 긴 장을 했던 탓일까. 여자의 영정 사진 앞에 서서 자신이 어떻게 행 동을 했는지 윤영은 하나도 기억나지 않았다.

상주가 잠시 자리를 비운 듯 여자의 친척들로 보이는 여인들만 영정 사진 옆에 모여 있었고, 윤영이 서둘러 조문을 마치고 탁자에 앉는 사이 입구에서 작은 소란이 일어났다. 니가 여길 어떻게 알고 감히. 누군가 누군가를 내쫓는 소리가 들려왔고 또 누군가 누군가 를 내쫓는 사람을 말리는 소리가 들려왔다가 이내 잠잠해졌다. 체 구가 제법 큰 남자 하나가 빈소 밖에서 신발도 벗지 못하고 뒤돌아 섰다. 이윽고 나이가 지긋해 보이는 여인이 바닥에 주저앉아 가슴 을 쥐어뜯는 모습, 친척으로 보이는 사람들이 그 여인을 부축해 영 전 옆의 빈방으로 이끄는 모습이 보였다. 누굴까. 저 여인은 왜 저기 서 저러고 있는 것일까. 소란이 남긴 어색한 침묵이 이상하게 신경 에 거슬렸지만 그곳은 곧 익숙한 풍경으로 돌아갔다.

약간의 음료수가 놓인 탁자에 앉자마자 윤영은 후회하기 시작 했다. 삼삼오오 모여 앉아 담소를 나누고 있던 문상객들의 시선이 아무래도 신경이 쓰인 탓이었다. 윤영은 한동안 바닥에 시선을 박 은 채 가만히 앉아 있었다. 어쩌자고 여길 왔을까. 그리고 또 왜 여 기 앉아 주위를 두리번거리고 있는 것일까. 후회는 걷잡을 수 없이 커져만 갔다. 윤영은 다시 밖으로 나가야겠다고 생각했다. 그러다 가 문득 고개를 들었을 때였다. 머리를 가지런히 뒤로 묶은 한 소

녀가 쟁반을 들고 문상객들 사이를 오가는 모습이 보였다. 저 소녀
는……. 윤영은 자기도 모르게 눈을 감았다 떴다. 소녀는 어느새
윤영 앞으로 다가와 있었다.

— 뭘 좀더 갖다드릴까요?

윤영에게 묻고 대답을 기다리는 소녀의 얼굴에서 심희진 씨의
얼굴이 보였다. 딸이 있었구나. 윤영은 그때 알았다. 그런데 왜 한
번도 얘기한 적이 없었을까. 그러고 보니 여자는 주로 자기 얘기를
했을 뿐 가족 얘기를 한 적이 없었다는 것을, 윤영은 또한 그때 깨
달았다.

— 아뇨, 됐어요. 괜찮아요.

— 혼자신가요?

소녀가 다시 물었다.

— 아. 네, 저, 여기서 만나기로 한 친구들이 아직 안 와서…….

둘러대는 윤영의 목소리는 윤영이 듣기에도 이상했다. 그러나 소
녀는 개의치 않는다는 듯 오히려 윤영에게 미안한 표정을 지어 보
였다.

— 네, 그럼. 아무튼 더 필요한 것 있으시면 언제든 말씀하세요.
바보같이 제가 엄마 친구분들을 거의 몰라서요…….

순간 인사를 하고 돌아서는 소녀를 불러 세운 건 윤영이었다. 그
러고는 다시 한번 어처구니없게도, 이렇게 묻고 말았다.

— 그래요. 그럴게요. 그런데 몇 살이에요?

소녀는 어리둥절한 표정을 지었다. 상갓집에 혼자 와서 어린 상
주의 나이나 묻는 엄마의 친구가 비로소 이상해 보인다는 듯이. 하

지만 이내 그렇게 이상하게만 여길 일은 아니란 생각이 들었는지 입술에 엷은 미소를 띤 채 짧게 대답해주었다.

— 열일곱요.

그때 상복을 입은 한 남자가 커다란 목소리로 소녀를 불렀다.

— 세영아! 이리 좀 와봐.

소녀가 저쪽으로 사라지는 걸 물끄러미 바라보던 옆자리의 누군가 누가 들을세라 조심스럽게 중얼거렸다. 진짜 모르겠어. 사람 일은 말이야. 사람들은 조용히 음식을 나누면서 죽은 여자를 추억했다. 보이는 게 다가 아닐 수도 있지. 그나저나 그렇게 안 봤는데, 독하네. 사람이 스스로 목숨을 끊는다는 게 쉬운 일인가.

놀라워. 바로 지난주에도 전화 통화를 했었는데. 죽은 사람에 대한 산 사람들의 회상은 윤영이 복도로 나오다가 들른 화장실에서도 이어졌다. 정말? 그래서 만났어? 아니 만나지는 않았고 근황만 주고받았지 뭐. 어디가 많이 아픈 목소리였어. 어디가? 누가 알겠어. 말은 몸살기라고 하는데 몸이 문제가 아닌 것 같더라고. 이제 보니 더 그러네. 물론 내 생각일 뿐이지만. 그러게, 왜 그랬을까.

시설 좋은 병원의 화장실 수도꼭지는 아주 조금 손을 적실 만큼의 물만 흘려보내고 자동으로 입을 다물었다. 윤영은 고개를 들어 거울을 노려보았다. 그때 마침 화장실로 들어오던 소녀와 윤영은 다시 눈이 마주쳤다. 운 것인지 눈 주위가 빨갰고 한 움큼 삐져나온 머리카락이 소녀의 볼을 덮고 있었다. 제발, 아무것도 아는 척하지 말아주세요. 소녀의 무심한 눈빛이 윤영에게 애원을 하고 있는 것만 같았다. 윤영은 서둘러 얼굴에 찬물을 끼얹고 밖으로 나왔다.

통증 없는 레이저 시술이라 수술은 비교적 간단한 편이다. 잠시 후 간단한 약품 처치를 마치고 이삼 주가 지나면 성능 좋은 레이저로 태워낸 여자의 환부에서는 금세 분홍빛이 감돌기 시작할 것이다. 물론 그것으로 이 여자의 자존심까지 회복될지는 알 수 없는 일이지만, 생리학적 복원만은 완벽하다.

수술 직후 책상에 앉은 채로 깜빡 잠이 든 윤영을 깨운 건 간호사다. 점심 생각이 없다는 윤영을 빼고 자기들끼리 음식을 시켜 먹은 모양인지 코끝으로 채 빠져나가지 못한 된장 냄새가 풍겨온다.

"창문 좀 열고 에어컨 좀더 세게 틀어. 이런 거 먹을 때는 나가서 먹으라고 했잖아."

윤영이 타박을 하자 간호사는 금세 미안한 표정을 짓는다.

"죄송해요. 하지만 선생님이 하도 곤히 잠드셔서."

"깨운다고 누가 뭐라 그래? 괜찮으니까 알아서들 나가서 먹으라고. 괜히 여기저기 냄새 풍기지 말고."

윤영의 목소리엔 숨길 수 없는 짜증이, 입을 삐죽이며 고개를 끄덕이는 간호사의 얼굴엔 서운함이 가득하다.

"알았어요. 그나저나 아까 선생님 찾는 전화가 하나 왔었는데요……"

"왔었는데?"

"누구라고 말을 하지 않았어요."

"그래? 남자였어?"

"아뇨, 여자요. 좀 어린 여자아이 같았는데 메모 남겨주겠다고 했더니 그냥 끊어버렸어요."

조금 어린 목소리라. 딱히 떠오르는 사람은 없다. 간호사가 볼멘소리를 늘어놓는다.

"하여간 요즘 전화벨 소리만 들리면 괜히 긴장돼요. 이유 없이 가슴이 뛰고 병원 홈페이지를 하루에도 몇 번씩 살피는지 몰라요. 수술 문의나 상담 글 올라온 것들에 답변을 달 때도 평소보다 두세 배로 신경을 쓰고 있긴 한데, 어쨌든 마음이 영 편치 않아요."

"신경 쓰지 말고 하던 대로 일이나 열심히 해."

"그래도……."

말끝을 흐리는 간호사의 어깨를 한번 두드려주고 윤영은 카운터에 준비된 진료 카드를 집어 든다.

자, 어쨌든. 이제 회복실의 환자를 보러 갈 시간이다. 오전에 수술을 하고 잠이 들었던 환자는 아까부터 오줌을 눌 수가 없다고 호소하는 모양이었다. 윤영이 신호를 보내자 기다리고 있던 간호사가 의료 기기와 소독약, 거즈가 담긴 트레이를 챙겨 들고 윤영의 뒤를 따라 들어온다. 윤영은 능숙하게 환자를 바로 눕히고 그녀의 치마를 들어 올린다. 순간 드러누운 여자의 입에선 수치심과 부끄러움이 뒤엉킨 신음이 터져 나온다.

"휴우, 힘드네요."

"그렇죠? 하지만 금방 괜찮아질 거예요. 자, 무릎을 올리고 아랫배에 힘 빼세요."

환자는 고분고분 다리를 벌리고 심호흡을 한다. 능숙한 간호사가 그녀의 요도에 소변줄을 꽂는 동안 윤영은 환자의 허벅지를 쓰다듬는다.

"힘 빼세요. 자, 다 됐군요. 한 시간쯤 후면 가볍게 일어나 집으로 걸어갈 수 있을 거예요. 아무 걱정 말아요……."

환자를 향한 그녀의 대사 처리는 나무랄 데 없이 자연스럽다. 이 병원에서만 삼 년 가까이 공연을 해온 중견 연기자답다.

방광에 꽉 찬 오줌을 빼내고 편안히 잠든 환자에게 이불을 덮어 준 다음 윤영은 밖으로 나온다. 머리가 지끈거리는 게 요 근래 너무 많은 생각을 한 것 같다. 윤영은 양쪽 엄지를 세워 관자놀이를 꾹 눌러준다. 그럼에도 한껏 들이마신 숨은 가슴에서 걸린 채 더 이상 깊이 들어가지 않는다. 윤영은 오른손 엄지손가락으로 가슴 한가운데를 꾹 누르며 심호흡을 한다. 간호사가 윤영에게 다가와 "조금만 쉬세요. 이제 몇 건 안 남았는걸."라고 말하며 지나간다.

윤영은 이제 막 오후 3시를 향해 가는 시계를 확인하고 진료실로 들어간다. 방으로 들어가자마자 컴퓨터를 켜고 다시 한번 포털 뉴스의 제목을 꼼꼼히 훑은 다음에야 의자 깊숙이 등을 기댄다. 웬일인지 조용하기만 한 병원에서의 하루하루가 시끄러운 일들로 가득 찬 바깥세상보다 더 끔찍하다는 생각이 든다.

그러나 딱 여기까지다.

어딘지 불안하던 병원의 고요는 다음 날부터 조용한 균열을 일으킨다.

6
고백과 침묵

 웬일인지 운전을 하고 싶지는 않았지만, 그나마 도로의 정체가 아직 시작되지 않았다는 데 위안을 삼으며 윤영은 자동차의 시동을 건다. 늘 그랬듯 라디오의 볼륨을 높이고 핸들을 잡은 손가락을 까딱거리며 기분을 바꾸어보려 노력한다. 시선 양 끝으로 스쳐가는 둔탁한 한강에는 시선도 주지 않은 채 노래를 흥얼거려보기도 한다. 그러나 아는 노래가 많지 않다. 그나마 귀에 익숙한 노래들은 너무 빠르거나 가사가 유치하기 그지없다. 그래서일까. 무료해진 틈틈이 조수석의 휴대폰에 시선이 가는 걸 어쩔 수 없다.

 병원에 두었다고 생각했던 여자의 휴대폰이 윤영의 핸드백 안에서 울린 건 정말이지 의외였다. 심희진 씨 남편이라고, 뒤늦게 자신을 밝힌 남자가 여자의 휴대폰으로 전화를 걸어왔을 때는 이제 막 퇴근을 한 윤영이 샤워를 마치고 외출을 준비하고 있을 때였다.

"여보세요?"

윤영이 전화를 받자마자 남자는 대뜸 불쾌하다는 듯 되물었다.

"누구십니까?"

윤영이 선뜻 대답을 못하고 머뭇거리자 남자의 목소리가 한 옥타브 올라갔다.

"지금 전화를 받는 분이 누구시냐고 묻고 있지 않습니까?"

"네, 저는……."

윤영이 놀라서 머뭇거리는 사이 남자가 말을 가로챘다.

"지난번 저랑 통화하신 간호사분이 아닌 것 같아서 묻는 겁니다. 도대체 누구세요? 저는 심희진 남편 되는 사람입니다만."

"아."

짧은 신음이 터져 나왔다. 윤영은 더 이상 둘러댈 말이 없음을 깨달았다.

"네, 저는, 심희진 씨 담당 의사입니다. 유감입니다만 저도 뒤늦게 이야길 전해 들었어요. 안 그래도 전화 드릴까 했었는데 마침 전화 주셨네요. 휴대폰을 어떻게 돌려드려야 할지 말씀해주세요. 그리고 무슨 일인지 모르지만 당하신 일은 정말 안됐……."

습니다, 를 말하기도 전에 남자가 다시 윤영의 말을 가로챘다.

"돌려주신다고요? 고맙습니다. 방법은 제가 한번 생각해보죠. 아니 그럴 게 아니라 제가 직접 찾아뵙는 것이 좋겠군요. 어디로 가면 될까요?"

40대 후반쯤 되었을까. 이 사회에 통용되는 언어적 에티켓이란 모두 갖춘 듯 남자의 어투는 시종일관 공손하고 깍듯해 보였지만 그 안에 꼭 눌러둔 노기까지 감출 수는 없었다. 그 바람에 괜히 주눅이 든 윤영의 입에서 엉뚱한 말이 튀어나왔다.

"아니에요. 제가 그쪽으로 가겠습니다. 어디로 가면 되는지만 말씀해주세요."

다행히 남자가 말한 곳은 윤영의 오피스텔에서도 그리 멀지 않은 동네였다. 자동차를 이용한다면 십 분, 걷는다 해도 삼십 분이었다. 윤영이 잠시 시간을 계산해보는 사이 깊은 한숨을 내쉬던 남자가 혼잣말하듯 중얼거렸다.

"그런데 말입니다. 정말 궁금하군요. 초면에 이런 말 들으면 껄끄러우시겠지만 어쨌든 아내가 죽기 전 마지막으로 갔던 곳이 그 병원이었으니까요. 아, 오해는 마세요. 병원에서 무슨 잘못을 해서 아내가 그렇게 되었다고 생각하는 건 아니니까요. 전 다만 의사 선생님께 물어보고 싶은 말이 정말 많다는 말을 하고 있는 겁니다."

그러니까, 단단히 할 말을 준비해서 나오라? 그런 뜻이었을까. 생각하다 말고 윤영은 문득 핸들을 잡은 손에 힘을 준다. 지금 묻고 싶은 말이 많은 사람이 누군데. 그런 생각이 들어서다. 윤영이 여자를 안 시간은 고작 몇 주, 남편이 여자와 나눈 시간은 무려 십수 년이었다. 그동안 윤영이 보아온 여자의 불안한 정서와 강박적 행동이 과연 그 세월과 무관하다고 할 수 있을까. 남편이란 사람은 그것에 대해 어떻게 말할 수 있을까.

그러나 그렇다 해도 윤영은 여전히 여자에 대해 자신이 알고 있는 것을 남편에게 어디까지 말하는 것이 좋을지 알 수가 없다. 그동안 여자가 윤영에게 토해놓았던 말들. 늘어놓았던 이야기. 눈물 그리고 한숨. 귀를 막고 싶게 만들었던 고백. 비록 지금은 죽고 없지만 그건 여전히 누구에게도 말하고 싶지 않은 비밀이 아닐까? 가까운 누구에게도 말할 수가 없어 완전한 타인인 자신에게 풀어놓았던 것 아닐까? 의문들은 다시 윤영을 그리 멀지 않은 과거로 데려간다. 지난주 목요일, 여자가 마지막으로 윤영을 찾아왔던 그 시간 속으로.

─ 알아버렸어요. 남편이, 다 알아버렸다고요.

한동안 소식이 뜸했다가 다시 찾아온 심희진 씨의 얼굴은 시퍼렇게 멍이 들어 있었다. 한 손으로 얼굴을 가리고 있었지만 작은 손바닥으로 얼굴 전체를 가릴 수는 없는 법이었다. 난감해하는 간호사를 내보내고 의자를 권하면서도 윤영은 여자의 얼굴을 유심히 살폈다. 무슨 일인가 일어났다. 그리고 여자는 그걸 나와 의논하고 싶어 한다. 짧은 시간 윤영이 여자의 얼굴에서 발견한 건 그것이었고, 그런데 왜 또 나지? 이윽고 든 생각은 또 그것이었다. 퇴근 무렵 외출을 준비하고 있던 윤영은 마음이 조급했다. 최대한 짜증스러운 기분을 억눌렀음에도 목소리가 날카로워졌다.

─ 알아버렸다니, 뭘요?

─ 다요. 그냥 다. 그 짐승 같은 인간이 그렇게 싫다는데도 어젯밤 기어코 제 옷을 벗기더니 제멋대로…….

중언부언 알아들을 수 없는 말을 내뱉던 심희진 씨의 손은 어느덧 무릎으로 내려와 있었다. 덕분에 그녀의 얼굴이 더 또렷이 보였다. 눈 주위로 번져 있는 멍 자국은 생각보다 심각해 보였고 아랫입술은 흉하게 부어올라 있었다. 그나마 가리고는 싶었는지 얇은 밴드가 몇 군데 붙어 있었지만 그것은 상처를 덮는 역할을 하고 있었을 뿐, 여자의 모습을 더욱 처참해 보이게 하는 역효과를 내고 있었다. 돌려보내. 마음속에서 어떤 목소리가 들려왔다.

— 저기 죄송하지만 제가 지금 시간이 없어요.

윤영은 말하면서 손목시계를 보았다. 그리고 어떻게 하면 여자를 빨리 병원에서 내보내고 퇴근할 수 있을까를 궁리했다. 옷을 벗기다니. 누가? 짐승 같은 인간이라니. 누가? 듣기만 해도 불쾌한 얘기들이 아닌가. 그날따라 윤영은 정말 저녁 약속도 있었다. 닥터 안을 비롯한 몇몇 동창들과 저녁을 겸한 술자리였는데 며칠 전부터 꼭 참석하라는 전화를 여러 통 받았다. 아니다. 어쩌면 윤영은 그런 모임 같은 데 나갈 생각이 없었는지 모른다. 적당히 핑계를 대고 자주 가던 클럽에나 가서 혼자 술을 마실 생각을 하고 있었는지 모르겠다. 그러나 그건 여자가 자신을 찾아오기 전의 생각이었을 뿐, 막상 여자를 보자마자 윤영은 마음이 바뀌었다. 그랬다. 마음이 순식간에 바뀌어버린 것이다.

— 중요한 약속이 있어요. 제가 가지 않으면 안 되는 자리예요. 뭔가 어려운 일이 있으신 것은 알겠지만 지금은 안 돼요. 그러니 일단 진정하시고 다음에…….

— 알아요. 제가 지금 너무 무례한 행동을 하고 있다는 거. 병원에 오는 환자들이 다 이렇게 행동하지 않을 거라는 것도 알아요. 하지만 부탁이에요. 잠깐만, 아주 잠깐만요.

여자는 일어서서 핸드백을 집어 드는 윤영의 팔을 재빨리 붙잡으며 말했다. 순간 윤영은 여자의 손을 쳐내듯이 뿌리치며 인상을 찌푸렸다. 누군가 자신의 신체를 허락도 없이 만질 때면 자동으로 일어나는 몸의 반응. 시간이 없다고 말했잖아요. 못 들었어요? 윤영의 얼굴이 다른 때보다 심각하게 일그러지는 것을 보면서도 여자는 윤영의 표정을 읽지 못한 것 같았다. 오히려 눈물을 글썽이며 이렇게 말했다.

— 안 믿으시겠지만 저한테는 선생님밖에 없어요. 이런 얘길 할 사람이. 오늘 내내 죽고 싶은 기분이었는데 정말 거짓말처럼 선생님이 떠올랐어요. 그래서 달려왔어요. 택시를 탔는데 차가 너무 막혀 숨이 멎어버릴 것 같은 기분으로. 마지막이에요. 그러니까 정말 마지막으로. 다시는 이런 식으로 선생님을 괴롭히지 않을게요. 다시는.

어쩌면 비굴한 느낌마저 드는 여자의 애원이 윤영의 마음을 약하게 만들었던 것일까?

아니다.

어디선가 이런 눈빛을 본 적이 있다는 생각이, 결국 그 순간 윤영을 주저앉혔다.

그리고 무슨 얘기를 했더라?

가만가만 여자가 흘린 말들을 곱씹어보는 윤영의 머릿속으로 '지옥'이라는 낱말이 떠오른다. 남편과 한바탕 원하지 않은 잠자리를 갖고(하필이면 그날따라 남편은 거칠고 가학적이었는데 그때 여자는 너무 아팠다고 했다. 당연한 일이었을 것이다. 수술을 받은 지 채 사 주가 안 된 시간이었으니까) 홀로 거실에 쪼그려 앉아 몇 시간을 울었다는 얘기를 막

했을 때였을 것이다. 여자의 말에 따르면 그 낱말이야말로 자신의 결혼생활을 설명해줄 수 있는 세상의 유일한 단어였고, 여자가 평생 기억에서 지워버리고 싶은 낱말이었다.

— 사람들은 모를 거예요. 아니 어쩌면 다들 모른 척하며 살고 있는지도 몰라요. 좋아하지도 않는 사람 앞에서 옷을 벗는다는 게 어떤 건지 당해보지 않은 사람은 모른다고요. 그저 부부니까 노력 해야 한다고 말하겠죠. 아이를 낳았으니까, 아이를 봐서도 사랑해야 한다고 말하겠죠. 노력하면 모든 게 다 해결되는 것처럼 노력하지 못하는 사람에게 잘못이 있다고 말하겠죠. 하지만 전 그래서 노력이라는 말이 싫어요. 아니 증오해요. 노력이 필요한 사랑 같은 건 믿지도 않아요.

윤영이 조금씩 자신의 말에 귀를 기울인다고 생각해서였을까. 여자는 한층 정돈된 문장으로 자신의 생각을 설명하기 시작했다. 간간이 윤영과 눈을 마주치며 안도하는 표정을 지어 보였다. 윤영은 그때마다 입술을 지그시 깨물며 고개를 끄덕여주는 것으로 공감을 표시해주었다. 그랬군요. 맞아요. 얼마나 힘드셨어요.

그러나 속으로는 내내 다른 생각을 하고 있었다. 여자가 말하는 중간중간 수술에 들어가기 전 체크했던 여자의 몸 상태를 떠올리며 나이에 비해 훨씬 더 손상되고 변형이 되어 있던 질과, 정확히 어떤 수술을 원하느냐는 윤영의 질문에 '아무거나요' '뭐든 상관없어요' '그냥 선생님이 좋은 걸 추천해주세요' 했던 여자의 대답 같은 것들을 떠올렸다. 물론 윤영은 추천을 했다. 의사였으니까. 그러면서도 자기 몸을 남의 것인 양 말하는 여자를 조금은 한심하게 생각했다. 언젠가 전화를 걸어온 여자가 그저 달라지고 싶어서였다는 말을 하기 전까지는. 스무 살도 되기 전에 남자한테 당한 뒤로 제가 늘 이 모양이네요. 라는 말을 하기 전까지는.

그런데 언제부터였을까. 윤영은 생각을 계속 했다. 정확히 그때부터가 아니었을까. 윤영은 여자의 얘기를 듣고 싶었다. 여자의 경험이 무엇이었는지 알고 싶었다. 그런데도 모른 척, 늘 못마땅한 표정을 짓고 있었던 건 두려움 때문이 아니었을까. 하등 그럴 필요가 없다 생각하지만 자신도 혹 누군가에게 뭔가를 털어놓고 싶은 기분을 느끼게 되지는 않을까 하는 두려움.

그날도 역시 윤영은 거기서 한 발짝도 벗어나지 못했다. 그것이 여자와 마지막 대화가 될 줄은 꿈에도 생각하지 못했기 때문이었다.

지금에야 떠오른다. 윤영은 이런 말도 했다. 그래도 남편분은 심희진 씨를 몹시 사랑하는 것 아닐까요? 세상에! 그때 여자가 어떤 표정을 지었었지? 윤영은 생각한다. 여자는 조용히 웃었다. 결혼도 해보지 않은 윤영이 그런 말을 하는 것이 아주 이상하다는 듯이. 그리고 말했다.

— 저도, 그랬으면 좋겠어요. 하지만 제 고민은 그게 아니거든요. 정말이지 창피한 이야기지만 남편은 사람도 아니에요. 죄송하지만 그가 무얼 하는 사람인지까지는 말씀 안 드릴게요. 그 사람도 밖에서는 꽤 점잖은 척하는 사람이니까. 그러나 집에서는, 특히 잠자리에서는, 여자를, 여자 몸을, 개처럼 다뤄요. 그저 자기 기분 좋을 대로 찢고 벗기고 물고 빨죠. 아프다고 애원을 해도 사정을 봐주는 법이 없어요.

여자가 입술을 깨문 채로 윤영을 뚫어지게 응시했다.

— 애인은 달랐어요. 그 사람은 저를 정말 사랑해주었으니까요. 항상 친절했고 제 몸을 함부로 다루지도 않았어요. 아니 그는 애초에 잠자리를 무리하게 요구하지도 않았어요. 그런 점이 제게 더 신뢰감을 주었는지 모르겠지만 어쨌든 세상에 누군가 하나쯤 내 편인 사람이 있다는 게 그렇게 좋을 수가 없었어요. 무엇보다 그는 무엇이든 잘 들어주는 사람이었어요. 그 사람에겐 뭐든 터놓고 얘기해도 될 것 같은 편안함이 있었죠. 그런데 지난밤, 잠자리에서 뭔가 이상한 걸 눈치챈 남편이 갑자기 불을 켜고는 제 몸 구석구석을 뚫어지게 살피더니, 당신 누가 있어? 누가 있지? 하고 묻는 거예요.

그 순간 여자는, 숨이 멎어버릴 것 같은 기분 속에서도, 자신의 애인을 지키고 자신을 삶을 이어갈 방법이 무엇일까를 궁리했다고 했다. 그런데 의외로 할 수 있는 일이 아무것도 없어서 한숨을 쉬었다고 말하면서 다시 한숨을 내쉬었다.

— 그런데 나는 무서워서, 그 사람이 당장 무슨 일이라도 저지를까 봐 무서워서 아무 말도 할 수 없었어요. 그게 남편을 더 화나게 했던 것 같아요. 갑자기 남편은 벌떡 일어나더니 화장대며 옷장을 뒤지기 시작했어요. 그러고는 병원에서 받아온 처방전이며 항생제 같은 것들을 찾아내 바닥에 던지며 소리쳤죠. 마구 욕을 퍼부으면서 다 가만두지 않겠다고. 남편의 의심은 곧 확신이 되어버린 것 같았어요. 잘 모르시겠지만 그는 아주 참을성이 없는 남자거든요. 한번 흥분하면 끝장을 보려고 하는 게 우리 남편이에요. 이불을 끌어당겨 몸을 가렸지만 남편의 주먹을 피할 순 없었죠. 정말 죽고 싶은

기분이 들었지만 한편으로 홀가분한 기분도 들었어요. 이제 정말 끝이구나 하는 생각이 들어서.

여자의 말이 제법 길어지고 있었지만 윤영은 더 이상 시계를 보지 않았다. 다만 생각했다. 여기까지는 어쩌면 그냥 흔한 얘기인지 모른다. 감추어진 비밀이 드러나는 순간은 괴롭겠지만 결국 상황은 정리될 것이다. 헤어지거나 덮고 살거나. 아마도 헤어지게 되겠지. 어쨌거나 계속 맞고 살 수는 없는 일일 테니까. 여기까지도 흔한 얘기인지 모른다. 그러나 다음 순간 여자가 내뱉은 말들은 전혀 흔하지 않은 얘기로 윤영의 기억에 남았다. 그러고 보면 문제는 항상 다음에 있었다는 생각과 함께. 다음에 이어지는 말. 다음에 일어난 일. 다음에 일어나는 마음의 동요. 여자가 말을 이었다.

—사실은 내가 누군가를 정말 사랑할 수 있는 여자인가 하는 생각을 늘 해왔거든요. 아주 어렸을 때부터. 고등학교 1학년 겨울쯤이었나. 위로 한 살 차이가 나던 오빠가 가끔씩 제 방으로 와서 제 몸을 건드리기 시작했을 때부터.

여자는 거기서 말을 멈추고 윤영을 빤히 바라보았다. 두 사람 사이로 짧은 침묵이 흘렀다. 저 눈빛은 뭔가. 무엇을 얘기하고 싶은 눈빛인가. 스무 살도 되기 전에 남자한테 당했는데, 그러니까 그 남자가 오빠였다는 이야기를 하고 싶었던 것인가. 그래서 뭐?

여자는 마치 윤영의 생각을 읽은 듯이 덧붙였다.

—지금 생각해봐야 아무 소용 없는 일이지만 그 일이 없었다면 지금 남편과 그렇게 서둘러 결혼하는 일 같은 건 애초에 일어나지도 않았을 거예요.

여자가 얘기를 계속할수록 윤영은 목이 말랐다. 그러나 웬일인지 꼼짝할 수가 없어 그대로 앉아만 있었다. 손만 뻗으면 물을 따를 수 있는 정수기가 바로 옆에 놓여 있었는데도 말이다.

—선생님도 놀라시는군요. 맞아요. 이런 얘기가 평범한 건 아니니까. 하지만 그런 일들이 꼭 내게 일어나지 않으리라는 보장은 어디에도 없는 거죠. 거꾸로 누구에게나 일어날 수 있는 일이기도 하고요. 그런데도 저는, 말을 못 하겠어요. 내 잘못이 아닌데, 그게 내 나머지 인생을 모두 망쳐버렸다고 아무한테도 털어놓을 수가 없는 거예요. 선생님은 어떻게 생각하세요?

어떻게 생각하느냐고? 무엇을? 윤영은 난감한 표정으로 맞은편 벽의 액자를 바라보았다. 그러고는 깊이 고민할 필요가 없다는 듯 짧게 대답했다.

—그럴 필요가 없다고 생각해요.

—네?

—말할 필요가 없다고 생각한다고요.

여자가 윤영을 바라보며 무슨 말인지 모르겠다는 표정을 지어 보였다. 윤영은 덧붙였다.

—그런 걸 털어놓는다고 해서 달라질 건 아무것도 없으니까요. 아무것도. 그건 그냥 강박일 뿐이에요. 뭔가를 고백해야 될 것 같은 강박. 굳이 제 생각을 물으셨으니 대답한다면, 제 생각은 그렇습니다. 말할 필요가 없는 것들을 말해서 본전을 찾는 경우를 별로 본 적이 없어서요. 물론 이건 의사로서가 아니라 개인적인 의견일 뿐이지만.

윤영의 대답이 의외라는 생각이 들어서였을까. 여자의 얼굴에 실망인지 허탈함인지 모를 미소가 스쳤다.

—말할 필요가 없다…… 간단하네요.

—진짜는 늘 간단한 법이죠.

윤영의 대답에 여자는 다시 가벼운 웃음을 터트렸다. 그러고는 문득 너무 시간을 많이 뺏은 것 아니냐고, 이제 정말 가야겠다는 말들을 혼자 중얼거리다가 마지막인 듯 물었다.

—자기 안의, 소중한 뭔가를 잃어버린 사람이 자신을 지키는 방법이 뭔 줄 아세요?

이제 상대방을 빤히 바라보는 사람은 여자가 아니라 윤영이었다. 여자도 윤영을 바라보았다. 다시 침묵이 흘렀다. 윤영은 문득 여자와 수수께끼 놀이를 하는 기분이 들었다. 하지만 그래서 더 여자의 질문이 이상하다고 느꼈는지도 모르겠다. 세상의 모든 수수께끼야말로 세상에서 가장 이상한 정답을 가지고 있는 법이었으니까. 윤영은 여자의 질문에 대답하고 싶지 않았다. 여자가 대신 대답했다.

—그것을 소중하지 않다고 생각하는 거예요.

—…….

—그러면 모든 게 깨끗해지죠. 아무것에도 의미를 부여할 필요가 없어지니까.

—…….

—선생님 말을 듣다 보니 갑자기 그런 생각이 드네요.

—…….

윤영의 기억에, 그때쯤 여자는 처음 병원에 왔을 때와 달리 많이 차분해져 있었던 것 같다. 아마도 여자가 뭔가를 결심했다면 바로 그 순간이 아니었을까. 윤영은 지금에 와서야 그 생각을 한다.

"내 예감이 맞았군."

갑작스레 들려온 남자의 목소리에 윤영은 화들짝 놀라 뒤를 돌아본다.

들릴 듯 말 듯 조용한 음악이 흐르는 한적한 카페 입구.

이제 막 약속 장소로 들어가려던 윤영의 손에는 아직 진동을 멈추지 않은 심희진 씨의 휴대폰이 들려 있다. 윤영을 확인하고, 윤영의 손에 들려 있는 휴대폰을 확인하고, 제 예감을 확인한 남자가 툭, 자신의 휴대폰 폴더를 접고 묻는다.

"아까 저와 아내의 휴대폰으로 통화한 분 맞죠?"

윤영은 고개를 끄덕인다. 남자의 시선이 잠시 윤영의 손 위에 머물렀다 사라진다.

"그렇군요. 정말 올까 살짝 걱정을 하긴 했습니다만, 오셨군요. 어쨌든 이쪽으로 앉으시죠."

존댓말은 존댓말인데 어딘지 불편함이 느껴지는 말투. 남자가 자리를 잡은 곳은 카페 안이 아니라 재떨이가 놓인 야외 테이블이다. 윤영을 만나기 전까지도 담배를 피워 물었던지 재떨이엔 아직 연기가 남아 있다. 윤영은 적당히 연기를 피해 남자의 맞은편에 앉는다. 하지만 웬일인지 마음이 불편해져 자리에 앉자마자 어서 이 시간이 지나가길 바라는 마음이 되고 만다. 남자 또한 굳은 표정이다. 윤영은 최대한 차분한 표정으로 남자에게 여자의 휴대폰부터 건네준다. 뭐 별일이야 있겠어. 여기까지 온 이상 몇 마디나 적당히 나누다가 헤어지면 될 일이겠지. 그러다 보면 또 곧 잊힐 테고. 생각이 생각을 물고 저 혼자 침묵 속에 춤을 춘다.

"뭘 좀 드실까요?"

윤영이 커피, 라고 말하자 남자도 커피를 주문하고 참았다는 듯 담배를 피워 문다. 불을 붙이자마자 한 모금 길게 담배 연기를 빨아들인 남자가 가느란 실눈을 뜨고 윤영을 바라본다.

"공교롭게도. 당신은 아내가 죽기 전 마지막으로 만난 사람입니다."

이번엔 윤영이 물끄러미 담배를 피우고 있는 남자를 바라본다. 늘 불안하고 초조해 보였던 심희진 씨의 얼굴 때문이었을까. 상중이라 전체적으로 수척한 모습을 하고 있지만 큼직한 이목구비에 짙은 눈썹, 날카로운 남자의 눈빛이 어쩐지 부담스럽다.

"본의 아니게, 그렇게 된 것 같군요."

윤영이 공손히 대답하자 남자는 고개를 끄덕이다가 금세 머리가 아프다는 듯 두 눈을 질끈 감았다 뜬다.

"그렇죠, 본의 아니게. 나도 이런 일은 정말……." 하고 잠시 말을 끊었던 남자가 피우던 담배를 비벼 끄고 묻는다.

"상황이 이러니 긴 이야기는 어렵겠고, 하나만 물어봅시다. 당신은 그러니까, 혹시 말이죠, 일이 이렇게 될 걸 알고 있었습니까?"

남자의 질문이 너무 단도직입적이어서 윤영은 깜짝 놀란다. 이렇게 될 걸 알고 있었느냐고? 아무래도 초면에 너무 나간 것 아닌가. 아니 이건 너무 나간 게 아니라 무례하기까지 하다. 그는 마치 윤영이 아내의 죽음을 충분히 예상했음에도 모른 척한 것처럼 질문하고 있지 않은가.

"그럴 리가요. 다시 말씀드리자면 심희진 씨는 우리 병원에서 그저 아주 가벼운 수술을 받았을 뿐입니다. 물론 당연히 본인이 원해서였고요. 그러니 서로 뭘 자세히 알고 말고 할 사이가 아니었습니다. 당하신 일은 안됐지만 저희로서도 매우 유감으로 여기고 있습니다. 너무 갑작스러운 일이라 무슨 말을 드려야 할지 모르겠지만요."

남자는 여전히 윤영을 뚫어지게 보고 있다. 그 눈빛이 적의에 차 있어 태연한 표정을 유지하는 것만으로도 힘이 든다. 시간은 평소보다 더디게 흐르고, 윤영은 점점 말문을 잃어간다. 침묵이 길어질수록 닥터 안 생각이 간절해진다. 아니 정확히 말하면 닥터 안이 아쉬워진다. 그녀였다면 분명, 깨끗하고 확실하게 이런 자릴 매듭지을 수 있었을 텐데. 필요하다면 사회적 지위를 내세운 고압적인 태도를 동원해 남자로 하여금 어떤 의문이나 질문의 필요성을 느끼지 못하게 했을 수도 있다. 깔끔하고 차갑게, 아무런 감정의 찌꺼기나 마음의 동요도 없이. 그런데 어쩌자고 나는⋯⋯. 여기까지 생각을 하고 있을 때 남자가 갑자기 입술을 일그러뜨리며, 두 번째 담배를 피워 문다.

"그러니까 몰랐단 말이군요. 묻고 싶은 말이야 많지만, 그래요, 그렇다고 해둡시다. 이미 이렇게 된 마당에 나도 불필요한 오해 같은 건 하고 싶지 않으니까."

그때서야 윤영은, 겉으로 차분하게 대화를 이어가는 남자의 모습이 어딘지 불안하고 초조해 보인다고 느낀다. 불을 붙이고 몇 모금 빨지도 않은 담배를 다시 비벼 끄는 모습 때문이었을까. 무언가 자신을 위한 실마리를 찾으려는 사람처럼 간절해 보이기도 한다. 남자가 앞에 놓인 물을 한 모금 마신 뒤 토해내듯 말을 잇는다.

"그런데 말이죠. 이게 말이지 생각만큼 간단하지가 않아요. 알다시피 아내가 약을 먹은 건 사실이지만, 주변 사람들 모두 심정적으로 그렇다고 확신하기 전까지는 나도 당신도 이 일에서 자유롭지 못하단 말씀이죠."

어쩐지 그럴지도 모른다고 생각했는데, 남자의 말투는 어느새 공격적이 되어 있다. 그러거나 말거나 어서 빨리 자리를 뜨고 싶을 뿐. 윤영은 종업원이 가져다준 커피에 설탕 두 개를 다 털어 넣고 따져 묻는다.

"저기, 무슨 말씀이신지 잘 이해가 안 되네요. 여러 가지로 경황이 없으신 건 알겠지만 저희로서도 병원 외적인 일에 대해 그다지 드릴 말씀이 없는 입장이라는 것을 잘 아실 텐데요."

"그렇겠죠. 그렇게 말할 거라는 것도 알고 있어요. 하지만 나보다는, 경찰이 찾아갈지도 몰라서 드리는 말씀입니다."

"경찰이, 우리 병원에요?"

윤영이 놀라 되묻는다.

"그래요. 물론 병원은 의료적인 답변만 하면 되고 당신 또한 그 선에서 대답하면 그만이겠지만, 나는 좀 상황이 달라요. 자의든 타의든 당신은 마지막으로 내 아내와 이야기를 나눈 사람이니까. 하필이면 전날 부부싸움을 했는데 나중에 그걸 알게 된 장모가 문제를 제기했어요. 이미 매장이 끝난 시신을 부검이라도 해서 내게 죄

93

를 뒤집어씌울 태세란 말입니다. 그러니 둘러댈 생각 마시고 사실대로 말해야 할 겁니다. 당신이 내 아내에게 들은 것 본 것 모두 다. 그걸 알아야 나도 내 자신을 방어할 수 있지 않겠습니까?"

경찰이 어쩌고 할 때부터 알아봤어야 했다. 윤영은 계속 고압적인 남자의 태도가 몹시 신경에 거슬린다. 아내가 죽은 마당에 의심까지 받고 있으니 상황은 안됐지만 그것도 엄밀하게는 윤영과 상관없는 일이다. 남자에겐 안된 말이지만 윤영은 이제껏 남의 일에 잘못 끼어들었다가 낭패를 본 사람들을 많이 알고 있었다. 자고로 남의 일이란 아무리 선의를 가지고 접근한다 해도 상황에 따라 얼마든지 오해가 가능한 영역이었으니까. 더군다나 윤영은 의사였다. 닥터 안의 말처럼 정신과가 아니라 성형외과 의사. 이제 와서 저 남편이란 작자에게 여자와 나눈 개인적인 얘기들을 다 고해바칠 의무가 윤영에겐 하나도 없는 것이다.

재빨리 입장을 정한 윤영은 처음과 같은 말을 되풀이한다. "글쎄요. 저는 별로 드릴 말씀이 없는데요. 아까 말씀드렸듯이 심희진 씨는 그저 저희 병원에서 간단한……"까지 말했을 때, 문득 남자가 윤영을 자르며 중얼거린다. 들릴 듯 말 듯 낮은 목소리였으나 불만이 가득 찬 목소리로.

"무슨 녹음기를 틀어놓은 것처럼. 앵무새도 아니고."

"네?"

"지금 의사 선생님 태도가 그렇잖아요. 물에 빠진 사람을 앞에 두고 정말 그것밖에 할 말이 없어요?"

남자의 목소리가 한 옥타브 올라간다. 급하니까 우선 소리부터

질러보자는 심산이었을까. 아니면 여자라서 쉽게 보고 소리부터 질러보는 것일까. 어느 쪽이든 기분이 상하긴 마찬가지여서 윤영은 잔뜩 이맛살을 찌푸린 채 남자를 쏘아본다. 평소 남편을 짐승 같다고 했던 심희진 씨의 목소리가 다시 또렷이 떠오른 것도 그 순간이다. 하지만 아무 데서나 그런 게 통할 것이라고 생각했다면 오산이다. 윤영은 단호히 경고한다.

"소리 지르지 마세요. 당신이 내게 그럴 권리는 어디에도 없으니까."

남자가 멈칫한다. 윤영은 다시 힘주어 말한다.

"그리고 계속 그렇게 다그치시니까 말씀드리죠. 경우에 따라 저는 남편분께 얼마든지 불리한 증언을 할 수도 있는 사람이라는 걸 알아주셨으면 합니다. 말이란 그런 거니까요. 하기에 따라 독도 되고 약도 되는. 물론 저는, 이미 느끼셨겠지만 의사로서의 답변 외에 어떤 것도 말할 생각이 없습니다. 사실 아는 것도 들은 것도 별로 없고요. 무엇보다 심희진 씨에 대해서라면 바로 제 앞에 앉아 계신 분이 더 잘 아시리라 생각하니까요. 그리고 그동안 본인이 아내를 어떻게 대했는지도 물론 잘 아시리라 여기고 있으니까요. 지난주 상황 역시 그런 면에서 좀 불미스러워 보였습니다만. 아닌가요?"

윤영의 말에 남자는 주춤, 정곡을 찔린 듯한 표정을 지어 보인다. 하지만 결코 물러날 뜻이 없는지 다시 담배를 피워 물며 윤영의 눈을 피하지 않고 응시한다.

"오래 같이 산다고 상대방을 잘 아는 것은 아닙니다. 오히려 오래 같이 살아서 전혀 모르는 게 더 많은 법이죠. 어쨌든 좋아요. 그럼,

계속 그런 태도이시니 제 쪽에서 간단하게 몇 가지 궁금한 것만 물어보고 일어나죠. 그건 괜찮으시겠죠?"

"그러시든가요." 하고 윤영은 의자 뒤로 등을 기댔다.

"아, 그전에 우선 지난주 불미스러운 상황은 오해라는 말을 먼저 해야겠군요. 듣자하니 내가 아내를 어떻게 해서 얼굴이 그 모양이 되었다고 생각하는 것 같은데 절대 아닙니다. 나는 아내를 때린 적이 없어요. 그저 조금 다그쳤을 뿐이죠. 난 단지 차갑고 무뚝뚝하고, 늘 뭔가를 숨기는 듯한 아내에게 잔뜩 화가 나서, 나도 모르게 물건들을 좀 집어 던졌는데 아내가 그걸 피하다가 가구에 부딪친 거란 말씀입니다."

남자는 애써 상황을 설명하지만 윤영은 믿을 수 없다. 어차피 여자는 죽었고 아무것도 변명할 수가 없다. 남자의 말이 모두 진실이라고 어떻게 확신할 수 있는가. 윤영이 자신의 말을 믿지 않는다는 걸 남자도 금방 눈치챘다.

"어쨌든 그건 그렇고, 의사 선생님이니 나보다 더 잘 알겠군요. 아내를 진료하면서 뭔가 이상하다고 생각한 게 없습니까?"

"없는데요."

"그럼 둘이 주로 무슨 이야기를 나눴습니까?"

"당연히 수술에 대한 얘기죠. 의사와 환자 관계였으니까요. 더 자세히 듣고 싶으신 건가요?"

"아뇨, 아닙니다. 그런데 제 질문의 의도는 그게 아니에요. 수술 같은 것 말고 아내가 혹시 다른 사적인 얘기 같은 걸 의사 선생님께 한 적이 없느냐 묻는 겁니다."

윤영은 잠시 생각을 해보다가 대답한다. 이런 정도야 숨길 것이 없다는 생각이 들었으므로.

"Y시에 대한 얘기를 많이 하더군요. 가끔 짬을 내 차를 마시거나 전화 통화를 하게 될 때."

"Y시라니?" 남자가 되묻는다.

"거기가 고향이라고 하던데요."

"고향이라면 S시겠죠."

남자는 그러고서 윤영을 한참 노려본다. 마치 그 순간 윤영의 표정이 굳어버렸다는 걸 눈치챈 사람처럼.

"아뇨, 분명히 Y시라고 했어요."

윤영은 완강히 고개를 젓는다. 남자가 대답한다.

"그래요. 그랬겠죠. 하지만 지도를 한번 찾아보면 금방 아실 텐데요. 우리나라에는 Y시라는 곳이 없다는 것을 말입니다. 어쨌거나 의사 선생님은 아내가 그런 말들을 할 때 어떤 것은 거짓말일 수도 있다는 생각을 전혀 해보지 않았습니까?"

"거짓말이라니. 왜 제게 그런……."

"그거야 나도 모르죠. 사람이란 늘 자기 편할 대로 기억하고 말해버리니까요. 죽은 사람이 이제 와 대답해줄 리도 없으니 저도 답답하네요. 그러나 한 가지, 이거 하나만큼은 분명히 말할 수 있어요. 내 아내는, 보아하니 의사 선생님도 눈치채지 못한 것 같습니다만, 오랫동안 성형 중독에서 헤어 나오지 못했다는 사실입니다."

성형 중독? 이건 또 무슨 소리일까.

그러나 그보다도 그 순간 윤영을 혼란스럽게 하는 건 S시라는,

남자의 분명한 목소리였다. S시라고? 여자의 고향이 S시였어? 어지럽다. 남자는 더 이상 윤영에게 들을 얘기가 없다는 듯 자기 얘기를 계속한다.

"명색이 의사 선생님이시니 나보다 더 잘 알겠지만, 성형 중독 그거 옆에 있는 사람이 견디기 쉬운 일은 아니죠. 게다가 한 번도 아니고 두 번 세 번 반복되는 마당에는 보는 사람이 더 미칠 지경이 되어버립니다. 처음에는 가볍게 코를 높이더니 나중엔 유방을, 그 다음엔 턱을 깎고 광대뼈를 손봤어요. TV뉴스를 보면 그러다 평생 후회하기도 하고 심한 경우 죽기도 한다던데 아내는 전혀 개의치 않았어요. 맘에 들지 않으면 이미 수술 받은 부위를 몇 번씩 다시 고치곤 했으니까요. 세상에, 전 도저히 이해할 수가 없었습니다. 왜, 도대체 왜 아내는 일 년에도 몇 번씩 멀쩡한 몸에 그런 짓을 반복할까. 아무리 물어도 아내는 제대로 대답한 적이 없어요. 오히려 물으면 물을수록 거짓말을 반복했죠. 심심해서 그랬다느니, 더 예뻐지고 싶어서 그랬다느니 둘러대는 것도 모자라 이런 일까지 저질렀으니 지금 누가 미쳐야 정상입니까?"

남자가 무서운 눈빛으로 윤영을 노려본다. 마치 그 질문에 대한 답을 윤영이 알고 있다고 생각한다는 듯이. 그러나 윤영은 여전히 무슨 말을 해야 할지 알 수가 없다. 기껏 발끈했다가 제대로 뒤통수를 맞은 기분이 들 뿐이다. 얼굴이 화끈거리고 심장이 뛴다.

"여자들끼리 무슨 이야기를 나눴는지 모르지만 내가 원한 건 아주 평범한 것들이었어요. 낮엔 열심히 일하고, 밤에는 집으로 돌아와 사랑을 나누고, 주말이면 함께 산으로 바다로 나갔다 들어오는 생활. 아주 단순하고 쉬운 거죠. 복잡하게 생각할 것도 없고 걱정할 일도 없어요. 난 그러기에 충분한 돈을 벌었고, 시간을 낼 수 있었고, 내 아이들을 사랑했어요. 모든 조건이 완벽했단 말입니다. 아내만 마음을 잡아준다면 그 이상 완벽해질 수도 있었어요. 그런데 아내는, 그 여자는 이런 날 한 번도 따뜻이 안아준 적이 없었어요. 정말이지 한 번도, 날 자기 남자로 받아들이고 마음을 다해 안아준 적이 없었다고요. 그런데 이제는 내게 폭력 남편의 굴레까지 뒤집어쓰라 하는군요. 선생님은 이게 공평한 일이라고 생각하세요? 그날 분명히 아내를 만나셨잖아요. 그런데도 정말 나한테 할 말이 없어요?"

남자의 질문에 윤영은 다시금 인상을 찌푸린다. 왜 다들 내게 의견을 묻는 걸까. 왜 자기들 스스로는 대답을 찾지 못한단 말인가? 답답하고 짜증스러웠지만 감정을 드러내는 대신 윤영은 물끄러미 맞은편 남자를 바라본다. 어쩌면 저 남자는 너무나 단순해 거짓말을 지어낼 능력도 없는 건 아닐까, 그런 생각이 스쳐서다. 지금 이 상황이 모두 사실이라면, 남자는 분노하고 있는 것이다. 오랫동안 자신의 남성을 거부하고 죽어버린 아내에게. 그 죽음조차 동정할 수 없게 된 자신에게. 그것이 분노인지 애증인지 스스로도 몹시 혼돈스러운 모양이다. 그러나 혼돈스럽긴 윤영도 마찬가지다. 지도에도 없는 도시를 들먹이며 거짓말을 한 여자도, 성형 중독이라는 뜻밖의 이야기도, 윤영은 더 이상 앉아 있지 못하고 핸드백을 들고 일어난다.

"죄송합니다. 제가 좀 머리가 어지러워서요. 먼저 실례해야 할 것 같아요. 어쨌든 휴대폰은 돌려드렸으니 제 할 일은 다 한 것 같네요. 그럼……."

남자가 못마땅한 듯 윤영을 쏘아본다. 윤영은 그 눈을, 피해버린다. 혹시라도 그의 눈빛 속에서 또 누군가의 뒤통수를 치는 기만의 그림자를 발견하게 될까 두려워서다. 그것을 발견하고 다시 동요하는 자신을 견딜 수 없을 것 같았기 때문이다. 어쩔 수 없다면 차라리 거짓을 믿어버리는 게 상책일 수도 있다. 어차피 한사코 시시비비를 가려야 할 진실 같은 건 이 세상에 존재하지 않을 테니까. 윤영은 금방이라도 넘어질 것 같은 현기증을 꾹 참으며 카페를 빠져나온다.

어쨌든 이것으로 끝난 거야.

혹시라도 경찰이 찾아온다면, 쓸데없이 아는 척하지 않으면 돼.

그러니 이제 그만, 더 궁금해하지도, 알려고 할 필요도 없어.

심희진, 그 여자에 관한 일은.

7
클럽 데이

적어도 겉으로는, 처음 남자를 만났을 때와 같은 태연한 표정으로 윤영은 카페를 빠져나온다. 초저녁 도시의 어둠은 두터운 먼지를 뒤집어쓴 듯 무겁게 가라앉아 있다. 윤영은 가까운 편의점에 들어가 캔커피 하나를 사들고 나온다. 어쨌든 남자에게 여자의 휴대폰을 전했다는 데서 오는 홀가분함과 이유를 알 수 없는 고독감이 적당히 엉겨들며 허기를 자극한다. 유난히 연인 단위의 식사 손님이 많은 곳만 아니라면, 아무 식당이나 들어가 맛있는 음식으로 배를 채우고 싶기도 하다. 그러나 윤영은 곧 마음을 고쳐 빈 위장 대신 어지러워진 마음을 다스리기로 한다.

클럽 데이는 홍대 앞에 위치한 전형적인 라이브 카페였다. 무제한의 목소리를 지닌 로커와 털북숭이 드러머와 로맨틱 기타리스트와 오래된 LP판을 척척 찾아내는 디제이가 있는 곳. 지상에서 한 계단 내려간 비좁은 공간이라는 게 좀 흠이었지만 혼자인 사람들이 자유롭게 와서 어울릴 수 있는 최상의 공간이기도 하다. 조명은 어둡고 공기는 탁하며 사람들은 뭔가에 반쯤 넋이 나가 있다. 아무도 현실의 직업이나 나이 같은 것을 묻지 않으며 과거의 행적을 문제 삼지 않는다. 화제는 주로 노래이거나 춤이거나 그들이 흥미롭게 본 연극이나 영화, 전시회 같은 것들이다. 그도 아니면 바로 지금 그들의 마음을 흔드는 욕망 같은 것이다. 바로 지금, 그것이 중요하다.

계단을 다 내려간 윤영은 시계를 한번 보고 옷맵시를 한번 더 가다듬은 다음, 클럽 안으로 들어간다. 판을 고르느라 분주한 디제이 바로 앞자리에 자리를 잡고 실내를 둘러보다가 서빙에 바쁜 아르바이트생에게 하이네켄 한 개를 부탁한다. 여기까지는 거의 한 동작이다.

"하이, 오랜만이네요."

판을 갈아 끼우며 디제이가 인사를 건넨다. 윤영은 주위를 두리번거리며 무심한 듯 그의 인사에 대꾸한다.

"네, 그동안 잘 있었어요?"

"네, 뭐. 매일 똑같이. 그쪽은요?"

디제이가 한 박자 늦은 대답을 하는 동안 윤영 앞으로 이제 막 냉장고에서 나온 하이네캔 하나가 놓인다. 매끄러운 알루미늄 표면에 물기를 주렁주렁 단 모습이 새삼 윤영의 갈증을 자극한다.

"마찬가지죠."

말하고 나서 윤영은 하이네켄을 벌컥벌컥 들이켠다. 이른 시간이라서인지 멤버들도 아직 연주를 시작하기 전이다. 반쯤 넋이 나가 있어야 할 손님들의 표정도, 탁해야 할 공기도 지나치게 맑은 느낌이다. 할 수 없이 디제이와 잠시 이야기를 나누기로 한다. 순전히 시간을 지나가게 할 목적이었을 뿐 다른 의도는 없다. 언제나 그랬듯 윤영이 무슨 말인가를 중얼거리면 디제이가 그것에 대해 묻는 식이다.

"지난주는 다른 때보다 수술이 많았어요. 그거 알아요? 그런 날이면 유난히 갈증이 심해진다는 거. 아, 물론 별다른 뜻은 없어요. 누가 죽거나 심하게 위독해졌다거나 하는 일들이 있었던 건 아니니까. 그냥 매일 환자들이 찾아오는 병원에서 하루를 보낸다는 게 그다지 즐거운 일은 아니죠. 게다가 내 환자들은, 어떤 면에서 구제불능인 경우가 많거든요."

"구제불능이라니?"

턴테이블 앞에서 판을 고르고 있던 디제이가 문득 흥미로운 표정으로 물어온다. 귀의 3분의 1은 음악에, 3분의 1은 음악을 청하는 손님들에게 집중한 채 나머지 귀의 3분의 1 정도만 윤영에게 내어준 꼴이다. 디제이의 눈은 윤영에게 고정되지 않고 그가 작동 중인 오디오와 LP판 사이를 부지런히 오간다. 윤영 또한 그만을 바라보고 있지 않다. 하지만 그런 식으로도 얼마든지 대화는 이어진다. 때때로 공허한 느낌이 들기도 하지만 그런대로 편한 관계라고나 할까.

"누구도 어떻게 해줄 수 없다는 뜻이죠. 의사가 신은 아니니까. 바보같이 그들만 몰라요."

"그러니까 세상에 믿을 사람 없다는 이야기인가?"

"그런 셈이죠."

"하지만 당신도 의사잖아요. 의사가 그렇게 말하면 되나? 우리 같은 사람들은 누굴 믿으라고요."

윤영은 문득 허를 찔린 기분으로 디제이를 바라본다. 병원에 다니는 의사라면 모두 환자 생각만 하고 사는 줄 아는 모양이지만 굳이 교정해주고 싶은 생각은 나지 않는다. 의사로서 사명감이나 신념에 대한 디제이의 지적도 그냥 웃어넘긴다. 세상은 그렇게 아름다운 마음이 흘러넘치는 술잔이 아니다.

그는 여전히 다른 곳을 보고 있다. 손님들이 신청한 음악 쪽지는 쉴 없이 그의 손에 쥐어졌다가 쓰레기통으로 직진한다. 하지만 그는 쪽지를 오래 보지 않고도 척척 판을 찾아내는 실력을 갖춘 베테랑이다. 아무리 바빠도 손님들의 기대를 저버리는 법이 없다. 그러면서도 꼬박꼬박 윤영의 말에 대꾸해주는 것도 잊지 않는다.

"그런가? 듣고 보니 그러네요. 난 그냥, 좀 답답해서 해본 말이에요."

"왜 답답한데요?"

갑작스러운 질문에 놀란 윤영의 시선이 디제이의 얼굴에 붙박인다.

"지금, 나한테 질문한 거예요? 왜냐고요?"

윤영의 반문에 디제이가 고르던 판을 놓고 윤영 쪽으로 바투 다가와 앉는다.

"왜, 놀랐어요? 평소처럼 그래, 그렇구나, 하고 응대해주지 않아서? 하지만 나도 바보는 아니라고요. 오랜만에 나타난 단골 얼굴이 어떤 상태인지도 못 알아볼까. 그러니까 말해봐요. 혹시 알아요? 그러면 기분이 풀릴지. 가까이서 보니 얼굴이 더 말이 아닌데요."

친절은 고맙지만 익숙하지 않은 반응은 사양이다. 윤영은 가까이 다가온 그의 얼굴을 밀어내듯 뒤로 물러나 앉는다.

그때 마침 껄렁껄렁해 보이는 한 무리의 남자들이 클럽 안으로 들어오다 윤영과 눈이 마주친다. 꼭 낀 청바지에, 젖꼭지가 드러날 만큼 얇은 스포츠 티를 걸친 애송이들이었다. 은색의 동그란 귀걸이가 한쪽에만 달려 있고 왁스를 잔뜩 바른 머리카락은 하늘로 잡아당겨질 듯 정수리 위로 솟아 있다. 그렇게 힘을 준 머리카락이 한없이 가벼워 보이는 게 우스꽝스러울 지경이었다. 윤영은 너무 윤기나게 빗어 올려 다른 신체 부위의 존재감을 잊게 만드는 녀석들의 머리통이 텅 빈 수박 같다는 생각을 한다.

"정말 아무 말도 안 할 거예요?"

디제이의 재촉에 잠시 갈등하던 윤영은 할 수 없이 아까부터 툭 툭 떠오르는 심희진 씨의 이미지를 잘라내며 말한다.

"사실은, 누가 죽었어요. 아주 잠깐 만난 환자일 뿐인데 좀 신경이 쓰이네요."

"왜 죽었는데요?"

"몰라요."

"모른다면, 혹시 자살?"

"아마도."

디제이가 잠시 생각에 잠긴 사이, 아까 들어온 남자들의 테이블엔 뚜껑이 열린 맥주병이 차곡차곡 쌓여간다. 아주 먼 거리는 아니었지만, 음악 소리 때문에 무슨 말을 나누는지 들리지는 않는다. 다만 한눈에도 왁자지껄해 보이는 게 벌써 많이 취한 분위기였다. 그중 스포츠머리에 스포츠 티셔츠를 입은 애송이 하나가 힐끔 윤영을 바라보며 둘 사이의 거리를 재듯 실눈을 뜨고 있다. 윤영은 잠시 그를 노려보다가 고개를 돌려버린다. 그때 디제이가 다시 말을 걸어온다.

"그런데 유서는 없었고요?"

"글쎄요. 늘 자던 침대에서 약을 먹은 거라니까, 있을 수도 있고 없을 수도 있겠네요."

"다행이네요. 목을 맨 건 아니라서."

"네?"

"왜 요즘 그게 유행이잖아요. 연예인들도 봐요, 줄줄이. 어떻게 된 게 자살도 모방하는 시대라니까."

타인의 고통에 대한 타인의 관심만큼 심심하고 의미 없는 것이 또 있을까. 점점 재미있다는 듯 관심을 보이는 디제이를 보며 윤영은 그때서야 괜한 이야기를 꺼냈다는 생각을 한다.

"그만해요. 음악이나 더 틀어줘요."

말하면서 윤영은 무작위로 떠오르는 낱말들을 엮어 납득할 만한 이야기를 만들어보려 애를 쓴다. S시와 성형 중독, 자살, 그리고 병원으로 전화를 걸어 윤영을 찾았다는 소녀. 디제이는 갑자기 입을 다물었고, 윤영은 남은 하이네켄을 한 방울도 남김없이 마셔버린다.

'아무렴 어때. 아무렴.'

짙게 선팅된 차 안. 뒷좌석에 바지를 벗고 앉은 남자를 타고 몇 분째 피스톤 운동을 하며 윤영은 속으로 중얼거린다.

조금 전 클럽에서 나온 게 9시였으니 아마도 지금은 10시쯤 되었을 것이다. 클럽 안에서부터 몸이 달아 있던 애송이는 굳이 모텔이 아닌 차 안을 선택했다. 잠깐의 음주운전이 신경 쓰여 대리기사를 부르긴 했지만 여기는 고작해야 클럽에서 멀지 않은 주택가 뒷골목이다. 유혹적인 옷차림과 흐느적거리는 표정이 난무한 도심 속 유흥가의 사각지대. 네온사인에 밀린 주택가의 불은 거의 꺼져 있고 오가는 사람은 없다. 하긴, 지난해 여대생 납치 살인으로 더 유명해졌던 골목이고 보면 사람이 지나다니는 게 오히려 이상한 일이긴 하다. 어쩐지 으스스한 기분이 들면서도 윤영은 그런 기분이 맘에 들었다. 모름지기 틀에 박힌 섹스보다는 무엇 하나라도 새로운 자극이 있는 섹스가 좋은 것이니까. 캄캄한 어둠. 좁은 차 안. 누군가 들여다볼지도 모른다는 불안감. 처음 본 남자. 적당한 취기. 오늘 밤 윤영이 섹스에 불러들인 최음제들이다.

9월을 향해 달려가는 8월의 마지막 밤은 섹스하기에 안성맞춤이다. 맨살을 드러내놓고 땀을 흘리기에 차 안의 온도도 적당한 수준이다. 내친김에 창문을 내리고 싶지만 혹시나 생길지도 모를 불상사에 대비해 그것만은 참기로 한다. 애송이는 아까부터 아예 숨을 참고 있다.

"좋아?"

윤영이 묻자 애송이는 기다렸다는 듯 급하게 고개를 끄덕인다.

위아래로 천천히, 그리고 가끔씩 빠르게 움직이고 있는 윤영의 엉덩이를 필사적으로 잡고 있는 그의 표정이 썩 나쁘지 않다고 윤영은 생각한다. 여자의 욕망에 전적으로 복종하고 있는 듯한 남자의 얼굴. 윤영은 고개를 숙여 절정의 한순간을 기다리고 있는 애송이를 쏘아보다가, 갑자기 동작을 멈춘다. 그러고는 어안이 벙벙해져 멍하니 입을 벌린 애송이로부터 몸을 빼내며 다시 한번 묻는다.

"좋아?"

처음에 애송이는 윤영의 질문이 장난인 줄 알아들은 모양이다. 그러나 이내 뭔가 상황이 틀어졌음을 눈치채고는 버럭 화를 낸다. 뭐야, 지금? 이라고 했던가, 아니면 뭐야, 쌍! 이라고 했던가. 어쨌든 욕을 퍼부으며 윤영을 다시 제 몸 위로 올리려고 애를 쓴다. 절정의 목전에서 욕망이 꺾인 남자의 팔 힘은 생각보다 세지 않다. 다만 거머리처럼 징그럽고 귀찮을 뿐이다. 윤영은 그를 밀어내고 또 밀어낸다. 거듭 거부를 당하면서도 애송이는 윤영의 행동을 장난으로 받아들이는 눈치다.

어느 순간 애송이와 실랑이에 지친 윤영은 애송이의 뺨을 후려치고는 운전석으로 건너가 재빨리 시동을 건다. 창문을 내리고 클랙슨을 울리며 소리친다.

"소란 피우고 싶지 않으면 내려. 나는 너랑 더 하고 싶지 않으니까."

애송이는 그제야 정신이 드는 모양이다. 미칠 것처럼 화난 표정을 지으면서도 허둥지둥 클랙슨 위에 놓인 윤영의 손목을 붙잡으며 말한다.

"알았어. 알았으니까 좀 조용히 해!"

"이 손 놓고 조용히 꺼져준다면."

윤영의 말에 남자는 뒷좌석으로 돌아가 허겁지겁 옷을 찾아 입는다. 그러고는 얼마 지나지 않아 벌컥 차 문을 열고 내려서면서 이렇게 지껄인다.

"아 씨발, 재수 없으려니까."

불 꺼진 아파트.

인기척을 느낀 현관의 자동 센서는 잠시 윤영의 머리 위로 환한 빛을 쏘았다가 꺼져버린다. 구두를 벗고 불을 켜지 않은 채 방으로 들어갔던 윤영은 이내 거실로 나와 집 안의 불이란 불은 모두 밝혀놓는다. 그대로 욕실로 들어가 욕조에 옷을 벗어 던진다. 샤워기의 물줄기가 고스란히 얼굴에 쏟아지는 동안 눈을 감고 입술을 질끈 깨문다.

내가 또 무슨 짓을 한 거지? 무슨 짓을 한 걸까.

속수무책 흔들리는 마음 안으로 문득 새파랗게 상기된 남자애의 목소리가 쓸려온다. 열일곱 살의 가을, 비가 내려 쌀쌀했던 어느 밤 윤영의 귀에 박혀 떨어지지 않은.

아 씨발, 재수 없으려니까.

윤영은 손사래를 치며 고개를 가로젓는다. 그러나 한번 들리기 시작한 목소리가 저절로 사라지는 법은 없다. 목소리는 집요하다. 목소리는 포기를 몰랐다. 목소리는 화가 나 있다. 그러나 역시 목소리는 포기를 몰랐다.

윤영은 물론 그 남자애의 얼굴을 기억하지 못했다. 처음 본 아이였고 어두웠으니까. 그러나 남자애의 몸에 눌려 발버둥을 치던 순간 벌어진 교복 셔츠 사이로 언뜻 비쳤던 가슴의 흉터(나중에 윤영은 이 부분을 곰곰이 떠올려보곤 했는데 그것은 그때그때 기분에 따라 이상한 모양의 자국으로 기억되곤 했다)와 끝도 없이 욕지거리를 내뱉던 목소리 같은 것을 기억했다. 다음엔 내 차례야. 아니야. 내가 먼저. 몇 걸음 뒤에 기둥처럼 서서 남자애를 지켜보고 있던 또 다른 남자애들이 사이좋게 속삭였다. 맞다. 하나가 아니었다. 여럿이었다. 다들…… 웃고 있었다.

　문득 윤영은 샤워기의 물을 끄고 뿌옇게 김이 서린 욕실의 거울을 손바닥으로 문지른다. 짐작대로 그 안에는 세일러복을 입은 소녀가 윤영을 바라보고 있다. 또 너니, 하는 표정으로. 그러더니 차가운 표정만큼 차가운 목소리로 말한다. 이제 그만 좀 쳐다봐. 윤영은 대답한다. 나도 그러고 싶어. 하지만 잘 안 돼. 독백처럼 거울을 바라보고 나누는 대화 뒤로 비가 내리고 있는 어두운 골목길이 끝없이 펼쳐진다.

　2학기 중간고사를 앞두고 늦게까지 학교에 남아 공부를 하고 돌아가던 날이었을 것이다. 소녀는 몹시 피곤했다. 하필이면 전날 생리가 시작된 데다 그즈음 부쩍 떨어지기 시작한 성적을 떠올리며 너무 오래 의자에 앉아 있었던 것이다. 소녀는 비를 맞으면서도 종종 멈춰서 아랫배를 움켜쥐었다. 하늘에서 비가 내리는 것인지 아래로 피가 쏟아지는 것인지 잠깐씩 분간이 되지 않았다. 우산을 든 남자애들이 나타났던 건 바로 그 순간이었다. 집까지 데려다줄게.

남자애들의 말에 소녀는 웃으며 허리를 들었다. 얼마 동안 소녀는 남자애들과 보폭을 맞춰 걸었다. 잠시 뒤처지는 것 같던 바로 옆의 남자애가 갑자기 소녀의 등을 떠밀어 넘어뜨릴 때까지.

누가 그래? 남자애가 등을 떠민 것이라고. 네가 혼자 넘어진 것일 수도 있잖아?

윤영이 묻자 소녀는 인상을 찡그린다.

누구라니? 무슨 그런 바보 같은 질문이 있어. 그 일을 당한 사람이 바로 난데.

윤영은 할 말을 잊는다.

그래. 너지. 다른 누구도 아닌 바로 너.

욕실의 거울은 금세 다시 뿌예져 있다. 그때마다 윤영은 손바닥으로 거울을 문지르며 작은 틈만 주면 보이지 않는 곳으로 달아나 버리려는 겁쟁이 소녀를 붙잡는다.

도망가지 마. 오늘은 제발.

그때 문득 수증기 속으로 사라져가던 거울 속의 소녀가 웬일이냐는 듯 뒤를 돌아보며 희미하게 웃는다. 윤영은 조금 더 용기를 내본다.

그리고 무슨 일이 있었어?

그리고……?

철퍼덕.

치마가 빗물에 젖는 것을 느낄 새도 없이 다시 누군가의 손이 소녀의 입을 틀어막았다. 남자아이들은 역할 분담이 잘된 한 조처럼 일사분란하게 움직였다. 팬티를 벗기는 아이. 다리를 붙잡는 아이.

발버둥 치며 고개를 가로젓는 소녀의 얼굴을 주먹으로 치는 아이. 악! 소리도 질러보지 못한 채 소녀는 자신이 결코 벗어날 수 없는 수렁에 빠져버렸음을 깨달았다. 상점들은 일찍 문을 닫았고 거리엔 개미 한 마리도 보이지 않았다. 전화도 없고 전화기 비슷한 것도 보이지 않았다. 그렇지 않더라도 별일이 없던 그 골목에서 그날은 왜 그런 일이 일어났던 것인지 아무도 알 수 없었다.

　―아 씨발, 재수 없으려니까.

어느 순간, 바닥으로 툭 떨어진 생리대를 발견한 남자애가 당황한 듯이 지껄였다.

　―뭐야? 생리 중이야?

　―어쩌지?

　―어쩌긴 뭘 어째? 빨리 해, 새끼야!

성이라는 원초적인 욕망 앞에서 남자아이들은 일말의 부끄러움과 수치심을 벗어버렸다. 그날 밤 추적추적 내렸던 빗줄기는 어린 남자 고교생들의 미래에 대한 두려움도 씻어버렸다. 머지않아 해가 뜨고 그들의 죄가 낱낱이 세상에 드러났을 때, 어떤 무서운 대가를 치를 수도 있을 것이라는 생각도 마비시켰다. 그들은 다만 미친 사람들처럼 하나씩 바지를 벗었고, 채 여물지도 않은 성기를 소녀의 몸속으로 찔러 넣었다. 아팠던가. 모르겠다. 계속 비가 내렸고 여자아이는 계속 피를 흘렸다. 어떻게 된 일인지 재수 없다고 말했던 남자아이들의 흥분은 극에 달했고, 뒤에 서서 그 모습을 지켜보고 있던 남자아이들 중엔 차례를 기다리지 못하고 엎치락뒤치락 엉켜 싸우는 녀석도 있었다. 욕정을 몰라 메말랐던 소녀의 그곳이 그들이 뿌려댄 정액과 피와 빗물로 흠뻑 젖었다.

다음 날 아침, 의식을 잃었던 소녀는 병원 응급실에서 깨어났다. 꼬박 한 달을 병원에서 보내고 퇴원을 했지만 소녀는 쉽게 회복되지 못했다. 몸이 아니라 마음이 문제였던 것이다.

열일곱 살의 가을. 어둠. 비. 얼굴 없는 남자애들. 피와 정액.

그것이 앞으로 내가 기억해야 할 첫 남자의 이미지라니…….

문득 소녀는 거기서 입을 다문다. 그러고는 몹시 피곤하다는 듯 붉게 충혈된 눈으로 윤영을 쏘아본다.

더 이상은 말하기 싫어. 그다음은 너도 잘 알잖아. 그 일이 나를 어떻게 바꾸어놓았는지. 그리고 그게 지금 바로 너야.

…….

그랬다. 그게 지금 윤영이었다. 그 시간으로부터 이십여 년이 훌쩍 지난 지금까지도 상처 입은 얼굴을 가면 속에 감추고 살아가고 있는. 어느덧 자라 성인이 된 윤영은 생각했다. 마음에 드는 남자와 사랑을 나눌 때마다 나무토막이 되어버리는 이유는 그때의 기억이 끈질기게 따라다니기 때문일 것이라고.

소녀를 잊고 진짜 여자가 되고 싶었던 윤영은 대신, 사랑 없는 일회적 사랑에서 펄펄 날았다. 그것은 단지 길 위의 사랑이었고, 아무런 대화도 약속도 없는 행위에 불과했지만 누구에게도 그날의 일을 설명할 필요가 없었으니까. 그때만은 어린 시절의 난폭한 기억이 그녀의 사랑을 방해하지 못했다.

자기 안의 소중한 뭔가를 잃어버린 사람이 자신을 지키는 방법은 간단하다. 그것이 소중하지 않다고 생각하는 것이다. 그것은 분명 심희진. 그 여자만의 언어가 아니었다. 낯선 침대에서 옷을 벗을 일이 있을 때마다 윤영은 자신의 신체에 붙어 있는 머리카락이나 손톱, 종아리의 털들을 떠올렸다. 곧 섹스에 동원될 자신의 성기가 그중의 하나와 다른 이유는 무엇이란 말인가.

잠시 뒤 윤영은 물기를 닦고 욕실을 나온다. 터벅터벅 침대로 기어 들어가 벽을 바라보고 눕는다. 그러고는 잔상처럼 그녀를 따라온 젖은 세일러복의 소녀를 그 벽 속으로 밀어 넣는다.

조만간 잠깐 휴가를 내고 S시에 다녀와야겠다는 생각이 든 건 바로 그 순간이었다.

8
고소

"도대체 무슨 소리야? 갑자기 휴가라니. 그게 지금 말이 돼? 환자들은 어쩌고?"

혹시나 했는데 역시나. 닥터 안은 잔뜩 이마를 찌푸리며 소리부터 지른다.

"갑자기 꼭 가봐야 할 데가 생겼어. 오늘 진료야 마치면 되고 내일 예약 환자들은 간호사가 일일이 전화해서 다른 날짜로 바꿔주기로 했으니까."

"그게 말처럼 쉽니? 자기도 알잖아. 성형외과 수술 한 번 하려고 여자들이 어떤 희생을 감수하는지. 일 년 내내 모아둔 연차를 한꺼번에 몰아 쓰기도 하고 없었던 친척이 갑자기 돌아가시기도 해. 그런데 뭐? 날짜를 바꿔?"

맞는 말이다. 그러나 윤영도 물러설 생각이 없다.

"좋아, 그럼 금요일인 내일 하루만 연차를 쓰지 뭐. 주말 이틀이 있으니 충분해. 월요일 아침까진 올 수 있을 거야."

이틀에서 하루로, 줄어든 시간에 닥터 안의 목소리가 조금 누그러진다. 하지만 여전히 못마땅한 얼굴이다. 윤영은 그녀의 침묵을 묵인으로 받아들이고 뒤돌아선다. 아무리 페이 닥터와 별다를 것 없는 동업의라도, 허락까지 구해야 할 정도로 비굴해지긴 싫다.

병원으로 다시 윤영을 찾는 전화가 걸려온 건 오후 1시가 조금 지날 무렵이다.

이번엔 어린 여자가 아니라 경찰이다.

회복실에 들렀다 돌아온 간호사가, "어떻게 할까요? 그냥 안 계신다고 할까요?" 물었지만 윤영은 그냥 바꿔달라고 한다. 이미 여자의 남편으로부터 경찰이 찾아올지 모른다는 말을 들은 바 있었고 피해봤자 상황만 더 꼬이고 말 것이라는 판단이 들었기 때문이다. 윤영은 간호사가 들고 있던 전화기를 한 손에 받아 들고 나가달라는 신호를 보낸다.

"여보세요? 전화 바꿨습니다. 제가 닥터 진인데요."

"아 네, 실례합니다. 저희는 심희진 씨 사망 사건을 수사하고 있는 경찰입니다만 혹시 잠깐 뵐 수 있을까요?"

윤영은 마른침을 삼킨다. 하지만 대답은 침착하게. 긴장할 필요는 없어.

"네, 그런데 무슨 일로."

"특별한 건 아닙니다. 잠시 여쭤볼 게 있어서일 뿐이니까요. 시간도 오래 걸리지 않을 것입니다. 일단 좀 뵙죠."

경찰은 그러고서 지금 건물 1층에 와 있다고 덧붙인다. 사전 약속을 한 것도 아니면서 이렇게 찾아오다니, 윤영은 불만스러운 마음을 감추지 못하고 퉁명스럽게 말한다.

"글쎄요, 제가 뭘 알려드릴 수 있을지 모르겠는데요. 지금 바쁘기도 하고요."

"뭘 알려주려고 애쓰지 않으셔도 됩니다. 그냥 있는 그대로 사실만 말씀해주시면 됩니다."

말투로 봐서 경찰이 다시 찾아오지 않으리란 보장이 없다. 할 수 없이 윤영은 시간을 내보기로 한다.

"알겠습니다. 일단 잠깐 내려가죠."

말은 아무렇지 않게 했지만 윤영은 벌써 긴장하고 있는 자신을 느낀다. 어떤 경우에서건 경찰이란 상대방의 눈빛과 표정, 말투와 몸짓을 살피며 진실과 거짓의 흔적을 찾는 존재들이기 때문에. 그들 앞에서 한번이라도 취조를 당해본 경험이 있는 사람들은 알고 있다. 사실을 사실대로 말하면서도 그 사실이 거짓말 같아 혼돈스러워지는 순간이 있다는 것을. 옷을 입고서도 발가벗고 있는 듯 수치스럽고, 자신도 알 수 없는 어떤 세계의 질서에 농락당하는 기분이 들 수도 있다는 것을.

한 사람은 양복을 입고 있고 한 사람은 청바지 차림이다.

이제 막 점심시간을 넘긴 한낮의 카페에는 식후 커피를 즐기는 사람들로 가득하다.

경찰들은 다행히 입구 쪽 귀퉁이에 편안한 차림으로 앉아 있다.

보통 사람들처럼 커피를 마시면서 친근한 모습으로 대화를 나눈다. 하지만 윤영은 그들이 누구인지 한눈에 알아본다. 윤영은 뚜벅뚜벅 그들 쪽으로 걸어간다. 그들 또한 윤영을 어렵지 않게 알아본다. 짧은 인사가 오간 뒤에, 양복 경찰이 마주 앉은 윤영을 조심스러운 눈길로 살피며 말한다.

"실은 이번 사건에 대한 재수사 요청이 들어왔는데 그게 좀 저희들로서도 난감한 사안이라서요."

"재수사라뇨?"

"심희진 씨가 자살했다는 것을 확정하고 장례 절차까지 마무리했는데 그 건을 다시 수사해달라는 요청이 들어왔다는 말씀입니다."

"누가요?"

"심희진 씨 모친요."

"이유는요?"

"폭력과 친족 강간, 뭐 그런 것들이 표면적이긴 하지만……."

"다른 이유가 더 있다는 말씀이신가요?"

"고소하신 분은 극구, 자신의 사위가 잠자리에서 딸을 오랫동안 비정상적인 방법으로 괴롭혀왔을 뿐 아니라, 최근에는 외손녀까지 건드렸다고 주장하고 있어서요."

"외손녀라면……."

"심희진 씨 딸이에요. 현재 열일곱 살이니까 고등학교 1학년이네요."

아.

윤영은 속으로 짧은 신음을 내뱉고, 장례식장에서 잠시 마주친 적 있던 소녀의 얼굴을 곰곰이 떠올려본다. 긴 생머리를 뒤로 단정히 묶은 얼굴. 하얗고 투명한 피부. 품에 맞지 않은 커다란 상복 속에 엄마를 잃은 슬픔을 감추고 육개장과 편육이 든 쟁반을 나르던 소녀. 그 소녀를 왜 잊고 있었을까. 생각이 생각의 꼬리를 물듯 그럼 혹시? 엊그제 걸려왔다는 전화도? 하는 생각을 했다가 고개를 가로 젓는다. 그럴 리가 없어. 그럴 이유도 없고. 그럼에도 점점 일이 이상한 방향으로 꼬여간다는 생각이 드는 건 어쩔 수가 없다.

경찰이 말을 잇는다.

"물론, 소녀는 진술을 거부하고 있고 심희진 씨의 장례도 끝난 상황이라 우리로서도 그 주장을 입증하기가 어려운 상태입니다. 하지만 소녀의 외조모님도 어찌나 강경하신지, 혹시 도움이 되실 만한 정보가 있는지 궁금하네요. 심희진 씨에 대해, 진료하면서 나눈 대화라든가 고민이라든가, 뭐 이상한 점이라든가, 혹시 아시는 것 있으면 있는 대로 말씀해주시면 감사하겠습니다. 아무거나 떠오르는 대로 그냥 편하게 말씀해주시면 돼요. 판단하는 건 저희들이 할 테니까요."

판단을 하다니. 당신들이 무엇을? 경찰의 말에 윤영은 신경이 거슬렸지만 할 수 있는 한 침착하게 설명을 시작한다. 윤영이 알고 있는 가장 단순한 사실들 외에 어떠한 내용도 더하거나 빼지 않는다. 그럴 필요를 느끼지 못했을 뿐 아니라, 그래야 할 이유도 없었기 때문이다. 게다가 정말 중요한 것은, 이제 보니 윤영이 심희진 씨에 대해 알고 있는 게 거의 없다는 사실이었다. 윤영은 최대한 목소리를

119

낮게 깔았고, 양복과 청바지는 그런 그녀를 유심히 살피며 간간이 고개를 끄덕인다.

한 여자가 병원을 찾아왔다. 아주 슬프고 고통에 짓눌린 모습으로. 그녀는 제 가랑이를 벌려 의사에게 보여주고는 완벽하진 못하더라도 처음과 같은 모습으로 되돌려주기를 청했다. 그녀뿐 아니라 그녀와 비슷한 다른 여자들을 수도 없이 보아온 의사는 거절할 이유가 없었다. 말할 필요도 없이 올리메이드는 그녀들의 눈물과 사랑의 역사를 끌어안고, 다시 시작하고 싶다는 그녀들의 욕망에 손을 들어주며 성장해온 병원이었기 때문이다. 무대 위의 능숙한 연기자처럼 윤영은 그녀를 상담했고 이야기를 들어주었다. 하지만 그녀는 여러모로 다른 환자들과 다른 점이 많았는데, 우선 의심이 많았고, 대부분 불안해 보였으며, 어느 땐 반쯤 넋이 나가 있었다. 남편과 사이가 좋지 않은 듯했지만 늘 그랬듯 그건 윤영이 상관할 일은 아니었고, 설사 상관하고 싶었다고 해도 윤영은 언제나 시간이 부족했다. 매일 자신의 몸 어딘가를 성형하고 싶어 하는 수많은 환자들을 상대하다 보면 하루는 늘 훌쩍 지나가버리기 마련이었으니까. 다행히 대부분 환자들은 퇴근 후까지 의사에게 전화를 걸어 귀찮게 할 만큼 뻔뻔하지 않았다. 강남 한복판에 세워진 병원답게, 은밀하게 자신의 아름다움을 되찾고 싶어 했던 환자들은 그만큼 조심스럽고 세련된 화법을 구사할 줄 알았다. 그에 비해 여자는 여러모로 의사로서 받아들일 수 있는 범위 밖의 개인적 고민을 털어놓기도 했는데, 그것은 그저 투정일 뿐이라 생각했기에 심각하게 들을 필요도 없는 내용이었다. 진료실을 오가며 그녀가 늘어놓은 세세한 이야기를 다 기억하지 못하는 건 바로 그런 이유 때문이라고. 윤영은 특히 그 부분을 강조하면서 다음과 같이 덧붙인다.

"생각해보세요. 환자들에게 의사는 한 명이지만 의사에게는 여러 명의 환자들이 찾아와요. 그들의 사적인 얘기들을 다 기억했다가는 제 정신이 먼저 너덜너덜해지고 말 테니까요."

언제나처럼 따뜻한 미소 뒤에 피곤하고 지친 마음을 숨기는 건 어렵지 않은 일이었다. 잘나가는 여성병원 의사로서 품위를 지키고 싶었던 윤영은 할 수 있는 한 최대한 친절한 태도로 그녀의 말을 들었고, 듣고도 안 들은 듯 기억 밖으로 흘려보냈다. 그것이 오히려 환자를 위하고 환자를 대하는 의사의 올바른 태도라고 생각했기 때문이었다.

"다만 한 가지, 휴대폰 때문에 남편분을 만난 적이 있는데 그분 얘기론 아내가 오랫동안 성형에 대한 강박 증세를 보였다고 하더군요. 덕분에 저는 죽은 심희진 씨에 대해 제가 알고 있는 게 거의 없다는 것을 확실히 깨달았어요."

너무 많은 말을 한 건 아닐까. 그게 오히려 이상하게 보이진 않았을까. 윤영은 말을 마치고 물을 한 모금 마신 뒤 앞에 앉은 두 명의 건장한 남자들을 바라본다. 내 얘긴 이게 다인데 더 들을 얘기가 있나요? 하는 눈빛으로. 그러자 그때까지 잠자코 윤영의 얘기에 귀를 기울이고 있던 청바지가 고개를 갸웃거리며 묻는다.

"그게 답니까?"

"네."

윤영의 단호한 대답에도 그는 미심쩍은 표정을 거두지 않는다.

윤영은 앞에 놓인 물컵을 다시 집어 든다.

"혹시, 혹시 말이죠. 성형수술 후 부작용이나 후유증 때문에 우울증이 오거나 기타 다른 증상이 나타날 수도 있나요?"

미친 자식. 지금 포인트를 어디에 두는 거야? 윤영은 잠시 잔뜩 이맛살을 찌푸렸다가 이내 침착함을 되찾는다.

"그런 경우가 아주 없다고 단정할 순 없겠지만, 다행히 저는 아직 그런 경우를 보지 못했습니다. 오히려 그 반대의 경우가 훨씬 많죠. 그게 우리 병원이 여기 있는 이유기도 하고요."

"여기라면?"

"이곳 강남 말입니다. 그게 무슨 뜻인지 이쪽에 근무하시는 분이라면 더 잘 아실 텐데요."

윤영의 말에 청바지는 어깨를 으쓱해 보인다. 안다는 것인지 모른다는 것인지. 하여간 경찰의 질문은 좀처럼 끝나지 않는다.

"수술 후 상담도 충분히 하셨고요?"

"그야 물론."

"뭐 다른. 그러니까 심희진 씨가 개인적인 얘기를 고백하거나 한 적은 없고요? 예를 들면 남편에게 맞았다거나……."

"없습니다. 아시겠지만 의사가 그렇게 한가한 직업이 아니라서."

"아, 오해는 마세요. 저희야 어느 쪽 주장이 옳은지 모든 경우의 수를 다 체크해야 하니까요."

"좋아, 됐어. 오늘은 이만하지."

그때서야 잠자코 둘의 대화를 듣고 있던 양복이 청바지를 제지하며 말한다.

"오늘 협조 감사합니다. 많은 도움이 되었습니다. 다음에 또 연락 드리죠. 그럼."

"글쎄요. 다음에 또 뵐 일이 있을지는 모르겠군요."

두 남자는 말없이 윤영을 바라보다가 자리에서 일어난다.

병원으로 돌아오자, 카운터에 서 있던 간호사가 득달같이 다가와 "괜찮으세요?" 하고 묻는다. 마치 이제 막 흥미를 느끼기 시작한 동화의 다음 이야기를 궁금해하는 어린아이처럼 그 표정이 지나치게 순진하고 무지해 보여 윤영은 불쑥 화가 치민다. 왜 이렇게 하나같이 쓸데없는 호기심들뿐인 걸까. 잠시 멍한 표정으로 간호사를 바라보던 윤영은 "괜찮지, 그럼. 괜찮지 않을 이유라도 있어?" 하고 쏘아붙이고는 진료실로 들어가버린다. 그러고는 한동안 문 앞에 서서, 얼마 전에 엄마를 잃고 지금은 아버지로부터 무언가 몹쓸 짓을 당한 것으로 의심받고 있는 한 소녀의 얼굴을 떠올려보려 애를 쓴다. 그러나 쉽지 않다. 어쩔 수 없이 조사는 하고 있지만 어딘지 귀찮고 피곤하다는 듯 무심해 보이던 경찰들의 목소리만 귓가에 생생히 되살아난다.

고소하신 분은 극구, 자신의 사위가 잠자리에서 딸을 오랫동안 비정상적인 방법으로 괴롭혀왔을 뿐 아니라, 최근에는 외손녀까지 건드렸다고 주장하고 있어서요.

외손녀. 외손녀.

그때 문득 뇌리를 스치는 얼굴이 소녀의 얼굴인지 자신의 얼굴인지 윤영은 알 수가 없었다. 혼란스러운 생각을 털어버리려는 듯, 윤영은 책상 위의 버튼을 눌러 간호사를 호출한다.

"오늘 수술은 없지? 그렇다면 오후 예약 환자들도 다 취소해줘."

네? 하고 놀라는 간호사의 목소리를 뒤로한 채 윤영은 그대로 병원을 빠져나와 택시를 잡아탄다.

9

기억의 파편들

골목길은 구불구불하다.

예나 지금이나 코흘리개 어린애들이 불쑥 차 앞으로 튀어나오는 것도 여전하다. 지루할 만큼 변하지 않는 건물에, 그 건물들이 이고 있는 희뿌연 하늘색도 그대로다. 무심코 차를 끌고 들어온 운전자가 차바퀴에 걸리는 돌멩이들 때문에 인상을 찌푸리거나, 여기저기 어슬렁거리는 똥개를 보고 한바탕 욕을 퍼붓는 것도 이 골목에선 자주 일어나는 일이다.

그때마다 윤영은 깜짝깜짝 놀라곤 했다. 아이 씨발, 정도의 욕은 약과 중의 약과였다. 가끔씩 혹은 자주 그런 일이 되풀이될 때마다 윤영은 자기도 모르게 언젠가 들어본 기억도 없는 욕을 퍼붓고 있는 자신을 발견했다. 그건 의외로 중독성이 강했다. 윤영은 자주 참을 수 없는 욕지거리의 욕구를 느꼈다.

사실 그보다 더 참을 수 없었던 것은 이곳 사람들이었다. 그들은 매일 똑같은 표정과 말투로 윤영이 아침에 밥을 먹고 다니는지를 물었고, 늦은 밤 골목에서 얼굴을 마주치면 왜 이렇게 늦게 다니느냐며 어설픈 타박을 일삼았다. 그뿐 아니다. 통조림을 집어 든 윤영에게 싱싱한 야채가 처녀의 몸에 얼마나 좋은지 잔소리를 해대는 마트 아저씨가 있었는가 하면, 지날 때마다 끝내주는 머리를 새로 하라며 빗쟁이처럼 독촉하는 미용실 노처녀가 있었다. 도대체 무슨 상관들이신지. 너나 잘하세요. 목구멍까지 치밀었던 그 말을 애써 삼키고 떠나버린 건 S시를 떠나 이곳에 정착한 지 삼 년, 검정고시로 고등학교를 마치고 막 대학에 합격했을 무렵이었다. 서울에 올라온 뒤 술 없이 잠 못 들던 아버지가 택시에 치어 죽은 지 만 일 년이 되던 해 겨울이었다. 그때나 지금이나 이곳은, 너무나 사소해서 신경도 쓰고 싶지 않은 쓰레기 같은 일상을 소중하게 끌어안고 사는 사람들만의 원시적인 골목이다.

엄마가 사는 집은 이 골목 끝에서야 보이는 오래된 연립주택이다. 윤영은 성큼 골목을 걸어 들어가 몇 년 만에 아주 낯설어져버린 그 집의 초인종을 누른다. 갑작스러운 딸의 방문에 잠시 기쁜 표정을 지었다가 금세 걱정스러운 표정이 된 엄마를 바라보며 윤영은 인사도 없이 말한다.

"금방 다시 가봐야 해요. 지방 출장이 있거든요. 그전에 잠깐 궁금한 게 있어서 왔어요."

"궁금한 거라니?"

아버지 기일은 다음 주말인데, 말도 없이 불쑥 찾아와 따져 묻듯이 뭔가를 묻는 딸. 그런 딸이 서운한 엄마는 곧장 싱크대에 등을 보이고 서서 포트에 물을 끓인다. 윤영은 잠자코 식탁에 앉아 기다린다. 포트 안에서 끓고 있는 것은 물이 아니라 엄마의 속일 것이다. 윤영은 아주 잠깐 저릿하게 가슴이 아려오는 것을 느낀다. 그러나 불행히도 지금 윤영에겐 그런 엄마를 돌아볼 마음의 여유가 없다. 아주 오래된, 그러나 지금껏 한 번도 해보지 않은 질문이 윤영의 마음속에 가시처럼 돋아 있기 때문이었다. 오래도록 바라보기만 하다 결국 눈길을 돌려버렸던 엄마의 등이 한 번도 해주지 않은 말. 그 말을 지금 기다리고 있기 때문이었다.

"그때 S시에서요."

차 두 잔을 들고 온 엄마가 식탁 앞에 앉자마자 윤영은 운을 뗀다. 순간 엄마의 얼굴이 일그러지는 것을 보았지만 윤영은 모른 척한다.

"그 일이 있은 뒤에, 그 일을 저질렀던 아이들이, 그 뒤로 어떻게 되었는지 엄마는 알고 있죠?"

"갑자기 그건 왜."

"갑자기는 아니에요. 늘 생각했던 건데 아무리 생각해봐도 이상해서요."

"이상하긴 뭐가. 너도 알다시피 다들 퇴학을 당했잖니. 그리고 우리는 여기로 이사를 온 것이고. 꿈에서라도 그곳을 떠올리기 싫어 네 아버지도 나도 온통 귀를 닫고 살았는데 그 뒤로 어떻게 되었냐고 묻다니. 내가 알 리도 없지만 새삼스럽게 그걸 묻는 너도 이해할 수가 없구나. 이십 년도 더 지난 일이야."

엄마는 그러고서 차를 한 모금 마신다. 목이 타서는 아닐 것이다. 매번 같은 거짓말을 하기가 괴로워서다. 어쩌면 윤영도 그 사실을 알고 있다. 하지만 한 번도 이렇게 엄마의 입을 통해 확인하려든 적은 없었다. 그래서일까. 어쩌면 너무나 잘 알고 있는지도 모를 그 이야기들이 모두 거짓말이라는 걸 이제 와 확인받고 싶어진 것인지도 모른다.

"그러니까요. 학교에서 퇴학만 당했을 뿐 다른 어떤 법적 처벌도 받지 않았잖아요. 하다못해 그 애들이 소년원에 갔다는 말도 들어보지 못해서 그래요. 요즘 같았으면 벌써 온 세상에 다 알려져 이 땅에 제대로 발붙이고 살기도 어려웠을 텐데, 신문에 며칠 짧은 기사가 올라왔을 뿐 그 뒤로 금방 잠잠해졌었잖아요. 모두들 하나같이 약속이라도 한 듯이 말이에요. 어떻게 그런 일이 가능했죠? 그리고 또 왜 우리는 그렇게 도망치듯 S시를 떠나버린 거예요? 왜요? 누가 그러라고 시키기라도 했어요?"

송곳 같은 윤영의 질문에 엄마는 어쩔 줄 몰라 하면서도 오랜만에 화를 낸다. 마치 그것만이 이 상황을 모면해줄 것이라고 믿는 사람처럼.

"너도 참 여전하구나. 오랜만에 와서 궁금하다는 것이 하필 그거냐?"

엄마답지 않은 타박. 대답할 말이 없어서가 아니라 대답하고 싶지 않아서 엄마가 말을 돌리고 있다는 것을 윤영은 안다. 하지만 오늘만은 윤영도 물러서고 싶지 않다.

"아무것도 묻지 않고, 아무것도 궁금해하지 않는 것보다 낫잖아요? 그러니까 말해줘요, 엄마."

예전에는 주로 엄마가 묻고 윤영이 대답했다. 물론 질문의 대부분은 사소한 일상과 관련된 것들이었다. 밥 먹었니? 오늘은 어땠어? 매일 되풀이되는 그 질문들이 귀찮기만 했던 윤영은 대부분 건성으로 대답했다. 비록 뻔한 대답을 들을지라도 딸과 조금이라도 말을 섞고 싶었던 엄마는 엄마대로 크게 실망한 표정을 지었다. 시간이 지날수록 모녀 사이의 대화는 사라져갔다. 대신 음울한 침묵이 둘 사이의 거리를 좁히지 못하고 있었을 무렵 윤영은 깨달았다. 오랫동안, 엄마가 실은 한 번도 중요한 것은 묻지 않았다는 것을. 그것은 말하자면, 평생 치명적인 기억과 싸워야 하는 사람들이 갖고 있는 분노와 그로 인해 갖게 되는 온갖 거미줄 같은 감정들에 대한 것들이었다.

그래서였을까.

어쩌면 그때 속 시원히 말하고 토해버렸어야 할 분노를 안으로 삼키면서 윤영은 조금 더 다양한 표정의 가면을 갖게 되었다. 그래요. 밥은 잘 먹었어요. 밥뿐인가. 돈 많고 기름기 많은 남자들과 어울려 술도 마셨다고요. 오늘 하루요? 설마 모르진 않잖아요. 여전히 우울하고 끔찍했죠. 괴물처럼 꼬인 대답을 삼키며 윤영은 문득 엄마조차도 윤영을 부끄러워할지 모른다는 생각을 하곤 했다.

하지만 지금 질문을 하는 사람은 엄마가 아니라 윤영이다. 그것은 물론 밥처럼 사소한 것도 아니고 매일 반복되는 지루한 질문도 아니다. 윤영이 기대하는 건 오직, 잠시 들으면서 안도할 수 있는 뻔한 대답이 아니라 당장 제 살이 베일지 모르나 그것으로 영원히 상처를 아물게 할 진짜 대답이었다.

한참 만에야 엄마는 입을 연다. 슬픔과 체념이 가득한 얼굴로 윤영을 바라본다.

"갑자기 왜 그게 궁금해진 건지, 그것부터 말해라."

그때서야 엄마가 대답할 준비가 되었다고 생각한 윤영은 차분히 자신이 처한 상황을 설명하기 시작한다.

"얼마 전에 내 환자가 죽었어요. 그런데 알고 보니 그 여자 고향이 S시였다고 해요. 맨 처음 나에게 왔을 때는 Y시라고 했었는데, 나중에 만난 그 여자의 남편이 S시라고 다시 고쳐 말해주었을 때, 난 갑자기 뒤통수를 세게 한 대 얻어맞은 것 같은 기분이었어요. 어쩐지 그 여자가 말한 그곳의 풍경이 내가 아는 그곳의 풍경과 비슷하다는 생각을 하긴 했지만 그럴 리 없다고 생각했었죠. 무시하고 넘겨버리려고 했어요. 하지만 그래서는 안 되는 거였다는 생각이, 이제 와 계속 들고 있어요. 이유를 알 수는 없지만 지금에야 계속 그런 생각이 들어서 밤에 잠을 잘 수도 없어요. 그때마다 문득 그런 생각이 들더군요. 그 여자는 왜 내게 거짓말을 했을까. 왜 거짓말을 하면서 내 속을 떠보고 내게 수수께끼 같은 말들을 남겨놓았을까. 그 여자가 혹시 나에 대해 뭘 알고 있었던 것 아닌가."

엄마는 아직 입을 다물고 있다. 윤영은 조금 더 말해본다.

"이제 와서 엄마를 탓하려는 게 아니에요. 그보다는 내가, 그 시절에서 한 발자국도 빠져나오지 못한 내가, 이제 정말 지긋지긋해서 그래요. 그러니까 엄마 제발!"

"……."

밤 9시, 어렴풋 잠에서 깨자 다시 그 가로수 길이다. 오래전 어느 날 부푼 꿈을 안고 이사를 왔던 곳. 나뭇가지 위의 새들과 길가의 꽃들이 버스 창가에 턱을 괴고 있던 소녀의 눈을 사로잡고 놓아주지 않았던 그 길. 그러나 이제 아무런 의미도 없는 무채색의 풍경으로 밀려나 있는 길. 윤영은 한참 동안 어둠 속에 잠겨 더 스산해 보이는 차창 밖 풍경을 무심한 시선으로 훑는다.

왜 다시 여기인가. 그 시절 소녀처럼 KTX 창가에 턱을 괴고 생각을 하는 동안 윤영의 심장은 이상하게 두근거렸다. 지금까지 단 한 번도 이곳에 오게 될 것이라는 생각을 해본 적이 없었다는 점에서. 무서운 영화를 보는 내내 눈을 가리고 있던 두 손을 풀어 앞을 정면으로 직시하는 느낌이랄까. 무언가를 바라본다는 건 단지 보는 것을 의미하지 않는다. 그것이 주는 어떤 고통이나 반작용까지도 받아들이겠다는 태도다. 나아가 다시는 눈을 감지 않겠다는 다짐일 수도 있다. 하지만 그러고 난 다음엔? 무엇이 남을지 아무도 알 수 없는 것 아닐까. 이제 와 엄마의 마음에 생채기를 내면서까지 굳이 이럴 필요가 있었을까. 모른 척 살아가면 되는데. 지금껏 늘 그래왔듯.

그러나 여행을 시작하기도 전에 여행의 끝을 알 수는 없는 일이다. 여정이 불편하다고 마음속에 들끓는 여행의 욕구를 잠재울 수도 없다. 다만 이 불편한 여행을 계획한 이유가 그 여자 때문이라는 것만은 분명하다. 정확히 설명할 수는 없지만, 그 여자의 얼굴에서 윤영이 무언가를 본 것도 분명하다. 윤영은 여행을 계속하기로 한다. 방법이 아주 없진 않을 것이다.

가로수 길을 지나쳐온 기차는 금방 목적지에 도착한다. S시.

이사 오던 첫날 엄마는 이웃들에게 김이 모락모락 나는 시루떡을 돌렸다. 지방이라 아직 푸근한 마음씨가 남아 있던 이웃집 여자들이 엄마에게 덕담을 건넸다. 외동딸이 고등학교 1학년이라며? 아휴, 어떻게 된 게 미인들이 많이 나는 고장에는 전학을 와도 이쁜 학생들만 온데. 공부도 잘한다니 부러울 게 없겠네. 암튼 잘 먹을게요. 뭐 어려운 것 있으면 아무 때나 이야기해. 이웃이잖아요.

윤영의 기억에 S시는 도시 한가운데를 가르는 개천을 사이에 두고 부촌과 빈촌으로 나뉘었다. 성실한 중학교 교사였던 아버지는 부자도 아니고 가난한 자도 아닌 경계선 계층으로, 애써 부촌의 한 끄트머리라도 차지하고 싶어 한 평범한 소시민이었다. 시골의 작은 학교에서 이제 막 S시의 사립 중학교로 자리를 옮긴 아버지가 부촌의 한 끄트머리에 있는 연립주택 세를 든 건 바로 그런 이유에서였다. 고생 끝에 낙이 온다고. 교감 승진을 앞둔 아버지의 사회적 체면도 체면이었지만 공부 잘하는 자신의 외동딸이 빈촌의 껄렁껄렁한 아이들과 어울리는 것을 상상하기만 하면 두통이 몰려들었기 때문이다. 덕분에 윤영은 얼굴이 하얗고 해맑은 여자아이들이 모여 있는 S시 전통 명문 여고에 무사히 진학할 수 있었다. 청결이 첫 번째 생활 규칙이었으며 아침마다 순결을 강조하던 여자 교장의 훈시가 있던 학교. 하지만 아버지는 몰랐다. 부촌의 아이들 또한 빈촌의 아이들 못지않게, 아니 어쩌면 그보다 훨씬 더 껄렁껄렁할 수 있다는 것을. 그 도시에 사는 동안 그녀가 겪은 일이 그것을 증명하고 있었다.

─너 거기 들여보내고 아버지가 얼마나 좋아했는지 모른다. 이제 조금만 뒷바라지 하면 의대는 물론, 법대도 너끈히 들어가리라 기대했지. 그 일만 아니었다면, 그리고 나나 네 아버지가 그렇게 어리석은 판단을 하지만 않았어도 너와 이렇게 오래 힘들지 않아도 되었으련만.

윤영의 질문 끝에 그 시절 자신이 겪은 치욕을 털어놓는 엄마 뒤로 오래된 영사기가 덜거덕거리며 돌아가는 소리가 들렸다. 흑백의 필름처럼 낡고 오래된 이곳에서의 어느 날, 부부 싸움을 하는 소리. 우는 소리. 술을 홀짝이는 소리.

지금이라도 그놈들을 감옥에 보내야 하는 건 아닌지 후회돼요. 엄마가 말하면, 왜 그래 여보 이제 다 지난 일이야, 하고 아빠가 달랬었다. 울다가 웃다가를 반복하던 엄마가 다 당신 때문이에요, 하고 빈정거리면 참다못한 아버지는 버럭 소리를 지르곤 했다. 그럼 어떻게 해? 이사장님이 그렇게 며칠씩 찾아와 무릎까지 꿇고 비는데, 응? 덕분에 우리가 이 넓은 서울에서 집 한 칸이라도 얻어 살게 된 거잖아. 어쩌면 그게 더 아일 위한 것일지 모른다고, 당신도 동의해놓고 이제 와서 왜 이렇게 사람을 잡아? 그럴 때면 엄마는 숨이 막히는지 거푸 한숨을 내쉬며 더듬듯이 말했다.

난, 난 그저 멀리 떠나오기만 하면 잊혀질 줄 알았어요. 그리고 어떻게든 새 출발 할 수 있을 줄 알았어요. 그놈들도 아이들이니까 그래 눈 한번 꾹 감고 참아주자. 퇴학을 당했으니 어찌 되었든 자기들이 저지른 짓의 대가는 치렀다고 생각해주자. 아픈 우리 아일 그놈들과 같이 재판정에 세워 그 일을 일일이 기억하게 하는 것보다는 그래. 그게 낫다. 백번 잘한 거다. 멀리 달아나자. 그런데, 그런데 아니었어요. 그렇게 하는 게 아니었어요. 아무리 힘들더라도 끝까지 거기 남아 내 속이 시원하도록 그놈들이 나락으로 떨어지는 꼴을 지켜봤어야 했다고요! 당신도 눈이 있다면 우리 딸이 요즘 어떤 얼굴로 학교에 다니고 있는지 봐요.

오랫동안 윤영이 몇 번씩 되풀이해 돌려보던 영사기의 필름은 항상 그 장면에서 끝났다.

오늘 오후 엄마는 조금 달랐다.

— 입양되었다고 하더라. 이사장 손자 말이다. 네 아버지가 세상 떠나기 몇 달 전에 거길 다녀왔는데 그런 소릴 들었대. 그런데 아무도 모른다고. 우린 그때 합의를 파기하고 다시 그놈들을 고소할 수 있는 방법을 찾고 있었거든. 사고가 났던 날 네 아버지는 술을 많이 마셨어. 경찰들로부터 이미 합의된 사건은 다시 다루기 어렵다는 이야기를 듣고서는.

— …….

— 기차역 광장 건너편 쪽으로는 죽 재래시장이야. 그쪽을 바라보며 오른쪽으로 꺾어진 길로 택시를 타야 예전에 우리가 살던 동네로 갈 수 있다. 시간이 많이 지나서 지금은 또 많이 변했겠지만 잘 보면 아직 남아 있는 건물들도 있을지 모르겠다. 그런데 윤영아, 꼭 가야겠니?

윤영은 조금씩 S시의 스펀지 같은 어둠 속으로 빨려들어 간다.

다행히 몇 개의 건물들은 그대로 남아 있다. 고딕풍 성당과 철길 과 고층 아파트촌을 지나 연립주택이 많은 골목으로 접어들자 비로소, 한 해 40명 가까이 서울대를 보내 타 도시에서도 전학 온 학생들이 많았다는 남자고등학교가 보인다. 12시가 가까운 밤인데도 여전히 거의 모든 교실에 불이 켜져 있다. 지금은 아니지만, 열일곱 윤영의 눈에 저 불빛은 꿈이었고 미래였고 짝사랑 남자친구였다. 지금도 누군가의 눈에는 그렇게 보일 수도 있을 테지만, 서른아홉을 지나 마흔을 바라보는 윤영에게 저 불빛은 타인의 고통에 대해서라면 끔찍하리만치 무관심할 것을 주문하는 주술처럼만 느껴진다. 자정이 넘어도 꺼지지 않을 저 불빛 속에 고개를 수그리고 있는 아이들이 보아야 할 것은 바깥세상이 아닌 오직 책 속의 반듯한 세계뿐일 테니까.

윤영은 돌아선다. 신기하게도 예전처럼 그 길이 무섭거나 두렵지 않다.

한데 여긴 대체 어디일까.

다음 날 아침, 밝아진 도시의 풍경 앞에서 윤영은 멍해진다. 아침 일찍 일어나 한나절을 돌았지만 엄마가 말한 개천은 찾을 수 없다. 그뿐 아니라 여자가 말한 미인도, 공부를 잘할 것처럼 보이는 학생도 없다. 아직 대낮이라서일까. 맥없이 터지는 헛웃음을 삼키고 윤영은 다시 발끝이 향하는 방향으로 몸을 튼다.

그런데 이상한 일이다. 길들은 가도 가도 끝이 없다. 골목들은 비슷하고 간판들은 형제자매처럼 같은 크기와 비슷한 색상의 옷을 입고 있다. 어쩌면 같은 길을 반복해서 돌고 있었던 건 아닐까 하는 생각이 들 무렵, 한 시간 전 스쳐 지났던 커피전문점이 시야에 들어온다. 윤영은 그곳으로 들어간다. 테이크아웃 전문점이긴 하지만 안쪽으로 두세 개의 작은 테이블이 놓여 있다. 딱히 커피를 마시고 싶었던 건 아니었는데 커피를 주문하고 거리를 내다본다.

"여기 분이 아니신 거죠? 그렇죠?"

갑작스러운 질문에 놀라 고개를 돌리자, 커피를 가져온 여자 종업원이 묻는다. 어려 보이는 외모로 보아 주인은 아닌 듯하고 아르바이트생 정도 되어 보인다.

"아까 전에도 여기 지나치셨잖아요. 기억 안 나세요? 우리 가게 앞에 서서 한참 주변을 둘러보시기에 곧 커피를 사러 오겠구나, 했는데 그냥 가셨더랬죠. 죄송해요. 하도 길거리 손님들을 상대하다 보니 이 사람 저 사람 살피는 게 버릇이 되어서요."

한낮에 손님이 없어 심심해 보이는 종업원의 얼굴을, 윤영은 물끄러미 쳐다본다.

"그랬나요, 내가."

"어디 찾으시는 곳 있으세요? 말씀하시면 가르쳐드릴 수 있는데. 이래 보여도 제가 이곳 토박이라 모르는 곳이 없답니다."

어쩌면 잘되었다는 생각이 든다. 윤영이 묻는다.

"그래요? 예전에 여기 개천이 하나 있었던 걸로 아는데 어디인지 모르겠어요."

윤영이 묻자 종업원이 어이없다는 듯 눈을 휘둥그레 뜬다.

"세상에, 그걸 찾느라 여태 돌아다니신 거였어요? 하루 종일 헛고생하실 뻔했는걸요."

"왜요?"

"왜긴요. 그거 없어진 지가, 십 년쯤 되었으니까 그렇죠."

개천이 없어졌다면 그 동네도 없어졌다는 뜻인가. 윤영은 식은 커피를 홀짝이며 고개를 떨군다. Y시를 이야기할 때면 조용히 눈꺼풀을 내린 채 시선을 감추던 여자의 모습이 떠오른다.

― 한여름에 개천에 나가 노는 아이들이 무척 부러웠어요. 아버지는 늘 무서운 얼굴로 그쪽 근처엔 얼씬거리지 못하게 했죠. 하지만 어쩌다 아버지의 차를 타고 그곳을 지나칠 때면 자연스럽게 고개가 돌아가곤 했어요. 우리 집은 그 개천을 지나 한참 안쪽으로 들어가야 보이는 고급주택가였으니까요. 좀 창피한 이야기네요. 사는 것에 비해 전 별로 좋은 고등학교를 다니진 못했어요. 말은 안 했어도 아버진 늘 그걸 부끄러워하셨죠.

잠자코 앉아 있는 윤영을 힐끔거리며 여종업원이 설명을 덧붙인다.

"시에서 거기 물길을 덮고 레저 스포츠 공원을 조성했으니까요. S시 옆에 생긴 제철소 규모가 커지면서 상권이며 학교며 다 그쪽으로 옮겨가자 다급해졌던 거죠. 덕분에 좋아진 것도 있고 나빠진 것도 있고. 하여간 빠르게 변하는 세상이잖아요."

"그럼 S여고는요? 거긴 아직 그대로인가요?"

윤영이 묻자 종업원은 눈을 동그랗게 뜨며 묻는다.

"어머나. S여고를 아세요? 당연히 남아 있죠. 하지만 십 년 전쯤 평준화가 된 뒤 거기도 거의 명성을 잃었어요. 이제는 부자 동네 학교가 최고 명문인 거죠. 어찌 된 일인지 잘사는 동네 애들이 공부도 잘하니까요."

종업원이 말하면서 웃는다. 틀린 말을 한 것도 아닌데 어딘지 씁쓸한 표정이다. 윤영은 커피를 한 모금 마시고 생각에 잠긴다.

"그런데 혹시 여기서 학교를 다녔어요?"

"아뇨, 그런 건 아니에요."

자기도 모르게 거짓말을 하고 나서 윤영은 속으로 쓴웃음을 삼킨다.

"그럼 누구 아시는 분이라도."

"그런 것도 아니고요."

윤영이 거듭 아니라고 하자 종업원은 금세 대화에 흥미를 잃은 표정을 지어 보인다.

오후 2시, 윤영은 계산을 하고 밖으로 나온다. 그러고는 바로 택시를 잡아탄다.

"S여고 앞으로 가주세요."

다시 여자의 목소리가 떠오른 건, 윤영을 태운 택시가 전화국 옆 사거리의 교복점을 막 지나쳤을 때다.

— 일하는 아줌마가 저녁마다 제 교복을 다리는 모습을 아버지는 일부러 못 본 척하곤 했어요. 그럴 때면 혼자 질문을 하곤 했죠. 그렇게 명문고가 부러우면 기부금이라도 내서 보내주시지 그래요. 하지만 아버진 그렇게 하지 않았어요. 건설업으로 많은 돈을 벌었지만 누구보다 명예를 소중히 생각하는 꼿꼿한 분이었거든요. 어쨌든 의기소침해진 저는 친구도 없이 기사 아저씨가 운전해주는 차를 타고 학교를 오갔죠. 물론 외관에서부터 품위가 느껴지던 명문여고를 하루도 빠짐없이 지나치면서요. 우습게도 그 도시 남자애들

은 남자애들대로 여자애들이 입은 교복을 보고 자신의 여자친굿감을 점찍는 것 같았어요. 하지만 난 상처받지 않았어요. 아무리 그렇고 그런 고등학교라 할지라도 한 해 수십 명은 서울 소재 대학으로 진학시켜주는 인문계 고등학교였으니까요. 희망이 있잖아요. 어쨌든 대학생이 되어 이 답답한 도시를 벗어날 수 있을 것이라는 희망. 그 소박한 희망이 흔들린 건 어느 날 갑자기 내게 오빠가 생기면서부터였어요.

어느 날 갑자기 동생도 아니고 오빠라니. 여자는 혹시 잘못 말한 것 아닐까. 오빠라는 게 갑자기 생길 수도 있나. 혼자 묻고 혼자 궁리를 하던 어떤 순간, 엄마의 목소리가 불현듯 윤영의 뒤통수를 잡아당긴다. 입양되었다고 하더라. 그런데 아무도 모른다고.

설마. 아닐 것이다. 그럴 리가 없다. 윤영은 고개를 가로젓는다. 이게 가능한 상상인가. 정말로 일어날 수 있는 일인가. 느닷없이 하나의 수직선 위로 떠오른 상상이 무한한 가능성을 지닌 현실과 엎치락뒤치락 뒤엉키는 동안 윤영의 머릿속은 순식간에 뒤죽박죽이 되어버린다.

"다 왔네요. 여기서 내려 조금 걸어올라 가면 됩니다."

문득 들려오는 택시 기사의 말에 윤영은 어지러운 상념에서 벗어난다.

"입구까지 가주세요."

"손님, 죄송하지만 여기서부터 차량 금지 구역이에요."

깜짝 놀라 밖을 보니 정말 그렇다. 윤영은 계산을 하고 택시에 내려 비좁은 인도를 따라 올라간다. 비좁긴 해도 양쪽으로 가로수가 도열된 오르막길이다. 맞아, 여기가 이런 길이었지. 그때서야 이십여 년 전 자신의 모습이 어렴풋 되살아난다. 삼삼오오 짝지어 걸어가던 아이들 틈 속에서 난 늘 혼자였어.

이곳에서 고등학교를 다니는 동안 윤영 또한 거의 친구를 사귀지 못했다. 시골임이 분명한 타 지역에서 전학을 왔다는 것이 첫 번째 이유였고, 윤영의 외모가 늘 선생님들 눈에 띄었다는 게 두 번째 이유였고, 어렵게나마 친구가 생길 무렵 윤영이 갑자기 서울로 이사를 하게 되었다는 게 세 번째 이유였다. 어느 날 갑자기 오빠가 생긴 여자처럼 어느 날 갑자기 윤영도 이곳을 떠나야 했기 때문이다. 그리고 또 어느 날 갑자기 여자가 생을 놓아버린 것처럼, 인생이란 어느 날 갑자기 일어날 수 있는 우연한 사건들의 연속인지도 모른다.

이마에 솟은 땀을 닦으며 오 분쯤 걸어 올라가자 비로소 교문이 보인다. 낡고 낡은 건물 외벽을 담쟁이덩굴이 무성히 덮고 있다. 수업 중인지 복도를 오가는 학생들은 보이지 않았지만 윤영의 시선은 뚫어질 듯 그중 한곳을 응시한다.

시간들이 밀려나면서 주위의 풍경들이 흐릿하게 되살아난다. 이윽고 긴 머리를 양 갈래로 땋아 내린 채 복도를 걷고 있는 열일곱 소녀의 모습이 보인다. 쉬는 시간에도 뭔가를 외우는지 한 손엔 노트를, 다른 한 손으론 모나미 볼펜을 돌리고 있다. 연이은 야간자율학습에도 피곤하지 않은 듯 얼굴엔 생기가 넘친다. 화장실 앞까지 가서도 소녀는 노트를 놓지 않는다. 단지 어젯밤 시작한 생리 때문에 배가 아픈 듯 간간이 인상을 찡그린다.

잠시 뒤 볼일을 보고 나온 소녀는 마침 복도를 지나가는 단발머리 소녀와 눈이 마주친다. 단발머리 소녀와 집이 같은 방향이라는 걸 안 건 며칠 전이다. 단발머리 소녀가 피곤한 표정으로 말한다. 비가 와서 오늘은 좀 일찍 갈까 해. 넌? 노트를 들고 있던 땋은 머리 소녀는 대답한다. 난 조금만 더 공부하다 가려고. 우산도 있으니 걱정 마. 단발머리 소녀가 뒤돌아선다. 그럴래? 그럼 비도 오는데 조심해 들어가. 땋은 머리 소녀는 잠시 그 자리에 멈춰서 단발머리 소녀의 뒷모습을 바라보다가 다시 교실로 들어간다.

비 때문에 남은 아이들은 많지 않다. 졸음을 참으면서 야간자습을 지도하던 담임선생님도 적당히 하고 들어가라는 말을 남긴 뒤 퇴근한 지 오래다. 그러거나 말거나, 일주일 뒤 시험에서 어떻게든 전교 1등을 하고 싶었던 소녀는 의자를 끌어당기며 중얼거린다. 비가 오는 게 뭐 어떻다고. 아닌 게 아니라 밤이 깊을수록 빗줄기도 굵어지고 빗소리도 커졌지만 소녀는 그럴수록 공부에 집중했다.

그날 밤, 소녀는 맨 끝까지 교실에 남아 자습을 하던 유일한 학생이었다. 하지만 불행히도 소녀는 그날 밤 이후 다시 교실로 돌아가지 못했다. 그게 정말 그날 밤 비 때문이었는지 아니었는지는 누구도 속 시원히 설명하지 못했다.

행정실에 들러 졸업 앨범을 보여달라고 해볼까.

그때 나와 마지막으로 대화를 나누었던 단발머리 소녀는 무사히 졸업을 했을까.

엉뚱한 걱정을 하며 한 걸음 교문 안으로 발을 들여놓던 윤영은 맞은편 담벼락을 보고 멈춰 선다. 그러고는 그대로 몸을 돌려 학교

옆으로 난 골목길로 접어든다.

여기서 십 분쯤 걸어가면 S남고 후문이 있을 것이다. 정문으로 나가면 바로 큰길로 통하게 되어 있는데도 짓궂은 남고 아이들은 굳이 후문을 나와 이 골목을 지나다녔다. 밤이 되면 풋사랑에 빠진 고등학교 아이들이 몰래 입술을 나누고 서로의 몸을 더듬기도 했던 곳. 그날 밤 그 남자아이들도 혹 이 골목에서 뭔가를 본 게 아니었을까. 어두운 밤 한 여자아이의 영혼을 처참히 짓밟고 싶을 만큼 몸이 달아 있었던 것도 혹 이 골목 때문은 아니었을까. 예나 지금이나 말없는 고요 속에 수많은 아이들의 역사를 감추고 있는 골목이 대답을 해줄 리 없다.

한참 뒤 윤영은 뒤돌아서 걷기 시작한다. 골목을 보는 동안 나무 그늘에 서 있었는데도 이마에는 땀이 흥건하다. 한 걸음 한 걸음 내딛을 때마다 윤영은 손등으로 이마를 훔친다. 덥다. 답답하다. 숨을 쉴 수가 없다. 속으로 혼자 투덜거리던 윤영이 다시 S여고 앞까지 왔을 무렵, 플래카드를 매단 오토바이 한 대가 쌔앵, 윤영을 지나쳐 긴 학교 담벼락 귀퉁이에 멈춰 선다. 깜짝 놀라 그 자리에 얼어붙은 윤영과 달리 이마에 머리띠를 질끈 동여맨 청년은 콧노래를 부르며 오토바이에서 내린다. 그러더니 담벼락 귀퉁이에 재빨리 플래카드를 걸어놓고 달아난다. 달아난다고 생각할 정도로 잽싸게, 오토바이는 윤영의 시야에서 사라져버린다. 뭘까. 윤영은 담벼락을 따라 플래카드 쪽으로 걸어간다. 그리고 고개를 돌려 플래카드에 적힌 문구를 보는 순간, 윤영의 입술이 저절로 벌어진다.

떼인 돈 받아줍니다.

사기꾼을 찾아드립니다.

서울이었으면 하지 않았을 생각을 여기 와서 하게 되다니.

답답한 공기 사이로 시원한 바람 한 줄기가 휘파람을 불며 지나
가는 것 같다.

10
짐승을 찾습니다

월요일 늦은 아침, 윤영은 한껏 게으름을 피우며 일어난다.

부족한 수면으로 몹시 피곤했지만 그렇다고 결근할 정도는 아니다. 어딘지 현실감각을 잊게 만드는 어지럼증이 오히려 기분 좋게 느껴진다.

윤영은 커피를 내리고 오랜만에 음악을 들으면서 천천히 출근 준비를 하기로 한다. 동틀 무렵 출근하는 간호사에게 좀 늦겠다고 메시지를 보냈으니 병원도 안심이었다. 대개 수술은 오후에 잡혀 있고, 오전에 이어질 귀찮은 상담이야 얼마든지 간호사들도 대신할 수 있을 테니까.

팝을 올릴까 잠시 망설이다 재즈 CD를 밀어 넣고 욕실로 간다. 몬티 알렉산더의 〈Isn't she lovely〉가 경쾌한 곡조로 울려 퍼지자 조금 기운이 충전되는 느낌이 든다. 치약을 가득 짜서 칫솔에 묻히고 입속으로 밀어 넣는다. 천천히 오른팔을 움직이며 거울 속에 비친 자신의 얼굴을 쳐다본다. 아직 잡티는 없다. 꼬박 하루 반, 충분한 수면을 취한 피부는 20대라 해도 믿을 만큼 탄력이 넘친다. 어디 하나 늘어지거나 주름이 생긴 곳도 없다. 문제라면 이 눈인데. 윤영은 양치질을 멈추고 거울 가까이 얼굴을 가져간다. 하지만 이내 뒤로 물러나버린다. 자기 눈을 오래 들여다보면 누구나 그런 기분이 드는 것인지, 어딘지 부자연스럽다는 느낌을 지울 수 없다.

기분이 상한 윤영은 고개를 외로 꼰 채 양치질을 계속한다. 피부 미용을 위해 차가운 물로 세수를 하고 스킨을 오래 두들겨 바른다. 차가운 사과를 깎지 않은 채 베어 물고 커피를 다 마시자 비로소 다시, 피할 수 없는 하루가 시작되었다는 생각이 든다. 윤영은 식탁 위에 잔을 그대로 둔 채 옷장을 열어 입고 나갈 만한 옷이 있는지 살펴본다. 나가면서 힐끗 살펴본 전화기에는 닥터 안으로부터 걸려온 부재중 전화가 찍혀 있다. 윤영은 그 번호를 '확인'만 하고 엘리베이터를 탄다.

주차장에 도착해 차에 시동을 걸자마자 다시 삐리릭, 휴대폰 문자음이 울린다. 이번엔 닥터 안이 아니다. 토요일 저녁, 서울로 돌아오자마자 윤영이 가입한 인터넷 사이트 알림 문자 서비스다.

안녕하세요. 서치맨search man입니다. 토요일 저녁 Seventeen님께서 올리신 글에 답변 1개가 올라왔음을 알려드리니 귀하의 소중한 지인을 찾으시는 데 참고하시기 바랍니다.

서치맨은 지난 토요일 저녁 윤영이 검색한 서른여 개의 사이트 중, 유일하게 사기꾼 혹은 범죄자 찾기 메뉴가 있는 인터넷 '사람 찾기' 사이트였다. 정보만 정확하다면 전국적 회원망을 이용해 '누구든' 찾아준다고 홍보하는 수십 개의 사이트를 돌다 지친 윤영은 당장 그 사이트에 회원 가입을 했다. 그리고 죽은 그 여자, 심희진에 대해 윤영이 알고 있는 정보를 올렸다. 처음이라 믿기지 않았지만 혹시 누군가 그 여자에 대해 알고 있는 이야기를 올려준다면, 윤영은 차근차근 그 이야기들을 조합해 머릿속의 구멍 난 퍼즐을 맞출 생각이었다. 만나지 않았다면 모를까, 아내를 잃고 경찰 조사까지 받게 된 여자의 남편에게 시시콜콜 윤영이 궁금해하는 것을 물어볼 수는 없는 일이었으니까.

　다만 한 가지, 심부름센터처럼 누군가를 직접 상대하지 않아도 된다는 매력에 이끌려 글을 하나 더 올려둔 것만은 아무래도 충동적인 일이었다.

　짐승을 찾습니다.

　방금 전 알림 문자가 그중 어느 것에 대한 답변인지는 아직 알 수 없다. 당장 모바일에 접속에 답변을 확인할 수도 있었지만 윤영은 굳이 그렇게 하진 않는다. 혹시나 오늘 올라왔다는 답변이 두 번째 올린 글에 대한 댓글이라면. 병원까지 운전하는 동안 윤영은 생각을 정리해보기로 한다.

오전 10시. 커피를 묻는 간호사에게 됐다고 말해주고 바로 진료실로 직행한다. 때마침 병원 로비에 있던 닥터 안이 먼저 윤영을 앞질러 진료실로 들어간다. 윤영이 병원을 비운 사이에 무슨 일이 있었던 사람처럼 표정이 심상찮다.

"컴퓨터부터 켜봐."

병원에 도착하자마자 서치맨에 접속해보려고 했던 윤영의 계획은 보기 좋게 어긋난다.

"왜 그래, 또? 알겠지만 오늘은 숨 쉴 틈도 없이 바빠."

"숨은 나중에 쉬고, 불부터 꺼야 하니까."

닥터 안의 얼굴은 지난주 그대로 굳어 있다.

"불? 무슨 불?"

"요즘 우리 병원 홈페이지에 이상한 글들이 자꾸 올라와. 나랑 간호사가 틈틈이 답변도 달고 지울 건 지우고 했는데도 계속이야. 누군지 작정을 하고 같은 글을 반복해서 올리는 것 같은데, 하여간 좀 봐."

모니터 화면은 곧 익숙한 병원 홈페이지로 가득 찬다. 닥터 안은 다른 것은 볼 필요도 없다는 듯 '시술후기' 메뉴를 클릭한다.

"아이디는 여러 갠데 내 생각에 한 사람인 것 같은 느낌도 들어. 봐, 주로 닥터 진, 자기 과 수술에 대한 건데 내용들이 비슷해."

닥터 안이 윤영 앞으로 모니터를 돌려준다. 최근 일주일 동안 다른 때보다 1.5배는 많은 글이 올라온 듯 'new' 아이콘을 달고 있는 새 글들로 모니터가 번쩍거린다. 윤영은 그중 '유리소녀'라는 아이디가 달린 글을 열어본다. 글의 제목은 '어쩌면'이다.

어쩌면 이렇게 신기한 글들이 많은지.

여기 올라온 글들을 읽다 보니, 이 병원 선생님들은 혹시 신의 손을 가지신 분이 아니신가 하는 생각까지 드네요. 찬사 그리고 또 이어지는 찬사. 감사 그리고 끝없이 이어지는 감사. 세상은 참 넓고 인간들이 할 수 있는 일의 한계는 없나 봐요. 하긴 DNA 복제도 가능한 세상이니까요. 이런 성형 정도야 누워서 떡 먹기겠죠.

아 물론, 전 이런 수술이 필요할 만큼 성 경험도 없고, 침대 위에서 변덕스럽고 폭력적이기까지 한 남자들 때문에 상처받은 적도 없는, 순수 처녀입니다. 그런데 우연히, 네 정말 우연히 이 홈페이지 문을 열어보고 얼굴이 화끈 달아올라 버렸죠. 아 이게, 이게 우리 여자들이 겪고 있는 현실인가, 머지않아 나도 남자를 만나 사랑을 하고 이별을 한 뒤에는 이런 하소연을 하게 되는 것 아닌가, 그러느니 차라리 지금 연애를 포기하는 게 낫지 않을까, 하는 생각마저 들어서 저는 어쩐지 으스스, 끔찍!

그리고 누군지 모르겠지만 여기 이 코너에서 댓글을 달아주시는 분, 참 얄미우신 분 같네요.

그러니까 예를 들면 이런 문장.

모두들 최고라 주장하는 광고의 범람 속에 어느 병원을 선택해야 할지 모르시겠다고요? 그 기분 충분히 이해합니다. 그러나 조금만 주의 깊게 살펴보시면 진정으로 환자분들의 마음을 이해하고 최대한 만족을 드리기 위해 노력하는 병원이 어디인지 골라내는 일은 결코 어렵지 않을 것입니다. 결국 선택은 오로지 환자분들 몫이니까요.

그러니까 결국, 환자들 몫이라는 이 말.

이 말은 수술 효과에 대한 최종 책임도 환자들에게 있다는 말이랑 같은 것이겠죠? 하지만 당장 고통에 눈이 먼 환자들이 알면 얼만큼 안다구요? 아무것도 모르는 환자들이 무엇을 판단할 수 있다고 이런 말들을 아무렇지도 않게 하시는 건지.

더 이상한 건 이 코너 어디에도 수술에 대한 불만을 이야기하거나 부작용을 호소하는 글들이 거의 없다는 점이에요. 제가 유난히 삐딱해서 그런 건지 너무 다들 칭찬만 늘어놓으니 오히려 올라온 글들의 내용이 모두 거짓말이 아닌가 의심이 들 정도예요.

물론 아니라고 하시겠지만.

아무튼 우연히 들어와 봤다가 몇 자 적고 나갑니다.

결례가 되었다면 꾸벅! 뭐 삭제해도 상관은 없어요.

뭐 삭제해도 상관은 없어요, 라고?

유리소녀의 당돌한 마지막 멘트에 윤영은 결국 훗, 웃음을 터트린다. 허리를 구부리고 함께 모니터를 들여다보고 있던 닥터 안이 고개를 돌려 윤영을 쳐다본다.

"뭐야, 지금 웃음이 나와?"

"그러게. 좀 웃기네. 자기는 남자랑 한 번도 자본 적 없는 순수 처녀라면서 나름 진지한 척하고 있잖아. 가만, 이것도 유리소녀가 올린 글인가?"

윤영은 어이없어하는 닥터 안의 표정을 살피며 덧붙여준다.

"너무 걱정하지 마. 금방 삭제해버리면 되지 뭘 그래. 시술후기란에 시술도 받지 않은 어린애가 부적절하게 올린 글을 삭제했다고 뭐라 할 사람도 없잖아?"

"그래, 누가 뭐라 할 사람은 없지. 하지만 이런 글 하나가 우리 병원을 신뢰하는 사람들에게 어떤 영향을 미치는지 모르진 않겠지."

물론 안다. 비슷한 고민, 비슷한 외모 콤플렉스를 갖고 있는 여자들에게 이 코너는 일종의 카페와 같은 기능을 했다. 타인의 경험을 엿보고 싶은 충동, 자신과 같은 케이스의 성공 스토리를 찾아 헤매는 여자들의 충혈된 눈빛, 그 눈빛 속에 남편 혹은 애인의 이름으로 존재하는 남자들, 그들 연애의 광장에서 무슨 일이 벌어지고 있는지 적나라하게 알 수 있는 곳이 바로 이 시술후기란이었다.

병원들마다 이 코너에 신경을 쓰는 이유는 수술을 망설이는 대부분의 여자들이 제일 먼저 이곳을 둘러본다는 것을 알고 있기 때문이다. 대부분 병원과 의사에 고마워하는 글로 도배된 후기들 속에 간혹 조급증에 사로잡힌 여자들의 불안 섞인 목소리가 떠오르기도 하지만 그녀들을 다독이고 기다리게 하는 것도 윤영의 중요한 일 중의 하나였다. 가끔씩 들이는 '삭제, 편집'의 수고는 아무것도 아니다. 사안별로 정리된 답변을 고르고 '복사, 붙이기'를 반복하는 일이, 여자들의 아랫도리에 싫증을 느낀 이 끝없는 사연들 속 남자들만큼 지루한 일이긴 해도 어디까지나 의무방어전이라는 게 있는 법이다. 바로 지금, 유리소녀의 글에 호기심을 느낀 윤영이 닥터 안의 질문에 마음에도 없는 대답을 하는 것처럼.

"알아. 너무 잘. 닥터 안이 그쪽으로 얼마나 신경을 쓰고 있는지도 알고 내가 요즘 좀 정신이 없었다는 것도 알아. 하지만 이젠 아니야. 그러니 정말 걱정 말라고."

닥터 안을 내보내고 윤영은 유리소녀가 쓴 것으로 보이는 몇 개의 글들을 더 살펴본다. 이런 수술들이 여자들의 자존심 회복에 어떤 도움을 주는지를 묻는 글들이 대부분이다. 주장의 톤과 예로 든 사례들은 달랐지만 결국 병원들이 돈벌이를 위해 과장 광고를 하고 있다는 의심으로 가득 차 있다.

아주 틀린 말은 아닐지도 모른다. 그러나 그것은 이런 병원들의 본질적인 속성을 몰라도 너무 모르고 하는 말에 불과했다. 아름다움도 만들어낼 수 있는 인공의 세상에서 수술이란 것도 넓게는 상품이었으니까. 상품을 파는 사람이 자기 상품을 어떻게 선전하든 판단은 소비자 몫이라는데 뭐가 문제인가. 문제는 오히려 이런 글을 올릴 만한 사람이 누구인지 윤영으로선 전혀 짐작이 되지 않는다는 데 있다.

누구일까. 윤영은 고개를 갸웃거리며 의자 뒤로 몸을 젖힌다. 그때 마침 진료실로 들어온 간호사는 윤영의 책상 위에 차트를 내려놓고 환자가 와 있다는 말을 전해준다. 윤영은 알았다고 고개를 끄덕인다.

덕분에 서치맨에 접속해 답변을 확인해보려 했던 계획은 한 번 더 뒤로 미뤄진다. 모니터를 끄고 진료 카드를 펼치며 윤영은 오히려 안도의 한숨을 내쉰다.

시간을 벌어서 나쁠 건 없겠지. 어쨌든 생각이 필요한 일이니까.

단정한 정장 차림으로 다리를 모으고 앉은 여자는 오늘 진료를 위해 지방에서 올라왔다고 했다. 나이는 50대 초반이고 아이들은 벌써 다 커서 서울로 유학, 독립했다. 오랫동안 주부로 살다가 몇 년 전 동네에 들어선 쇼핑몰에 액세서리 가게를 하나 운영하고 있으며 남편은 근처 연구소에 근무하는 박사로 환경생태학을 전공했다고 했다. 남편은 비교적 퇴근 시간도 일정하고 다정다감한 성격이어서 함께 보낼 수 있는 시간도 많고 취미도 비슷하다고 했다. 주말이면 나란히 등산복을 갖춰 입고 명산을 찾아다니는 것도, 맛있는 음식점을 순례하며 일상의 작은 즐거움을 나누는 일도 행복하다고 했다.

 얼핏 듣기에도 경제적으로나 가정적으로나 아무 문제가 없는 삶이었다. 아니 축복받은 삶에 가까웠다. 그 때문이었을 것이다. 아무리 뜯어보아도 여자의 얼굴엔 그 어떤 고통의 흔적이나 그늘도 보이지 않는다. 그 또래 수준의 유한부인들답게 곱디곱게 나이 든 얼굴이다. 미용실을 다녀온 듯 단정히 정리된 헤어스타일도, 주름이 져 있지만 값나가는 보석이 반짝거리는 목도, 우아한 옷차림도 모두 여자의 사회적 신분을 증명해주고 있다. 그러나 어느 순간, '오늘 여기 온 이유는' 하고 말을 이어가던 여자의 눈에 갑자기 눈물이 맺혔다.

 "몇 년 전에 문제가 생겨 자궁을 적출했어요."

 "네."

 윤영은 고개를 끄덕인다. 안됐지만 나이 든 여자들에게 흔히 있을 수 있는 일이다. 더구나 아이들을 몇 명씩 낳은 경우라면 충분히.

"그때부터 우울증이 오더군요."

윤영은 계속 듣기로 한다. 중년을 훨씬 넘긴 이 여자는 존경스러울 정도로 차분하고 조리 있다.

"여성으로서 자궁을 적출한다는 게 어떤 스트레스를 가져오는지 겪어보지 않은 사람은 모를 거예요. 저 또한 마찬가지였어요. 폐경도 하기 전에 여자로서의 삶이 끝나버린 것 같은 느낌이 들었거든요. 하지만 웬만큼 시간이 지나면 그런 기분에서도 해방될 수 있을 것이라 생각했기에 견뎠죠. 실제로 힘들었지만 견딜 만했어요. 그런데,"

문제가 생겼겠죠. 윤영은 여자의 다음 말을 안 들어도 알 것 같다. 결국은 잠자리의 문제란 뜻이겠지. 여자가 말을 잇는다.

"온몸의 샘이란 샘이 모두 말라버린 것 같은 느낌은 정말이지 견딜 수가 없었어요. 혹시 결혼하셨나요?"

잠시 말을 멈춘 여자가 뜬금없이 질문을 던진다. 엉겁결에 거짓말이 튀어나온다.

"아, 네."

"그렇담 더 잘 이해하시겠네요. 남편과 저는 부부생활을 즐기는 편이었죠. 누구나 그렇겠지만 살다 보면, 그래요, 여러 가지 위기를 겪기도 하지만 서로의 몸을 쓰다듬고 사랑할 수 있다면 그 어떤 문제이든 어렵지 않게 겪어낼 수 있다는 사실을 우린 알고 있었으니까요. 그런데, 그랬는데, 언제부터인가 남편이 힘들어하기 시작했어요. 자궁을 적출하고 중성이 되어버린 내 몸이 그를 받아들일 수 없게 돼버린 거예요."

부인과에서는 이런 증상을 '윤활액 또는 애액 부족'이라는 말로 표현한다. 사랑을 시작하는 남녀의 몸 모두에서 촉촉이 솟아나는 샘, 혹은 상대방을 받아들일 준비가 되었다는 일종의 신호와도 같은 것. 그것 없이 두 육체가 만나기란 쉽지 않은 일이었을 테니 여자의 고통을 짐작하기 어려운 일은 아니다. 하지만 그 원인이 꼭 자궁 적출 때문이라고 할 수 있을 만한 분명한 의학적인 근거는 없다. 자궁을 적출했다고 해서 여성이 아닌 중성이 된다는 근거도 물론 없다. 다른 원인도 얼마든지 있을 수 있다는 이야기다. 그러므로 진짜 문제는 이 여자 스스로 그 때문일 것이라 생각하는 믿음에 있었다. 자궁 적출이라는, 사랑의 행위와 별 상관없는 사건이 여성의 상실로 이어졌을 것이라 받아들이고 있는 믿음. 그러나 지금 여기서 여자의 이런 생각에 대한 의학적 타당성을 논할 필요는 없다. 윤영은 그저 고개를 끄덕였을 뿐이고, 이제야 자신이 대화를 주도할 때가 되었음을 깨닫는다.

"정말 많이 힘드셨겠네요. 그 기분 충분히 이해합니다. 더군다나 남성분들 입장에서 그런 경우 여성분들이 갖는 상실감이나 두려움 같은 걸 세심하게 이해하기란 쉽지 않을 테니까요. 하지만 이왕 여기까지 오셨으니 원하신다면, 몇 가지 수술을 권해드릴 수 있어요."

여자의 눈이 똑바로 윤영의 눈을 향한다. 윤영은 올리메이드에서 가장 인기 있는 수술 프로그램 몇 개를 설명하기 시작한다. 폐경 전후 여성들을 위한 성기능 향상 프로그램에서부터 60대 중후반 여성들에게까지 인기 있는 프로그램까지. 다행히 이 교양 있는 여자는 그 프로그램이 구체적으로 어떤 효과를 가져오는지, 일일이 다그쳐 묻지 않는다. 대신 윤영의 말 속에서 논리를 찾고 자신이 해야 할 일을 결정할 사람처럼 고개를 끄덕이며 열심히 듣는다. 윤영은 내심 긴장한다. 여자의 표정이 어찌나 진지한지 자신이 오히려 거짓말쟁이 같다는 생각이 들 정도다. 심희진 씨처럼 매번 의심과 질문을 혼동하는 여자들과 전혀 다른 위엄마저 느껴진다.

"잘 들었어요. 생각해보고 마음이 정해지면 전화 드리죠."

차분히 가방을 챙겨 문 밖으로 나가는 여자의 뒷모습을 보며 그녀의 남편이라는 생태학 박사를 떠올려본다. 여자의 말이 사실이라면, 그는 분명 일상에서 사려 깊은 남자였을 것이다. 하지만 잠자리에서만큼은 무지했을지도 모른다. 자궁 적출 후 아내가 갖는 본능적 공포와 남편을 위한 배려를 읽지 못했을지도 모른다. 남편을 받아들이지 못하게 된 아내의 변화에 내심 당황하면서도 적응하고 있는 듯 조용히 웃어넘기거나 침묵했을지도 모른다. 때때로 침묵이 그 어떤 공격보다 무서운 상처가 될 수 있다는 것을 모른 채, 아내의 여성과 자신의 남성을 거세하고 평범하기 그지없는 일상생활에 온 정성을 기울였을지도 모른다. 하지만 아내는 그런 남편을 보며 절망했을 것이다. 그래서 지금 저 문을 나가는 여자의 상처는 더 깊다. 오랜 결혼생활을 유지하는 동안 자기 몸의 희로애락보다는 남자들의 성적 만족에 더 신경을 써온 대부분의 여자들이 빠지기 쉬운 함정이다. 윤영은 쓴웃음을 지으며 자리에서 일어난다.

두 번째 진료실로 들어온 여자는, 결혼 2년차의 30대 주부라고 자신을 소개했다. 처녀 때부터 늘어난 소음순 때문에 꽉 끼는 바지도 못 입고, 생리할 때도 습해져서 자주 염증이 생기는 바람에 한 달에 한 번씩은 산부인과를 드나들어야 했다고 했다. 그 독하다는 염증 약을 달고 살다 보니 수도 없이 여자로 태어난 삶을 후회하게 되더라며 깊은 한숨을 내쉬었다.

여자로 태어난 삶.

자세히 보니 쌍꺼풀 수술을 한 지 얼마 안 된 눈이다. 코도 수술 했는지 푹 꺼진 두 볼 사이에 툭 튀어오른 콧대가 유난히 부자연스 러워 보인다. 결혼 2년차라면 신혼인데 몸매는 한없이 느슨하고 유 방은 두루뭉술한 체형에 비해 지나치게 작다. 어쩌면 이 여자는 이 제 곧 가슴을 성형하러 가겠지, 라는 생각이 문득 윤영의 뇌리를 스친다. 여자가 묻는다.

"병원 시술후기란을 보니까 간단한 수술 후에 분홍빛 소음순을 갖게 되었다며 기뻐하는 글들이 여럿 있던데요?"

"네, 그렇죠."

다행히 이 환자는 시술후기란에서 좋은 평들만 건졌는지 수술 에 대한 낙관적 희망으로 가득 차 있다. 윤영의 마음이 모처럼 가 벼워진다.

"말했듯이 죽을 때까지 염증 약을 달고 살고 싶진 않아요. 덩달 아 예쁜 소음순을 갖게 된다면 더 좋을 것 같아서요."

소음순의 색깔 정도야 뭐, 이번엔 윤영이 적극 고개를 끄덕여준 다.

"그럼요, 당연하죠. 분명히 만족하실 거예요."

가끔씩 유리소녀의 글처럼 지워야 하는 글도 있지만 시술후기란 에 올라온 글들은 대체로 '사실'이다. '진실'이 어떤지는 윤영도 정확히 알 수 없지만, 그녀들이 그렇다고 믿는 것, 그것이 진실이라는 말씀. 여자는 진료에 크게 만족해하며 방을 나간다.

늦은 오후, 한 건의 수술을 마친 후에 찾아온 세 번째 환자는 한동안 요실금으로 고생하다가 지금은 남편의 바람 때문에 고생하고 있다는 30대 후반의 여자다. 오후의 졸음을 다 깨울 만큼 우렁찬 목소리를 지닌 여자이기도 하다. 윤영은 눈꼬리에 살짝 달려 있던 졸음이 저만치 달아나는 것을 느끼며 여자 앞에 다소곳이 앉는다. 나이는 정확히 39세. 직업은 사설학원에서 수학을 가르치는 시간강사다. 일찍 결혼해 아이는 둘 낳았으며 큰아이가 고 3 수험생이라 매우 신경이 예민해져 있다고 했다. 엎친 데 덮친 격으로 남편까지, 라고 운을 떼며 여자는 눈물 대신 아랫입술을 잘근잘근 깨문다.

"난 누가 뭐래도 훌륭한 조강지처였어요."

당연하다는 듯 윤영은 고개를 끄덕인다. 오늘로써 몇 번째지? 목뼈가 부러질 것만 같다. 이런 윤영의 사정은 아랑곳없이 여자는 자신의 남편에 대해 꽤 긴 시간을 들여 설명하기 시작한다.

그의 직업은 평범한 회사원이었다. 그러나 밤으로 이어지는 회사 생활은 평범하지 않았던 모양이다. 그는 자주 술을 마셨고, 여기저기 서울의 밤거리를 돌아다녔다. 물론 다른 사람들과 함께였다. 그와 함께 술을 마셨던 사람들은 회사 동료에서부터 거래처 직원, 거래처 직원의 거래처 직원까지 다양했다. 회사 동료 중에는 물론 여자도 있었다. 아내보다 더 많은 시간 눈빛과 웃음을 주고받으며 앞으로도 계속 그럴 수 있는 사람이었다. 언제부터였는지 정확히 기억은 못하지만 그는 그들 중 한 여자와 사랑에 빠졌다. 그렇게 매일

술을 마셔야 했음에도 그의 피부는 몰라보게 생기를 띠었고, 돈의 씀씀이가 늘어났다. 서울 거리에 허다한 모텔에 한 번 가기 위해서도 족히 사오만 원은 필요했을 것이라고 말하며 여자는 다시 아랫입술을 잘근잘근 씹었다.

"아주 너그럽게 생각해서 일주일에 한 번이라고 해도 한 달이면 이십만 원이에요. 그 돈이면 수험생인 우리 큰애 학원을 좀더 좋은 곳으로 바꿔줄 수도 있죠."

처음에 여자는 남편의 여자를 모른 척했다. 말 그대로 바람 아닌가. 모른 척하는 대신 월급을 더 꼼꼼히 챙기고 용돈을 줄였다. 따로 쓰던 신용카드를 가족카드로 재발급 받고 사용처를 묻기도 했다. 지어주는 밥에 잡곡을 빼고 전처럼 정성을 들여 국물을 우려내지도 않았으며 자는 남편의 얼굴을 보며 갖은 욕을 퍼부어보기도 했다. 하지만 돌아온 건 스스로 감당할 수 없는 자괴감뿐이었다. 급기야 친구들에게 이 사실을 말하고 '어쩔 수 없으면 너도 똑같이 해'라는 황당한 충고를 들었을 때쯤, 남편은 그녀에게 이혼을 요구했다.

"막상 이혼 요구를 받고 보니 아차 싶은 생각이 들었어요. 어차피 사랑해서 사는 것도 아닌데, 그냥 돈 벌어다 주는 기계에 기름칠한다 생각하고 잘해줄걸 하는 생각도 들고요. 아이들 보기 창피한 건 둘째 치고 앞으로 우리 애들 대학 등록금이며 결혼자금을 나 혼자 어찌 감당하겠어요. 이혼 대신 애인을 만드는 게 백배 나을 것이라는 친구들 말에 나는 절대 그럴 수 없다고 생각했던 게 바보 같기도 했고요. 모두들 정신이 나갔다고만 생각했거든요."

여자의 목소리는 여전히 우렁차다. 윤영은 탁자 위에 놓인 수술 성공 사례집을 만지작거리기 시작한다. 언제든 여자의 말이 막히는 순간 본론에 들어가기 위해서다. 다행히 여자는 아주 눈치가 없지는 않다.

"그렇다고 지푸라기라도 잡겠다는 심정으로 여기 온 건 아니에요."

웃음이 나올 뻔한 것을 참고 윤영은 아 네, 라고 응답한다. 여자의 눈이 분노로 번득인다. 본인은 아니라고 말했지만 윤영이 보기에 여자에게 필요한 건 지푸라기다. 어쨌든 지푸라기를 잡고 나서야 남편이라는 사람을 버릴 것인지 붙잡을 것인지 결정할 수 있을 테니까. 우습지만 그것이 이 여자에게 남은 자존심일 테니까. 아니나 다를까. 윤영의 직감은 여자의 다음 말에 고스란히 드러난다.

"난 다만, 남편에게 내가 얼마나 괜찮은 여자인지 증명해주고 싶을 뿐이에요. 정말이지 그뿐, 이혼은 그때 해도 늦지 않을 테니까. 무슨 말인지 이해해요?"

"네, 이해합니다."

이해하고말고요. 윤영은 차분히 수술 사례집을 펼쳐 보이며 여자에게 필요할 만한 수술들을 권해준다. 여자는 열심히 듣는다. 목이 타는지 자꾸만 기침을 하는 듯해 간호사를 불러 냉수도 한 잔 대접한다. 그나마 오늘은 이 여자가 마지막 진료 환자라는 사실을 상기하며 윤영은 최대한 친절하고 부드러운 목소리를 유지하기 위해 신경을 쓴다.

서치맨의 알림 문자가 다시 도착한 건 퇴근 시간이 다 될 무렵이다. 윤영은 간호사를 불러 더 이상 환자가 없음을 확인하고 진료실 문을 닫는다. 바로 사이트에 접속해서 올라온 답변을 확인한다.

그놈이 맞는지 모르겠습니다. 하지만 Seventeen님이 올리신 글의 내용이 사실이라면 맞을 확률이 훨씬 높습니다. 출신 지역이나 졸업한 학교 같은 건 모르겠지만 제가 직접 들은 적이 있으니까요. 다른 사람도 아닌 본인이 직접 무용담처럼 그런 일을 한 적이 있다고 자랑삼아 말하곤 했어요. 상황이 너무 똑같더군요. 비 오는 날, 여고생, 친구들 모두 장난삼아 그랬다는 것까지 모두요. 하도 어이없는 얘기라 웃으며 넘겨버렸는데 어쩌면 진짜일지 모른다는 생각이 갑자기 드네요. 혹시 몰라 사진 첨부합니다. 확인해보시고 전화 주세요.

믿거나 말거나. 윤영은 답글을 달아준 사람이 올려놓은 사진을 클릭해본다. 함께 있던 사람들의 개인정보를 보호할 목적이었는지 여럿이 찍은 사진의 일부를 포토샵으로 잘라 올린 사진이다. 얼굴 윤곽이 비교적 뚜렷한 30대 중후반의 남자다. 선입견을 가지고 봐서인지 호남형은 아니었고 들여다볼수록 어딘지 비열한 구석이 있는 것 같은 느낌을 풍긴다. 그런데 모르겠다. 윤영은 놈들의 얼굴을 기억하지 못한다.

하지만 정말 이 사람일 수도 있지 않을까. 이 넓은 세상에 그런 우연 하나쯤 일어난다고 해서 이상할 것도 없지 않은가. 믿어버리고 싶은 마음 때문인지 오랫동안 사진에서 시선을 뗄 수가 없다. 윤영은 본인이 직접 그 일을 떠벌리고 다녔다는 말에 전율하면서 사진 속 남자의 얼굴을 다시 한번 물끄러미 들여다본다. 그러나 여전히 확신이 서지 않는다. 20년. 사람의 얼굴이 여러 번 바뀔 수 있는 시간이다. 얼굴 형태와 윤곽만으로는 아무것도 정확하지 않다. 그때서야 윤영은 자신이 그들의 얼굴을 기억하지 못한다는 사실을 빠트린 채 글을 올렸다는 것을 깨닫는다. 윤영은 게시물을 수정하고 퇴근을 한다.

새벽 4시에, 서치맨의 알림 문자는 다시 울린다. 저녁 무렵 클럽 데이에서 한잔 마시고 돌아와 일찍 잠이 들었던 윤영은 피곤한 눈으로 노트북을 켜고 답변을 확인한다. 다행인지 불행인지 죽은 여자에 대한 댓글은 아니다. 대신 윤영이 혹시나 하고 올린 '짐승을 찾습니다' 게시물에 밤새 한 개의 답변이 추가되어 있다. 이 사이트에선 이런 거래도 허용하는지 노골적으로 대가를 요구하는 답변이다.

어차피 심부름센터 같은 데 부탁해도 일정 비용을 지불해야 하잖아요? 단도직입적으로 말해서 저는 거기서 딱 반 정도의 가격에 원하시는 사람을 찾아드릴 수 있다는 말씀이에요. 어차피 경찰서 가봤자 사람 못 찾아요. 개인정보라는 게 그렇게 허술하게 관리되는 것도 아니고 또 이미 신분세탁을 해버렸을 수도 있고요. 아시겠지만 그런 놈들은 특히 정상적인 그물망 밖에 있는 존재들이거든요. 아무쪼록 흥미가 당기시면 연락 주세요. 제가 그쪽으로 어떤 노하우를 가지고 있는지는 거래가 결정되면 말씀드리죠.

윤영은 잠시 댓글을 노려보다 노트북을 덮고 다시 잠을 청한다.
결국 또 쓸데없는 짓을 하고 있다는 자괴감이 들어서일까.

한번 달아난 잠은 다시 오지 않고 머리는 무겁다. 윤영은 서랍에
서 수면 안대를 꺼내 쓰고 방의 불을 끈다. 아까보다 조금 더 두터
워진 어둠 속으로 파고든다. 왜 상처를 긁어 부스럼을 만들려고 하
지? 어디선가 목소리가 들려오는 것만 같다. 그것이 자기 안에서 튀
어나온 목소리라는 걸 알아차리는 데 오랜 시간이 걸리지 않는다.

지금까지처럼 편안하게 살아가고 싶다면 여기서 그만 호기심을
접어. 서른아홉의 윤영은 말한다. 넌 의사고 앞으로도 충분한 돈을
벌 수 있어. 남자들을 속이는 일쯤이야 늘 식은 죽 먹기였잖아. 닥
터 안처럼 자기 일에 자부심을 갖고 원하는 것을 얻어. 죽은 여자
의 말들 따윈 잊어버리고. 중얼거리다 보니 문득 숨이 차오른다.

어쩌면 그 여자의 이야기를 들어주지 말았어야 했다는 생각이
든다. 그 여자가 뭐라고 지껄이든 귀를 막았어야 했다. 그리고 늘 그
래왔듯 몇 개월에 한 번씩 남자들을 갈아치우며 연애를 소비하는
데 만족했어야 했다. 사랑 없이도, 사랑을 기대하지 않아도 충분히
행복할 수 있다는 것을 보여주며 살아갔어야 했다. 그게 뭐 대수냐
는 듯. 아무 일 없었다는 듯이.

그러나 이젠 돌이킬 수 없게 되었다. 그 여자 때문인지 아닌지는
더 이상 중요하지 않다. 여자로 인해 생생히 되살아난 기억들의 아
우성만으로도 윤영의 삶은 충분히 흔들리고 있기 때문이다.

윤영은 친절한 네티즌들이 보내준 사진과 전화번호를 휴대폰에 저장한 뒤 욕실로 들어가 참았던 구역질을 시작한다. 그때 물수제비처럼 변기에 고이는 위액 위로 눈물 한 방울이 뚝 떨어진다.

11

닫힌 방 안의 술래들

"자료를 모두 백업 받아놓으시면 다음번에 왔을 때 C와 D드라이브 파티션을 다시 해드릴게요. 이거야 원. 애초에 C드라이브 용량이 워낙 작게 책정되어 있었네요. 일단 지금 홈페이지 운영에는 별 문제 없으니까 그대로 사용하시고, 사진이나 동영상 같은 게 많으면 아무래도 속도 자체가 느려질 수도 있으니까 홈페이지 개편하기 전에 자료도 좀 정리해두시는 게 좋겠죠?"

얼마 전, 윈도우 운영체계를 바꾼 컴퓨터는 뭐가 불만인지 자주 고장을 일으켰다. 격주에 한 번씩, 컴퓨터를 봐주러 온 업체 기사에게 마우스를 넘겨준 윤영은 귀찮은 생각에 인상부터 찡그린다.

"백업이라니, 그것까지 다 알아서 해주시는 것 아니었어요?"

"저희가요? 그래도 되지만 환자분들 개인정보가 있는데 괜찮으시겠어요?"

"아, 그렇군요. 그럼 제가 하는 데까지 해보도록 하죠."

"그러세요. 일차 백업이 끝나면 다음 일은 또 제가 알아서 하죠. 이거 자료가 워낙 많아서 시간이 좀 걸리겠는걸요? 추가하실 내용이 많은가요?"

"네, 조금."

말하면서 윤영은 얼마 전 수술 효과에 대한 환자들 육성 토크들을 더 보완했으면 좋겠다던 닥터 안의 말을 떠올린다. 조금 더 생생하게 실제 당사자들의 경험을 바탕으로 진짜 실감나는 홍보 영상을 만들어보자는 거야. 어쨌든 있는 동안엔 최선을 다해주어야겠지.

"백업 끝나면 연락 주시구요."

"그러죠."

컴퓨터 기사가 나가자마자 윤영은 책장을 열고 자료용 CD들을 늘어놓고 분류 작업을 시작한다. 일 년째 사용하고 있는 컴퓨터 본체는 별 이상이 없는지 윤영이 밀어 넣는 동그란 CD들을 냉큼 집어삼킨다. 겨우 하나, 저장된 자료의 폴더를 열고 목록을 살핀 것 같은데 금세 피로감이 몰려온다. 윤영은 다양한 성공 사례와 개인 정보가 담긴 파일을 모니터에 열어둔 채, 하루 일정을 살펴본다. 아니 실은, 언제쯤 병원을 빠져나가 서치맨에 전화번호를 남긴 남자를 만나러 갈 수 있을지 시간을 계산해보는 중이다. 역시나 오후까지 빡빡한 스케줄이 문제다. 첫 환자를 맞기 오 분 전, 윤영은 한숨을 내뱉고 의자 깊숙이 등을 기댄다.

그때 뚜우 뚜우, 책상 위의 인터폰이 울린다.

"선생님, 저기, 기자래요."

기자라는 간호사의 말에 윤영은 문득 비스듬히 기댔던 몸을 일으킨다.

"기자가 왜?"

"글쎄요, 뭐 취재를 하고 싶다는데, 연결할까요?"

윤영은 잠시 생각에 잠긴다. 의료 전문 기자라면 그동안에도 가끔 상대해본 적 있었음에도 왠지 께름칙한 기분을 감출 수 없다. 게다가 지난주 언젠가 닥터 안은 정색을 하고 '기자 비슷한 인간들은 일절 만나지 말라'고 못을 박지 않았던가. 하지만 혹시나, 이 기자가 뭔가를 알고 전화를 걸어온 것이라면? 윤영은 쥐고 있던 수화기를 고쳐 쥔다.

"닥터 안은?"

"학회 가셨어요. 삼십 분 전에요."

"연결해줘."

윤영이 여보세요, 라고 말하자마자 자신을 포털사이트 의료 전문 기자라 소개한 기자는 대뜸, 얼마 전 단기간에 아홉 번이나 성형수술을 했다가 더 이상 손쓸 수 없는 부작용으로 만신창이가 된 여자 이야기를 늘어놓는다. 어찌나 말이 빠르고 일방적인지 이쪽에서 끼어들 틈이 없다. 그러나 윤영도 익히 알고 있는 사건이라 새로울 것은 없는 내용이다. 얼마 전 인터넷 공간을 타고 빠르게 퍼져나갔지만 또 그만큼 빠르게 잊힌 사건. 기자도 그 사실을 잘 알고 있는 듯했다.

"하지만 그 사건은 환자 과실보다 불법 시술이 더 문제가 되었던 거죠. 결국은 의사 과실이 팔십 퍼센트 인정되었고 칠천만 원 수준에서 배상액이 결정되고 끝이 났으니까. 그걸로 그 여자의 정신적 육체적 상처가 회복될 수 있을지는 모르겠지만, 문제는⋯⋯."

윤영은 한참 듣고 있어 땀이 밴 수화기를 다른 쪽 귀로 옮긴다.

"이런 일이 지금도 앞으로도 계속될 수 있다는 거고, 환자들을 보호하는 차원에서라도 병원들이 홍보에만 열을 낼 게 아니라 좀더 정확한 정보, 믿을 만한 정보를 제공해야 한다고 생각해서요."

맞는 말이다. 그런데 누가 뭐라 그랬나? 상대방의 대답이 필요 없을 것 같은 기자의 말은 이제 막 서론에서 본론으로 넘어가는 중이다.

"요사이 올리메이드와 같은 병원이 여기저기 많이 생겼잖아요. 그런데 생각보다 그곳들에 대한 심층 기사는 별로 없는 것 같더군요? 거기 두 분 선생님들은 대학 동기이신 데다 이 분야에 나름 성공하신 분들이던데. 그래서 혹 기사 작성에 도움말을 좀 주실 수 있을까 해서 전화 드렸습니다. 어떻게, 가능할까요?"

기자와 함께 전속력 단거리 달리기를 하고 난 기분으로, 윤영은 크게 한숨을 들이쉰다. 숨 가쁘게 귓속을 파고들었던 기자의 말들은 결국 '인터뷰'라는 한 단어로 정리된다.

"글쎄요. 취지는 좋은데, 저희는 병원 말고도 학회 일로 무척 바쁜 편이어서 시간을 낼 수 있을지 확답을 드릴 수가 없네요."

사실 그것은 의례적인 거부의 표현이다. 다행히 기자도 아주 눈치가 없진 않다.

"그래요? 정말 아쉽네요. 이것저것 여쭤보고 싶은 게 정말 많은데요. 병원마다 최고라 주장하는 홍보 내용을 그대로 실을 수도 없고, 홈페이지마다 올라온 것은 성공 사례들뿐이니, 나름 객관적인 분석 기사를 쓰고 싶어도 정보가 없어서 여간 어려운 점이 많지 않거든요. 그래도 올리메이드엔 좀 다른 목소리도 있는 것 같아서 내심 기대했는데 말이죠."

좀 다른 목소리?

윤영은 전화기를 다른 쪽 손으로 바꿔 쥔다.

혹시나 이 기자도 어제 유리소녀가 올린 글들을 본 것일까.

생각해보니 그랬을 수도 있겠다 싶다. 컴퓨터란 어쨌든 같은 시간에 다른 사람들이 동시에 접속이 가능한 물건이니까. 이 기자뿐 아니라 뭔가 자신에게 필요한 정보를 찾으러 들어온 사람들이 그 소녀의 글을 보고 망설이다가 마음을 접었을 수도 있겠다. 홈페이지의 글 하나 하나에 신경을 쓰는 닥터 안의 염려는 기우가 아니었고, 윤영에겐 고스란히 그걸 수습해야 할 책임이 남은 셈이다. 윤영은 마치 전화를 걸어온 기자가 앞에 있는 것처럼 차갑고도 사무적인 목소리로 대답한다.

"저희야 환자들마다 케이스가 다 다르기 때문에, 같은 시술이라도 만족도의 차이가 있을 수 있으니까, 자유롭게 서로 의견을 교환할 수 있도록 다른 병원들보다는 사이트를 오픈해 두는 편입니다만."

식은땀이 난다. 따지고 보면 그럴 이유가 전혀 없는데도 그랬다. 기자는 쉴 틈을 주지 않고 윤영을 몰아붙인다.

"그런데 왜 내리셨어요?"

"네?"

"그 글들요, 지금 다시 열어보려니까 삭제되어 있는데요?"

"아, 그건……."

윤영이 잠시 틈을 두었다가 얼른 대답을 한다.

"벌써 개인적으로 충분히 답변을 드렸기 때문이죠."

"아, 네."라고 대답하는 기자의 목소리는 어정쩡하다. 윤영은 아예 못을 박는다.

"그렇잖아요. 어떻든 개인적인 불만사항을 토로한 글인데 굳이 여러 사람들이 보면서 불안해할 필요는 없으니까요. 개인적으로 충분한 답변을 드린 이상 그분도 아마 만족하셨을 것입니다. 한마디로 문제될 게 없는 사안이란 말씀이죠."

"그런가요?"

"네. 암튼 전화 주신 용건은 나중에 생각해보고 연락드리죠."

"저기요. 잠깐. 잠깐만요. 그럼 심희진 씨 사건은 어떻게 된 거죠?"

갑자기 심희진 씨라니, 윤영은 문득 당황한다.

"그걸 어떻게……."

"글쎄요. 기자들이란 원래 귀와 발이 여러 개 달린 사람들이라 굳이 취재원까지 밝힐 필요는 없을 것 같고요. 그저 우연히 눈에 띄는 작은 사건 하나가 제게 날아든 것이라 생각하면 이해가 빠르실 겁니다. 기사를 찾아 매일 경찰서에 드나들다 보면 그런 일들이야 자주 일어나니까요. 그렇다고 제가 뭘 다 알고 있는 건 아니고요. 다만 그 환자 자살과 관련해 남편이 장모로부터 고소를 당했는데 남편은 극구 아내의 자살이 성형 부작용과 관련 있다고 주장했다고요. 정말 그런지 확인해줄 수 있나요? 경찰에서도 조만간 올리 메이드 병원 쪽에 업무상 과실 혐의가 있었는지 추가 조사를 벌인 다고 들었는데요."

난데없이 성형 부작용이라니. 윤영은 어이가 없다. 끝까지 본론 을 감춰두고 윤영을 저울질한 기자도, '성형 중독'이니 뭐니 하소연 을 하다가 이제는 '성형 부작용'으로 말을 바꾼 남자도. 중독에서 부작용으로의 말 바꿈이 하루아침에 죽음의 책임을 이쪽에서 저 쪽으로 돌릴 수도 있다는 걸, 그 여자의 남편은 알고 그런 주장을 하는 것일까?

"이봐요, 기자님. 정말 그게 궁금하셨던 건가요? 그렇담 더더욱 전화로 할 이야기는 아닌 것 같네요. 결론부터 말씀드리자면 도대 체 무슨 소린지 저도 지금 처음 듣는 소리라는 것입니다. 성형 부 작용이라뇨? 그렇담 병원이 고소를 당했어야지 왜 그 남편이 고소 를 당했을까요? 잘 모르시는 것 같아 상기시켜 드리면, 죽은 환자 분 어머니는 병원이 아니라 자신의 사위를 고소한 것이라고요."

윤영의 날선 반응에도 기자는 물러날 생각이 없다.

"그러게요. 그런데도 그 사위는 성형 부작용을 의심하고 있으니 문제죠. 그래서 취재가 필요한 것 아닙니까? 환자에게 수술 동의서 를 받을 때 후유증이나 부작용에 대한 설명을 충분히 하셨는지 말 이죠."

"글쎄요. 당사자도 없는 마당에 그런 의심을 받다니 썩 유쾌한 상 황이 아닌 건 확실하군요. 하지만 결과는 보지 않아도 알 수 있을 것 같네요. 매일 수술을 하는 의사가 바보가 아닌 이상 그에 대한 충분한 설명도 하지 않고 수술을 할 수 있을 것 같으세요? 정말 황당하다는 말밖에 드릴 게 없군요. 그럼 이만."

수화기를 내려놓는 윤영의 손에 땀이 배어 있다.

"저기 선생님, 환자분 들어오시라고 할까요? 아까부터 기다리고 계시는데."

이래저래 눈치를 보느라 지친 건지, 반쯤 열린 문틈으로 얼굴만 내민 간호사의 얼굴도 울상이다. 어쩐지 오늘도 피곤한 하루가 될 것 같은 불유쾌한 예감이 찾아온다. 역시나 예감은 틀리지 않는다.

아침 일찍 진료실을 찾아온 여자는 다짜고짜, 자신의 질 안에 애인의 성기를 효과적으로 조였다 풀었다 할 수 있는 스프링을 넣어달라고 졸라댄다. 보통의 남자들이 귀두 끝에 매다는 링이나 해바라기처럼, 자기 성기에도 그와 같은 효과를 내는 섹스 보조 기구를 달아달라는 것이다.

20대 중후반 아니면 30대 초반이나 되었을까. 나이도 어려 보이는데 이미 이 분야에 대한 조사는 마쳤는지 아는 것도 많고, 아는 것이 많아서인지 보통의 내담자들이 보여주는 조심스러움이나 부끄러움은 찾아볼 수가 없다.

그러나 어쩌랴. 오늘 또 병원을 찾은 한 명의 이브를 위해 윤영은 무엇이든 해야 한다. 스트레스도 많고 탈도 많고, 가끔씩 그녀들이 뿜어내는 비릿한 냄새에 속이 뒤틀리는 것 같지만 과감하게 저 병원 문을 열고 나가 다시 돌아오지 않기로 작정하지 않는 한, 심희진 씨는 물론 성형 부작용이 어쩌고저쩌고 의심의 뉘앙스를 풍기는 기자의 기분 나쁜 목소리 따윈 잠시 잊어야 한다.

"제가요. 그동안 이런 병원이란 병원 다 다니면서 별별 수술 다 받아봤잖아요. 그런데 다 신통치 않더라고요. 돈만 많이 들고 효과는 잠깐. 이래저래 가족들 눈치 보며 몰래 하느라 정신적으로 육체적으로 피곤하고, 또 남자친구한테 숨기느라 스트레스는 만땅이고, 생각보다 효과가 별로라고 병원에다 하소연하면 기껏 수술했던 의사는 파트너에 대한 정신적인 충만감이 중요하다 어떻다 뜬구름 잡는 이야기로 슬쩍 피해나가고, 도대체 뭘 어떻게 해야 되는 거야 물으면 아무도 대답해주는 사람 없고, 고민 고민 하다가 그거라도 해볼까, 하고요."

윤영은 여자의 말을 듣는 척하다가 테이블에 놓인 커피 잔을 들어 올린다. 그러나 금방 아차 싶어진다. 진료 중에 커피 잔에 손을 대다니. 없던 버릇이 생긴 것도 이즈음 받고 있는 스트레스 때문인 것 같다. 얄궂게도 여자는 그 틈을 놓치지 않는다.

"의사 선생님도 커피를 마시나요?"

"네?"

"전 커피를 안 마시거든요. 몸의 수분들을 모두 빼앗아가잖아요."

맞는 말이긴 하지만, 윤영은 멋쩍은 표정으로 둘러댄다.

"적당히 마시면 혈액순환에 도움이 되기도 해요."

"저도 알아요. 하지만 조심해서 나쁠 건 없잖아요. 안 그래도 요새 물이 안 나와서 죽겠는데."

"물?"

"네, 사랑의 물. 그거 할 때 잘 젖지 않는다고요. 커피는 끊었는

172

데 고등학교 때 배운 담배를 아직 못 끊어서, 그게 원인인가 생각
은 하는데, 에이 모르겠다. 아무튼 잔뜩 몸이 단 남자친구가 삽입
을 못하고 버럭 짜증을 낼 때는 그동안 병원에 갖다 바친 돈이 아
까워 죽겠고, 그렇더라고요."

말하고서 여자는 정말로 화가 난다는 듯 입술을 실룩인다. 윤영
은 잠시 뭐라고 대꾸를 해줄까 생각해보다가 정말 그랬다면 좋은
병원이 아니었나 보다고 대답해준다. 그냥 해달라는 대로 해주면
될 것을 자꾸만 참견하려 드는 자신이 이상하다는 생각이 들었지
만 어쩐지 오늘은 모든 게 지루하고 한심하다는 생각이 들 뿐이다.
섹스 보조 기구를 달아달라는 여자도, 그 얘길 들어주고 있는 자
신도.

여자가 반문한다.

"그럴 리가요. 모두 번듯한 병원이었는데요."

"겉으로야 당연히 그렇겠죠. 드문 경우이긴 하지만 자격증이 없
는 의사가 불법 시술을 했다거나 사후 치료를 제대로 받지 않았다
면 나중에 심각한 후유증이 발생할 수도 있죠."

"후유증요?"

윤영의 말에 여자의 눈이 금세 불안해진다.

"네, 드물긴 해도 무조건 안심하는 건 금물이죠."

"예를 들면요?"

"몇 번의 재수술을 요할 만큼 환부의 기능이 퇴화되거나 외부
세균의 침입에 자연 대처하는 능력이 떨어져 자주 염증이 생기는
거죠. 그러면 아무래도 성감이 떨어질 테니까요."

여자의 표정이 일그러지기 시작한다. 윤영은 잠깐 말을 끊었다가 계속한다.

"심한 경우엔 그것을 견디지 못해 우울증이나 대인기피증을 앓다가 직장을 그만두거나 자살하는 경우도 있었어요."

물론 죽은 여자가 그랬다는 건 아니다. 만에 하나 그럴 수도 있다는 이야기였을 뿐.

"……"

너무 심하게 말한 건 아닐까. 갑자기 말문을 닫은 여자를 바라보는 윤영의 마음이 문득 조심스러워진다. 명색이 의사라는 사람이 환자를 앞에 두고 이런 말이나 늘어놓다니. 이제 정말 이 일도 그만둘 때가 된 건 아닐까. 더 이상 일이 즐겁지 않다면, 더 이상 버티기 어렵다면 하루빨리 다른 일을 찾아봐야 하는 것 아닐까. 아직 미치지 않고 걸어 다닐 수 있을 때.

다행히 여자는 입을 벌린 채 골똘히 생각에 잠겨 있다. 가끔씩 고개를 끄덕이며 눈동자를 위로 올렸다가 윤영을 바라보기도 하고, 눈동자를 내리깐 채 심각한 표정을 지어 보였다가 결국엔 착실히 그동안의 비행을 반성하는 학생 같은 표정이 되고 만다.

"그렇군요. 정말 안됐네요. 저도 실은 돈 좀 아끼려고 저렴한 병원을 가본 적 있었는데 거기 의사들은 오히려 유명한 병원일수록 수술비를 턱없이 높게만 받는다기에 그만 혹해서. 하지만 뭐 이번이 마지막이다 생각하고 제대로 병원 골라서 온 거니까 이런저런 후유증이야 한 번만 더 감수해보기로 하죠. 설마 이 정도로 죽기야 하겠어요. 그렇죠, 선생님?"

윤영은 대답하지 않는다. 여자가 말을 잇는다.

"사실은 지금 새로 사귄 남자친구가 섹스를 엄청 좋아하거든요. 평범한 집안에서 자란 평범한 공무원이긴 한데 결혼까지 생각하고 있어요. 어떻게든 남자친구를 잡아야 안심이 될 듯해서 말이죠. 그러니 이제 어떡하면 되죠?"

이제 어떡하냐고? 어 음, 그러니까…….

이상하게도 뭔가 목에 턱, 걸린 느낌이다. 평소와 달리 말문이 시원스레 열리지 않는다.

"아, 그러니까 내 말은…… 천천히 생각해도 늦지 않다는 뜻이에요. 아까 말했던 스프링 시술은 어려운 건 아니지만 벌써 한 물 간 방법인 데다…… 스프링의 탄력이 유지되는 시간도 고작해야 일년 정도? 시간이 지날수록 질을 잡아당겼던 스프링이 내려앉기라도 하면…… 오히려 낭패거든요. 물론 우리 병원에는…… 그런 단점을 보완해 개발한 반영구적인 시술도 있지만…… 비용이 만만치 않아요. 그러니 잘 생각해보고 마음 결정되면 그때 다시 와요. 그런 모든 것들을 감수하고 정말 하고 싶다면…… 그때는 그것 말고 다른 여러 가지 프로그램들도 소개해줄 수는 있어요. 지금 애인은 물론 앞으로 만날 그 어떤 남자도 꽉 붙들어둘 수 있게. 하지만 대개, 특히나 환자분처럼 어린 아가씨들인 경우엔 수술보다 자신감이 중요하죠."

윤영이 가까스로 말을 마치자 여자의 얼굴은 금세 환해진다.

"자신감."

"네, 자신감. 예뻐지는 것보다 중요한 거죠."

"그래요, 자신감!"

그러더니 여자는 갑자기 뭔가 생각났다는 듯 수다스러워진다.

"아는 애 중에 수영 강사로 일하는 남자애가 있어요. 걔는 늘 직장에서 입고 있는 옷이 수영복이라 하루 종일 수영복 한가운데 툭 튀어나온 자신의 성기에 신경이 곤두서 있다고 하더라고요. 명색이 수영 강사인데 펑퍼짐한 반바지 수영복을 입을 수도 없고, 학생들은 대개 아가씨들이거나 한가한 아줌마들이 많아서 스트레스가 이만저만이 아니었대요. 무슨 스트레스냐고요? 하하, 걔 그게 좀 작은 편이걸랑요. 키는 훤칠하고 근육도 빵빵, 몸매도 역삼각형으로 완벽한데 거기가 너무 작아서죠. 그래서 고민 고민 하다가 얼마 전 병원에서 음경확대술을 받았대요. 이름이 뭐라더라? 다른 사람의 피부 조직 세포를 자기 음경에 이식하는 거라던데 몇 개월만 지나면 그게 바로 자기 살이 되고 자연스러워서 아무도 눈치채지 못한대요. 시간도 별로 안 걸린다고 평일 오후에 가서 수술 받고 다음날 출근했는데, 이야 아줌마들 시선이 장난이 아니더라고. 모르긴 해도 그 애 자신감도 그때 백배 상승했을걸요. 그러니 그냥 해주세요. 이왕 맘먹었을 때."

윤영은 마지못해 고개를 끄덕인다. 혹시나 했는데 역시나라는 생각까진 하고 싶지 않다. 여자의 입장에서 중요한 건 당장의 효과였으니 신중함을 주문하는 의사의 말이 쓸데없게 들렸을 수밖에. 아마도 여자는 며칠 뒤 당당히 병원에 나와 수치심이라곤 하나 없는 표정으로 윤영의 면전에 다리를 벌리고 누워 기대에 찬 표정을 지어 보이겠지. 평소 윤영대로라면 부드러운 수술용 장갑에 윤활제를 잔뜩 바른 초음파 투시기를 집어 들고 말할 것이다. 앵무새처럼 무표정하고 지루한 표정을 띤 채.

저런 질 벽이 많이 손상되었네요. 자궁 입구에 흉터도 많이 생긴 것 같고 자궁 경부가 퉁퉁 부은 게 성관계를 좀 격하게 하는 편인가 봐요. 아무튼 이제라도 병원에 온 건 잘 생각하신 거예요. 그래도 아직 출산을 하지 않은 몸이라 비교적 완벽한 복구가 가능하다는 게 천만다행이군요. 요즘엔 성형 기술이 발달해 금세 회복 가능하니까 너무 걱정할 건 없어요. 나머지 주의사항들은 여기 우리 간호사가 잘 설명해드릴 거예요.

두 다리를 활짝 벌리고 누웠던 여자의 옷을 입혀주고 수술을 하고 나면 이 도시에 또 한 명의 명기를 지닌 이브가 태어나게 되는 것이다. 하루 종일 정욕에 타오른 남자들을 유인하고 녹이면서 한밤의 온도를 후끈 올려놓고, 밤의 세계가 실은 남자들이 아니라 그런 명기를 지닌 여자들의 지배를 받고 있음을 증명해줄 수 있는 존재.

오랫동안, 윤영은 은근히 바라왔다.

부디 그렇게 이 수술실을 나가는 여자들이 기나긴 밤의 시간을 리드하며 무소의 뿔처럼 발기한 남자들의 자존심을 뚝 부러뜨려주기를. 순간의 쾌락을 포함한 그 모든 사랑놀이에서 다시 태어난 여자들이 주인공이 되고 리더가 되기를.

그런데 지금 이 기분은 뭐란 말인가.

어찌 된 일인지 병원을 찾는 여자들은 한동안 닫힌 방 안에서 술래 역할만 하다가 나온 사람처럼 게슴츠레하고 자신 없는 눈빛을 지녔다. 한 번도 빛이라곤 본 적 없는 사람처럼 섹스의 환희를 찾다가 기꺼이 자신의 몸에 칼을 들이댄다. 수술의 효과가 다하는 그 어느 날, 그녀들이 다시 술래가 되지 않으리라는 보장이 없음에도 다시, 또다시.

그래서일까.

이제 와 문득 윤영은 기대감에 부풀어 진료실을 나가는 여자의 팔을 붙들고 싶은 충동을 느낀다. 팔을 붙들고서 미안하지만 다른 방법이 있을지 모른다고 말해주고 싶다. 하지만 그건 일시적 충동이었을 뿐, 윤영은 정확히 그 다른 방법이 무엇인지 설명할 수 없다. 알지 못하기 때문이다. 무엇 때문인지 여자는 문 앞에서 한 번 더 뒤돌아보며 윤영에게 인사를 건넨다.

"그럼 또 뵐게요."

"그래요, 또……."

어김없이 다시 오겠다는 뜻이다. 윤영은 엷은 미소를 머금는다. 애초에 여자의 마음을 돌리려 한 것부터가 무리였는지 모른다. 어느 틈에 들어온 간호사가 손목시계를 가리키며 손가락 세 개를 들어 보인다. 또 다른 내담자가 벌써 삼십 분 넘게 기다리고 있다는 뜻이다. 윤영은 거의 자동인형처럼 차트를 바꿔 살펴보는 척하다가 그만, 자료들을 덮어버린다. 그러고는 문 앞에 서서 윤영의 지시를 기다리고 있는 간호사를 향해 분명하고 차분한 목소리로 이렇게 말해버린다.

"미안한데, 다음에 다시 오시라고 해줘."

"네? 하지만 예약하신 분인데요? 한참 기다렸는데 어떻게?"

"머리가 터질 것 같아서 그래."

"그, 그래도요. 안 그래도 잔뜩 화가 나서는⋯⋯."

윤영은 간호사 뒤쪽으로 반쯤 열린 상담실 문을 노려본다. 그때 갑작스럽게 치밀어 오른 울화를 윤영은 스스로 제어하지 못한다.

"정 그러면 김 간호사가 적당히 상담해주고 돌려보내든가! 매일 뻔한 이야기에 뻔한 결론인데 그래도 되지 않아? 왜? 못 하겠어? 뭐가 어렵다고 그래! 난 머리가 터질 것 같다잖아! 정말 머리가 아파 죽겠다고. 그리고 더 이상, 더 이상은 저 여자들 얼굴 보고 싶지 않아!"

"서, 선생님⋯⋯?"

"정말이지 더 이상은, 못 견디겠어."

사색이 된 간호사가 윤영과 환자 대기실을 번갈아 쳐다본다. 바로 그때, 진료실 문이 열리고, 키메라처럼 짙은 화장을 한 여자가 우당탕 화난 표정으로 걸어 들어온다.

"야, 너 뭐야? 네가 의사야?"

12
인기척

사내는 테라스가 있는 식당에 홀로 들어가 늦은 점심을 주문한다. 하얀 에이프런을 두른 젊고 예쁜 여종업원이 함박웃음을 지어 보이며 사내를 테라스 자리로 안내해준다. 자리에 앉자마자 담배를 입에 문 사내는 몹시 피곤하다는 듯 사나운 표정으로 거리를 쏘아본다. 피우는 담배가 디스인지 말보로인지는 멀리서는 보이지 않는다. 여기저기 똑같이 생긴 간판을 내건 상점들 앞엔 한낮인데도 많은 사람들이 오고 간다. 강남 1번지. 값나가는 여름 와이셔츠에 시원한 마 바지 차림인 사내는 점심보다는 담배가 고팠던 모양인지 담배를 물자마자 기분 좋은 듯 턱을 치켜들고 연신 하트 연기를 뿜어내는 중이다.

윤영은 식당 건너편 편의점 앞에 놓인 파라솔에 엉덩이를 걸치고 앉아 그 모든 광경을 무심한 표정으로 훑어본다. 잠시 후 쟁반을 든 여종업원이 사내 앞에 샌드위치와 커피를 내려놓고 간다. 세 번째 담배를 피우던 사내가 힐끗 에이프런 뒤로 드러난 그녀의 엉덩이에 시선을 준다. 윤영은 반사적으로 얼굴을 찡그리면서도 낯선 사내의 얼굴에서 시선을 떼지 않는다. 서치맨 사이트에 답변을 달아준 이들의 말이 아직 귓가에 남은 탓일까. 오래전 어느 날, 그녀의 몸에 귀지처럼 들러붙어 떨어지지 않던 문장들이 저 사내의 입을 거쳐 나왔을지도 모른다는 생각이 든다.

아 씨발, 재수 없으려니까.

이명처럼, 심한 어지럼증을 동반하곤 했던 그 문장들.

요요한 한여름 밤 높이 없는 대나무 숲 사이를 떠도는 음산한 바람같이, 쏟아붓는 빗방울들 사이를 돌고 돌아 윤영의 가슴에 박혔던 목소리.

윤영은 때때로 그 목소리를 확인하기 위해 눈앞을 스치는 세상의 모든 사내를 의심한다. 아무 데서나 마주치는 사내들의 얼굴을 살피고 그들이 지인들과 나누는 대화와 목소리에 귀를 기울인다. 윤영의 눈에 세상의 모든 사내는 잠재적인 남학생 D군이었다. 윤영이 아직 한 번도 그 존재를 확인하지 못한 사내. 문제는 말을 걸어보지 않고서는 저 사내가 그 목소리의 주인공이라는 걸 확인할 방법이 없다는 점이다.

몇 분쯤 지났을까. 윤영은 파라솔 의자에서 일어나 사내가 있는 테라스 식당 쪽으로 걷기 시작한다. 혹시라도 사내의 눈에 띄어 오해를 사지 않게 조심하면서, 구두 굽 소리가 크게 들리지 않는지 신경을 쓴다. 혹시나, 혹시나 사내가 문득 고개를 든다 해도 눈이 마주치지 않게 고개를 좀더 숙이는 것도 잊지 않는다.

식당으로 들어간 윤영은 곧장 테라스로 연결된 유리문으로 간다. 마침 사내는 담배를 끄고 커피를 마시는 중이다. 그 와중에도 배가 고픈 모양인지 먹기 좋게 잘라져 나온 샌드위치 한쪽을 포크로 찍어 누른다. 일용할 음식에 대한 예의와 조심성이라곤 눈곱만큼도 없는 투박한 몸짓이다. 그러거나 말거나 사내는 튀어나온 샌드위치의 내용물을 혀로 핥은 다음, 한입 가득 빵을 베어 물고 씹기 시작한다. 윤영은 문득 치밀어 오르는 구토를 억누르며 사내에게 다가간다. 그러나 어느 틈에 윤영을 앞질러간 한 여자가 사내 맞은편에 털썩 주저앉으며 묻는다.

"미안, 늦었지?"

뛰어오느라 숨이 가빴는지 여자의 얼굴은 상기되어 있다. 사내가 그런 여자와 윤영을 번갈아 보며 의아한 표정을 짓는다. 낭패스러워진 윤영은 할 수 없이 사내 뒤쪽 빈 탁자에 앉아 메뉴를 고르는 척한다. 사내가 잠시 윤영을 바라보다 다시 먹는 일에 열중하기 시작한다.

늦은 것이 미안했는지 여자는 늦게 온 이유를 설명하느라 수다스럽다. 샌드위치를 먹던 사내는 별말이 없다. 자신의 이야기에 사내가 별 신경을 쓰지 않는다는 것을 깨달은 여자가 조금은 신경질적인 목소리로 종업원을 호출한다. 사내와 같은 샌드위치와 우유한 잔을 주문한다. 윤영은 계속 메뉴판을 들고 있다. 더 기다려주어야겠다고 생각했는지 종업원은 그런 윤영을 그냥 지나친다.

뭐든 말을 해. 어서. 아무 말이든 지껄여보란 말이야. 윤영의 바람과 달리 사내는 오랫동안 말이 없다. 여전히 여자 혼자 수다스럽고 남자는 말없이 다시 담배를 입에 문다. 어지간한 애연가인 듯 샌드위치보다 담배를 피우는 폼이 더 느긋하게 느껴진다. 답답한 듯 우유를 한 모금 마신 여자는 걸치고 있던 카디건을 벗어 의자에 걸쳐 놓는다. 그 바람에 여자의 풍만한 상체와 가슴골이 그대로 드러난다. 그때다. 갑자기 담배를 비벼 끈 남자가 여자에게 소리친다.

"입어. 다시."

여자는 불만스러운 듯 샌드위치를 집어 들며 남자의 말을 무시한다.

"더워서 그래. 사람들도 별로 없는데 뭘 그래."

"보기 흉하니까 입으라고!"

남자가 다시 소리친다. 여자는 조용히 사내를 노려본다.

아니다. 그 목소리가 아니다. 아니다. 이렇게 무엇을 확인한단 말인가.

윤영은 조용히 의자를 뒤로 밀고 일어나 식당을 나온다. 아마도 그들은 권태기가 극에 달한 부부이거나 이제 곧 이별을 앞둔 불륜 커플일지도 모른다. 놀랍게도 사내의 목소리는 후두암에 걸린 환자처럼 거칠고 갈라져 있다. 그런데도 저토록 줄기차게 담배를 피워대다니, 기껏 병원을 박차고 나와 허방에 빠져버린 윤영만큼 바보스럽긴 사내도 마찬가지다.

그럼 결심은 하신 겁니까? 몇 시간 뒤 또 다른 카페에서 만난 남자가 윤영에게 묻는다. 말했듯이 비용은……. 자신을 PIA로 소개한 남자가 흥정을 시작한다. PIA는 민간조사자라고 한다. 말하자면 사설탐정 같은 것이라고 할 수 있죠. 알고 있는 정보를 말해보세요. 아주 작은 것이라도 도움이 됩니다. 아, 그놈을 어떻게 찾을 수 있는지는 굳이 말씀드리지 않아도 되겠지요. 그건 어쨌든 우리들끼리만 가지고 있는 노하우라고 할 수 있으니까요. 윤영은 정말 이 남자가 그를 찾아줄 수 있을지 반신반의하면서도 자신이 알고 있는 그놈의 인상착의를 일러준다. 그래서 뭘 어쩌겠다는 계획도 없이 무작정 사람을 찾겠다고 나선 윤영을 남자가 어떻게 이해했을지는 알수 없는 일이었다.

평일 저녁, 거리는 안개에 반쯤 가려진 풍경처럼 뿌옇다. 윤영은 지금까지 한 번도 그 풍경 속에 완전히 동화되어보지 못한 사람처럼 눈을 씀벅이며 입술을 앙다문다. 아주 잠깐 헤맸다고 생각했는데 어느새 상가와 술집들이 늘어선 골목이다. 두 팔을 벌려 어둠을 기다리는 밤의 정령들처럼, 저녁 장사 준비에 들어간 술집들은 엄숙한 고요 속에 휩싸여 있다. 그 고요 속에서 문득, 이상하고도 분명한 느낌이 뒤통수를 잡아당긴다. 윤영은 불현듯 걸음을 멈추고 뒤를 돌아본다. 아무도 없다. 그렇지만 그 순간 무언가 바람처럼 윤영의 시선 밖으로 달아났다는 느낌만은 분명하다.

뭘까. 누굴까.

13
징후들

얼마나 깊은 잠을 잔 것일까.

윤영은 시간을 확인한 뒤 휴대폰을 손에 쥔 채 발아래 돌돌 말려 있던 이불을 가슴까지 끌어당긴다. 오전 10시. 해는 떠 있을 테고, 거대한 이 도시의 건물에 갇힌 사람들이 저마다 바통을 쥐고 제한 시간이 없는 마라톤을 시작했을 시간이다. 밤새 저무는 사랑을, 저무는 사랑마저 잡지 못한 인생을 고민했을 여자들이 팬티 속에 부끄러움을 고이 접어둔 채 병원을 찾는 시간이기도 하다.

늘 부지런한 간호사들이 상담실마다 곱게 간 커피를 내려놓고, 대리석이 번쩍이는 복도의 먼지를 닦아내고 진료 준비를 마치는 그 시간, 윤영의 휴대폰으로는 여러 통의 부재중 전화와 두 통의 문자 메시지가 들어와 있다.

전화를 통……, 무슨 일 있어? 어제 간호사한테 대충 들었어. 하루 종일 예약 취소된 환자들 항의 전화 받느라고 우리도 죽을 맛이야. 어쨌든 일단 만나서 이야기하자. 정 어렵다면 당분간 자기 진료를 대신해줄 의사를 구하는 방법도 있어. 어떻든 병원은 돌아가야 하고, 환자들에 대한 최소한의 책임이라는 것도 있으니까.

이건 닥터 안의 목소리. 9시쯤 부재중 전화를 세 통이나 한 걸 보니 출근하자마자 어지간히 애가 달았던 모양이다. 곧 간호사들을 채근했을 테고, 마음 약한 간호사는 어제 오후 예약 환자를 돌려보내며 보여주었던 윤영의 히스테릭한 반응을 고해바쳤을 것이다. 아니 벌써 화가 난 환자들이 병원 친절이 형편없다느니, 믿을 데가 못 된다느니 하는 비방 글을 어딘가에 올렸을지도 모르겠다. 결국 대리 닥터를 구해보겠다고 나선 닥터 안의 급한 마음을 이해 못할 바도 아니다. 윤영은 인상을 찌푸리면서도 짧은 답장을 입력한다.

그래, 그럴게. 그렇게 해주면 고맙고.

다행히 수요일엔 수술이 없다. 겨우 하루, 의사의 결근으로 무너질 병원도 아니다. 개원할 때부터 닥터 안이 데려온 간호사들은 어떤 경우 의사인 윤영보다 노련했다. 윤영은 마지막 메시지를 확인한다. 메시지가 늦게 뜨는 것을 보니 컬러 메일이거나, 멀티미디어가 첨부된 파일이다.

저, 혹시 뵐 수 있을까요?

다운로드 버튼을 누르자 사진 한 장이 폰 화면으로 떠오른다. 얼핏 봐서는 누군지 알 수 없는 얼굴이다. 스팸메일인가. 의심하듯 사진 속의 얼굴을 확인한 윤영의 눈이 휘둥그레진다.

이런, 심희진 씨 딸?

윤영은 메시지로 전송된 소녀의 얼굴을 자세히 살펴본다. 말총머리에 동그란 얼굴형, 고개를 오른쪽으로 살짝 돌려 잡은 셀카의 소녀는, 장례식장에서 보았던 모습과 달리 보조개를 드러내며 웃고 있다. 전체적으로 환한 이미지에 모공이란 모공은 다 닫혀 있는 것처럼 피부는 촘촘하다. 오른쪽 눈을 반쯤 가린 긴 앞머리를 제외한다면, 보통의 소녀들과 하등 다를 것 없는 모습. 하지만 윤영은 뭔가 미심쩍은 기분으로 소녀의 이마를 가린 머리카락을 손으로 쓰다듬어본다. 뭐야, 이렇게 눈을 가려서 어쩌자는 거야. 공부나 제대로 할 수 있겠어. 열일곱 살이면, 열일곱 살 정도 되었으면, 하다가 문득 입을 다문다.

내 연락처는 어떻게 안 걸까. 병원에 물어본 걸까. 어떻게 할까. 소녀를 만나볼까. 윤영이 마음을 정하기까지 오래 걸리진 않는다. 지난주 경찰과 나누었던 대화가 떠올랐기 때문이다.

어떻든, 소녀는 만나지 않기로 한다.

윤영은 머리를 감싸고 엎드린 채로 눈을 감아버린다.

누운 채로 뒤척이던 윤영을 깨운 건 전화벨 소리이다. 윤영은 한 팔로 이불을 더듬어 베개 밑에 던져져 있던 휴대폰을 찾아낸다. 목소리의 주인공은 놀랍게도 지난주 클럽 데이에서 만났던 애송이다.

"어떻게 내 전화번호를 알았지?"

윤영이 묻자, 애송이는 갑자기 의기양양해진 목소리로 대답한다.

"전화번호 정도야 어렵지 않죠. 클럽 데이 단골이시라면서요? 요즘 매일 거기 사장님하고 디제이 형한테 눈도장 좀 찍고 다녔죠. 병원에서 근무한다기에 집안에 아픈 사람이 있다고 죽을상을 썼더니 번호를 알려주더군요. 제가 좀 그런 방면으로, 프로거든요."

프로라는 애송이의 말이 갑자기 윤영 안의 뭔가를 건드린다. 얼굴 가득 조소를 머금은 채 윤영이 되묻는다.

"프로라고?"

"네. 맘에 드는 여자를 차지하려면 그 정도는 기본이죠."

"그러니까 내가, 니 맘에 들었다는 말이니?"

"그렇지 않음 이렇게 전화를 했을 리가 없겠죠? 어쨌든 서론은 생략. 지난번엔 욕해서 미안했어요. 다시 보고 싶은데 오늘 저녁 어때요?"

"글쎄. 오늘은 그냥 쉬고 싶은데?"

"에이, 그러지 말아요. 미안하다고 했잖아요?"

사실 절정의 한 지점에서 그의 뺨을 냅다 후려갈겼던 건 윤영이었다. 그러니까 그는 그저 본능에 충실했을 뿐, 굳이 따지자면 자신의 몸 안에서 쩔쩔매는 녀석의 얼굴을 참을 수 없었던 윤영에게 잘못이 있었다. 그러니 먼저 미안하다고 하는 녀석이 기분 나쁘지는 않다. 윤영의 목소리가 조금 부드러워진다.

"사과는 필요 없어. 어차피 다시 볼 일 없으니까 전화도 하지 마."

"에이, 무슨 그런 섭섭한 말씀을. 설마 아직 화가 안 풀린 거예요?"

생각보다 애송이는 끈질기다. 윤영은 그만 피식 웃고 만다. 맘에 드는 먹잇감을 발견한 사냥꾼처럼 의기양양한 애송이의 노력이 가상해서가 아니라, 오랜만에 심장을 두드리는 익숙한 충동이 반가워서다. 처음 만난 여자에게 이 정도 공을 들일 수 있는 남자라면, 한두 번 거절에 포기할 리도 만무하다. 굳이 애써 그렇게 만들 필요도 없다. 늘 그랬듯 애송이 같은 남자들에게 섹스에 대한 기대 이상 좋은 선물이 없는 법이다.

"화가 나서 그런 거 아냐. 그냥 요즘 좀 피곤하고, 일도 많고."

조금 누그러진 윤영의 어투에 애송이의 목소리는 금방 밝아진다.

"정말이죠? 그럼 언제쯤?"

집요하게 물고 늘어지던 애송이는 윤영의 대답을 듣고서야 전화를 끊는다.

또 하룻밤. 윤영의 머릿속으로는 익숙한 풍경화가 펼쳐진다.

섹스가 목적인 애송이는 아마도 많은 술을 마시려 하지 않을 것이다. 한 잔 혹은 두 잔 정도? 그러곤 줄곧 옆에 앉아 이야기를 들어주는 척 부지런히 손을 놀리겠지. 물론 윤영은 늘 그랬듯 녀석의 손이 비집고 들어오기 좋은 차림으로 적당히 흐트러져 있을 생각이다. 적어도 목적지에 도달하기 전까지 그가 윤영에게 무례하게 굴 일은 없을 테니까. 대개 남자들이란 그런 순간 여자에 대해 초인적인 인내심을 발휘하기 마련이다. 만남의 장소가 어디이든, 곧 엉키기 직전의 남녀를 힐끗거리는 제3자들의 시선 정도는 참아준다. 그래봐야 그건 남의 시선일 뿐이고, 그런 부질없는 시선 따위에 신경을 쓸 만큼 마음이 여유로운 것도 아니다. 어떤 경우이든 남자의 마음을 지배하는 것은 육체이다. 왕성하게 분비된 호르몬이 몸속 엔도르핀 수치를 올려놓을수록 섹스에 대한 그들의 기대감은 극에 달한다. 마치 지금껏 그 순간만을 위해 숨을 쉬어온 것처럼 오직

한 가지 생각만이 그들의 마음을 점령한다. 그들은 기꺼이 그 생각의 노예로 전락한다.

그때부터는 윤영의 시간이다. 윤영은 최대한 그 시간을 지연시킨다. 섹스를 향한 남자들의 집요한 인내심만큼 그 시간을 잘 견뎌야 앞으로의 게임을 제대로 즐길 수 있기 때문이다. 어떻든 최단시간 가장 치명적인 타격을 입히고 싶은 욕심은 되도록 절제할 필요가 있다. 필요한 건 오직 그들에게 던져줄 그날분의 절망과 낭패감일 뿐, 방법은 다양한 형태로 존재했다.

다행인지 불행인지 한 번의 섹스를 위해 시간과 에너지를 낭비하는 남자들은 어디서나 차고 넘쳤다. 어떤 경우에든 결정적인 순간에 윤영이 그들의 욕망을 채워주는 일은 없다. 만일의 경우에 대비해 필요한 호신용품 정도는 커다란 가방 속에 휴대한다. 목걸이 같은 호루라기에서부터 가스총, 팔뚝만 한 전기 충격기까지, 어느 것 하나 쓸모없는 것은 없다. 그날그날 기분에 따라 윤영은 휴대할 호신용품을 선택한다. 매번 상대방에게 들키지 않도록 신경을 써야 한다는 게 귀찮긴 해도 그건 윤영의 외출에 빼놓을 수 없는 과정이다. 머리카락 끝까지 차올랐던 남자들의 욕망을 단숨에 짓밟아주는 것만으로도 윤영은 충분한 만족을 느꼈다. 물론 상대는 늘 길 위의 남자들이다. 다시 만날 일도, 사랑이라는 이름으로 끈적거릴 이유도 없는.

이제 막 통화가 끝난 전화기를 침대에 던져놓고 윤영은 컴퓨터를 켠다. 그때 다시 전화벨이 울린다. 연달아 울리는 소리에 윤영의 신경이 곤두선다. 힐끗 확인한 휴대폰 화면에 닥터 안의 이름이 떠 있다. 다른 할 일이 있었던 윤영은 이어폰을 끼고 서치맨 사이트를 연다. 로그인 화면에 아이디와 비번을 넣자마자 한 옥타브 올라간 듯 느껴지는 닥터 안의 목소리가 들려온다.

"닥터 진, 혹시 봤어?"

"뭘?"

안녕하세요, Seventeen님. 서치맨에 6번째 방문을 환영합니다.

컴퓨터 화면으로 뜬 사이트의 팝업창을 내리며 윤영이 묻자 닥터 안이 대답한다.

"아직 모르나 보네. 집이면 지금 당장 컴퓨터 켜봐."

"컴퓨터는 왜?"

영문을 모르겠다는 듯 대답을 하긴 했지만 뭔가 좋지 않은 일이 벌어졌다는 예감이 든다. 오래 같이 일을 하다 보면 안 보고도 상대방의 기분을 짐작할 수 있을 때가 있다. 오늘은 흐림. 서로 말조심할 것. 바로 지금 닥터 안의 목소리가 그걸 증명하고 있다.

하지만 그때까지도 윤영은 닥터 안의 말을 한 귀로 듣고 한 귀로 흘린다. 오히려 얼마 전 서치맨에 올린 글에 두어 개의 답변이 더 올라왔다는 데 온 신경이 집중된다. 놀랍게도 이번 답변은 그 여자에 관한 것이다. 며칠 동안 거의 포기하다시피 했던 글에 한꺼번에 여러 답변이 올라왔는지 게시글 오른쪽에 '3'이라는 숫자가 점멸 중이었기 때문이다. 윤영이 묘한 흥분을 느끼며 그 숫자를 클릭하려는 찰나, 닥터 안이 다소 신경질적인 태도로 말한다.

"기사가 나갔어. 그것도 아주 노골적으로."

"기사라니?"

설마 그 기자가? 윤영은 잠시 서치맨 사이트를 내려놓고 인터넷 포털 화면을 연다.

"인터넷 메디컬 위드야. 얼마나 노골적인지 이 방면에 조금이라도 관심 있는 사람이라면 누구라도 그게 우리 병원이라는 걸 알 수 있을걸? 나 참. 다른 것은 하나도 정확한 게 없는데 그것만은 분명하게 알겠더라니까. 아니, 아무리 기자라도 이렇게 추측뿐인 기사를 마구 내보내도 되는 거야?"

"추측 기사라니, 정말이야?"

"그래. 그런데 아주 작정을 하고 썼어. 기자 이름이 낯선 게 이쪽 분야에 초짜거나 전문 분야를 잘못 선택한 어설픈 기자일 거야. 그동안 관례를 무시하고 이런 식으로 흠을 잡는 걸 보면 그래. 그나저나 심희진 그 여자 끝까지 말썽이네. 죽은 것도 모자라 죽은 다음에도 아주 물귀신처럼 이 사람 저 사람 붙잡고 늘어지는 게 이젠 아주 징그러워. 그나저나 이제 어떻게 하지?"

물귀신처럼, 이 사람, 저 사람.

거기에는 윤영도 있고 남편도 있고, 그리고 닥터 안과 소녀도 있다. 그리고 사내들. 상처를 주었거나 받았거나, 상처를 껴안았거나 껴안지 못하고 곪어 부스럼을 내고 있거나 아직 살아 있는 사람들. 윤영은 휴대폰을 든 채 기사를 읽기 시작한다.

수술실의 이브들, 성형이 모든 것의 대답이 되지 못하는 이유

요즘 여성들에게 폭발적인 관심을 받고 있는 것 중의 하나가 '성

형'이다. 최근 그 영역도 점점 다양하고 넓어져 종전에는 성형의 영역이라기보다는 치료의 영역이었던 여성성형 또한 그 한 분야로 발전하는 중이다. 인간의 생활에서 성생활이 차지하는 중요도에 비추어볼 때, 어쩌면 이러한 현상은 그리 이상한 것이 아닐지 모른다. (중략)

그러나 몇몇 전문가들은 범람하는 광고에 무분별하게 휩쓸리고 있는 많은 여성들에게 신중함을 주문하기도 한다. 실제로 병원마다 비슷비슷한 수술을 명칭만 바꿔 새로운 것인 양 선전하거나 타 병원만의 특화된 수술 방법을 폄하하기도 하고, 병원 홈페이지에 환자들이 올리는 불만사항은 교묘히 삭제하면서 환자들로 하여금 제대로 된 판단을 못하게 현혹시키는 경우가 많이 발생하고 있기 때문이다. (중략) 심한 경우 이러한 성형 중독은 불행한 죽음의 원인이 되기도 한다. D대학 가정의학과 H교수에 따르면 성형 중독으로 인한 자살의 배경에는 꼭 성형 부작용 같은 후유증뿐 아니라 외모지상주의의 사회 풍토와 불안정한 자아감, 가부장적 사회구조, 가정폭력으로 인한 정체성 혼란 등 다양한 요인들이 존재한다.

최근 반복되는 성형을 해오다 강남의 A병원에서 성형수술을 받은 뒤 자살한 ○○○ 씨의 사건이 그 좋은 예이다. 물론 여기에는 그 환자만의 밝히기 어려운 개인적, 가정적 문제가 있을 수 있고 병원의 과실이라고 할 만한 결정적 증거가 나온 것도 아니지만 (중략) 성형 부작용으로 인한 소비자 고발이 급증하고 이로 인한 갈등이 증폭되고 있는 최근 상황만 보더라도 (중략) 유행처럼 번지는 성형을 조장하고 방치하는 사회 분위기뿐 아니라 잘못되더라도 당사

자 책임이라는 식의 병원들의 태도는 깊이 생각해보아야 할 우리 사회의 숙제가 아닐 수 없다. (중략)

좋은 예라니. 기자의 말투엔 어렵사리 가십거리를 찾아낸 그들 특유의 자신감마저 느껴진다. 당사자의 가족이나 입장에 대한 배려라곤 찾아볼 수 없게 당당하고 거침없다. 게다가 꽤 에둘러 표현한 듯 보이지만 병원에 대한 비난이니 닥터 안이 흥분할 만도 했다. 문제라면 이 기사 또한 기자의 추측에만 의존한 불확실한 정보라는 것인데. 윤영이 생각을 하는 사이 닥터 안은 계속 채근한다.

"왜 아무 말이 없어? 뭐라고 좀 해봐."

닥터 안이 재촉했지만, 윤영은 한참 동안 할 말을 찾지 못한다. 사실 이런 경우 어떻게 할 수 있는 방법이란 것이 없었기 때문이다. 기자의 펜은 실수로 잘못 누른 모나미 볼펜이 아니다. 이미 기사가 나갔고 그걸 읽은 사람이 있다면 애써 기자를 만나 정정 보도를 요구하고 반박 기사를 낸다 해도 병원 이미지는 달라지지 않는다. 사람들 머릿속엔 어쨌든 첫 번째 기사를 봤을 때의 인상, 생각과 느낌이 강하게 인식되어버렸을 테니까. 첫 번째의 권력이란 그런 것이다. 첫 경험과 마찬가지로 두 번째 세 번째란 아무리 다르다고 주장해도 첫 번째의 아류이거나 변형일 뿐이다. 오히려 가장 현명한 방법은 사람들 머릿속에서 그 기사가 잊힐 때까지 조용히 기다리는 것이었을 뿐.

"글쎄, 무시하는 게 좋지 않을까. 괜히 긁어 부스럼 만들 필요 없이. 사람들도 알겠지, 어디까지가 추측이고 어디까지가 진실인지."

"사람들이 모두 그렇게 이성적이지 않아."

"그럼 어쩌겠어. 이쪽에서 아무 반응이 없는데 기자도 더 쓸 말이 없을 거 아니야."

"우리 쪽 입장에서 반박 기사 같은 걸 내보내는 건 어떤지."

"글쎄, 그건 문제를 더 키우는 일 같은데. 추측이 확신으로 바뀔 수도 있어. 지금이야 병원 이름이 이니셜 처리되어 있으니 괜찮지만, 그럴 경우 괜히 모르는 사람한테까지 문제 있는 병원으로 인식될 수도 있을 테니까. 그냥 모른 척하는 게 나아."

윤영의 말에 닥터 안은 깊은 한숨으로 응대한다. 미안하지만 어쩔 수 없다. 그쯤이면 충분하다고 생각하며 윤영은 전화를 끊고 서치맨에 달린 답변 '3'을 클릭한다.

누군지 모르지만 이런 사이트에 이런 글 올리신 분 참 답답하네요. 이런다고 그녀를 찾을 수 있을까요. 답변을 기다리느라 시간 죽이지 마시고 구글링을 먼저 해보시는 게 어떠실지.

첫 번째 답변, 영양가가 없다. 스킵한다.

당신이 뭘 원하든 그 꿈을 이뤄드립니다. 서울에서 부산까지 대리 왕복도 가능, 고객님의 귀중한 정보 소중히 다루겠습니다.

마음대로 하세요. 두 번째 답변도, 스킵한다.

세 번째 답변을 클릭했을 때는 그러나 윤영의 눈이 번쩍 뜨인다.

그녀는 죽었습니다. 당신도 그것을 알고 있습니다. 그런데도 그녀에 대한 이야기를 궁금해하는 이유가 있으실 테지요. 당신이 궁금해하는 것을 알려드리고 싶습니다. 전화 드리겠습니다.

하루 종일 기다려보았지만 전화는 오지 않는다.

흰색 면 티에 청바지를 꺼워 입고 윤영은 결국 집을 나선다.

맨 얼굴에 노 메이크 업을 커버해줄 물건으로는 감색 야구 모자와 기다란 큐빅 목걸이를 선택했다. 얼마나 줄이 긴지 가는 목을 세 겹으로 감아도 남아돌 지경이다. 덕분에 액세서리로서의 기능은 충실해져 완전히 꾸미지 않은 차림이었는데도 심플한 세련미가 감돌았다. 그러나 기분은 그 이상 나아지지 않는다.

평일 오후의 쇼핑센터는 물건보다 많은 사람들의 집단 공연장이다. 아이들은 뛰어다니고 부모들은 진열장의 물건을 살피느라 정신이 없다. 눈만 마주치면 '사랑합니다. 고객님'을 외치는 판매원들이 있고, 사랑의 선물을 포장하고 싶은 연인들이 있다. 자세히 보면 그들로 인해 백화점은 그 어느 곳보다 어지러운 사람들의 진열장 같다. 윤영은 그들 사이를 무심히 빠져나가 3층 스포츠 매장으로 올라간다.

에스컬레이터가 바뀌는 층마다 내려 윤영은 느린 걸음으로 한바퀴씩 돈다. 바야흐로 결혼 시즌인가 보다. 6층의 신혼부부를 위한 혼수 가전 특별 매장엔 제법 많은 커플들이 몰려 있다. 왕궁의 침실처럼 꾸며진 화려한 침대와 응접세트, 엔틱과 모던을 믹스한 듯 앙증맞은 가구들, 결혼에 대한 단꿈을 꾸게 하는 장식품들.

윤영은 별 뜻 없이 매장 근처를 어슬렁거리며 진열된 물건들을 구경한다. 특별히 사고 싶다거나, 신혼부부들이 부럽다는 생각은 전혀 들지 않는다. 윤영은 무심히 행사장을 빠져나온다. 그리고 또 몇 발자국 에스컬레이터 쪽으로 이동하다가 우뚝 그 자리에 멈춰 선다. 어쩌면 자신이 그 기억을 따라 이곳을 배회했었다는 생각이, 그 순간 불쑥 윤영의 뇌리에 떠올랐기 때문이다.

긴 플레어스커트에 허름한 티를 아무렇게나 걸치고 침구 매장 앞에 서 있던 여자는 분명 심희진 씨였다. 무얼 보는지 조그만 손가방을 팔에 끼운 채 미동 없이 서 있는 모습이 곧 쓰러질 것처럼 위태로워 보였다. 그때 막 매장에서는 장난기 넘치는 신혼부부가 전시용으로 내놓은 침대에서 짧은 키스를 나누다 들켜 주의를 듣는 중이었다. 사람들이 웃었고, 윤영도 따라 웃었다. 그 틈에 그 여자는 단연 눈에 띄었다. 그녀 혼자 웃지 않았기 때문이다. 윤영 아닌 누구라도 불편을 느낄 만큼 굳은 얼굴로 사고를 친 젊은 커플을 노려보고 있었다. 윤영의 얼굴에서도 웃음기가 사라졌다. 머리를 긁적이며 다른 매장으로 달아나는 커플을 따라 윤영은 한 걸음 뒤로 물러섰다. 그 틈에 혹시라도 그 여자 눈에 띄지 않을까 신경을 곤두세우며 생각했다. 설마 아직까지 통증이 있진 않을 텐데 저 여자는 왜 저토록 아파 보이는 것일까.

어쨌든 마주치지 않으려면 왔던 걸음을 되돌아 나가야 할 것 같았다. 윤영은 지나가던 사람이 실수로 심희진 씨와 어깨를 부딪쳐 넘어질 뻔한 광경을 힐끗거리다가 뒤로 돌아섰다. 마음이 급하고 발걸음이 빨라졌다. 괜스레 마주쳐 그녀의 주특기였던 엄살을 듣게 될까 미리부터 머리가 어지러웠다. 이제 와 생각해보면 뭔지 모르게 피하고 싶고 두려웠던 것 같기도 하다. 그날 본 그녀의 움푹 패인 눈가, 거친 피부, 어깨를 부딪친 사람이 사과를 하는데도 별 반응 없이 아 네, 하며 돌아서던 어두운 기운을. 더 이상 올라갈 곳이 없는 에스컬레이터를 되돌아 내려가며 문득 뒤를 돌아보았지만 심희진 씨의 모습은 더 이상 보이지 않았다.

지금에야 윤영은 생각해본다.

그때라도 그녀의 이름을 불렀어야 했을까. 잠시라도 얼굴을 마주하고 왜 혼자 이런 곳에 서 있는지, 무엇이 그녀를 그토록 힘들게 하는지 묻고 귀 기울여 들어주었으면 어땠을까. 그랬다면…… 그녀는 죽지 않았을까.

더 이상 올라갈 곳이 없는 꼭대기 층에서 에스컬레이터를 갈아타고 내려오는 윤영의 시선은 오래도록 6층에 머물러 있다.

그녀가 죽기 꼭 하루 전의 기억이다.

14

무대에서 내려오다

목요일 아침, 출근을 하자마자 윤영은 닥터 안의 방으로 간다. 때마침 책상에 앉아 뭔가를 작성 중이던 안이 무표정한 얼굴로 윤영을 맞는다. 하루 만에 다시 출근한 윤영을 그냥 한번 힐끗 올려다볼 뿐, 다시 일에 몰두하는 모습이 꼭 토라진 아이 같다.

삼 년 동안 그녀와 함께 잘 견뎌왔다는 생각이 든다. 그녀가 아니었다면 윤영은 아직 어디에선가 페이 닥터 생활을 하며 누군가의 눈치를 보고 있었을 것이다. 명색이 의사였지만 자기 병원이 없는 의사는 상관의 지시에 복종해야 하는 월급쟁이와 같은 신세다. 그래도 닥터 안이 있어 동업의로서 지위를 누리며 많은 케이스의 환자들을 접할 수 있었다. 고용된 간호사들이 둘 중에 누가 더 '주인'의 자격을 가지고 있는지를 본능적으로 파악하고 알아서 행동하는 것까지야 윤영이 상관할 바 아니다. 누구에게나 생존본능이라는 게 있는 법이었으니까.

　돌아보면 아주 의미 없고 피곤한 삶인 것만은 아니었는지도 모른다. 올리메이드처럼 미용 성형을 전문으로 하는 병원이라고 해서 의료적 기여도가 낮은 것도 아니다. 주관적 아름다움을 추구하는 육체의 성형을 통해 그 사람의 정신 건강이 향상되었다면 그 또한 의미 있는 의료 행위라 할 수 있기 때문이다. 자신의 몸 어딘가를 다르게 바꾸는 것으로 불안정한 정신은 물론 육체의 건강을 찾을 수도 있다. 그것은 윤영이 산부인과를 버리고 성형외과를 선택한 이유이기도 했다.

　고쳐서 다시 만드는 것. 리폼.

　산부인과가 자연적 탄생을 돕는 곳이라면 성형외과는 인공적 탄생을 돕는 곳이다. 윤영이 자신의 관심이 후자에 있다는 것을 안건 산부인과에서 레지던트 일 년을 못 채우고 중도 포기를 했을 때였다. 마음을 정하지 못하고 여러 과를 전전했던 인턴 시절, 윤영의 가슴에 살아 있던 히포크라테스 선서는 벌써 희미해져 있었다. 산부인과에서 수많은 탄생의 과정을 지켜보는 일은 고역스럽게만 느껴졌고, 그것이 성스럽고 소중한 것이어야 한다는 생각이 들면 들수록 타인들이 소중하게 생각하는 것들을 훼손하고 싶은 충동에 휩싸였다. 어찌 된 일인지 그것은 늘 자학적 섹스로 이어졌다. 그때 만났던 남자들의 이름은 기억나지 않지만, 그때 누군가 침대에 누운 윤영의 귓가에 흘리듯이 던진 말은 아직도 귓가에 생생했다.

　─내 눈에 넌 참 아름다워. 그런데 이상하게 너만은 그렇게 생각하지 않는 것 같아. 왜 그런 생각이 드는 걸까?

말투는 부드러웠지만 얼굴에 드러나는 차가운 표정을 숨길 수 없었다.

그때 그의 눈빛은 자기를 소중하게 여기지 않는 여자와의 섹스가 어쩐지 불쾌했다고 말하고 있었으니까.

그랬다.

윤영은 스스로를 사랑하지 않았다. 자신의 몸을 소중하게 여기지도 않았다. 섹스는 늘 일회적인 놀이였을 뿐, 무언가 소중한 것을 나누는 몸짓이었던 적이 없었다. 남자들은 자주 떠나갔고 윤영은 그런 남자들을 오래 기억한 적이 없었다. 그래서였을까. 텅 빈 관계 속에 무의미한 환멸을 채우느라 시간을 버리고 나면 길고 어두운 밤이 찾아왔다.

산부인과를 포기하고 성형외과로 전과를 하면서 악몽은 어느 정도 사라졌다. 차곡차곡 쌓이는 월급과 성형으로 자신감을 되찾은 여자들의 행복한 비명이 가끔씩 윤영의 귀를 즐겁게 했기 때문이었다. 그러고 보면 착실하게 레지던트를 마치고 페이 닥터 생활을 했을 때가 윤영의 삶에서 가장 평화로웠던 한때였는지도 모른다. 서울로 이사 온 뒤 엄마와 사이가 더 벌어져버렸다는 걸 빼곤 특별한 문제도 없었다. 어디를 가든, 누구를 만나든, 윤영은 구김살 없이 자라나 자기 분야에서 제 역할을 다하고 있는 전도유망하기만 한 젊고 아름다운 의사였다. 윤영은 열심히 돈을 모았다. 그러다가 언젠가는 나만의 병원을 갖고 싶다는 꿈이 없었다면 거짓말일 것이다.

한동안 사라졌던 악몽과 불면의 밤이 다시 찾아온 건, 수완 좋은 닥터 안을 만나 동업을 시작하면서부터다. 아니 정확히 말하면 이 병원 의사로 있는 동안 어떻게든 자신이 받은 상처를 고백하고 싶어 하는 여자들의 얘기를 들어주면서부터였다. 군불처럼 조금씩 지펴지던 윤영 안의 불안에 기름을 부은 건 물론 심희진, 그 여자였다. 그때서야 윤영은 깨달았다. 그동안 자신의 곁에서 정말로 사라졌다고 믿은 건 악몽이 아니라, 악몽에 대한 기억이었다는 걸. 그것은 언제라도 다시 떠올라 윤영의 삶을 흔들 준비가 되어 있었다.

이제 그만 윤영은 그 악몽에서 벗어나고 싶다. 더 이상 흔들리고 싶지도 않다. 오랜 고민에 비해 결론은 간단했다. 끔찍한 화재 현장에서 발화점을 찾아 뛰어가는 소방관처럼 이제 윤영은 거꾸로 그 악몽을 향해 달려가야만 한다는 것이다. 그렇지 않고서는 영원히 악몽의 밤에서 벗어날 수 없을 것이라는 걸, 이제 윤영은 알 것 같다.

결심을 하고 나니 의외로 마음은 편안하다.

윤영은 아무 망설임 없이 닥터 안 앞으로 사표를 내민다.

"뭐야, 이게?"

"보다시피. 그동안 고마웠어. 이렇게 갑자기, 미안해."

윤영이 내민 것을 물끄러미 내려다보며 닥터 안이 묻는다. 그러나 어쩌면 이런 순간을 예상했다는 듯 잠시 동안 아무것도 묻지 않는다. 결국 윤영이 먼저 말문을 연다.

"왜 아무 말이 없어?"

"말로는 미안하다면서, 결국 네 뜻대로 할 거잖아."

화가 난 것일까. 윤영과 눈도 마주치지 않으면서 닥터 안은 허공을 바라보고 있다.

"맞아. 최근 일들도 그렇고, 여기 남아 널 계속 곤란하게 하는 것 보다는 낫다는 생각이 들었어. 이 분야야 인기가 넘치니까 다른 닥터 구하는 거 어렵진 않을 거야."

"물론 그렇겠지. 그런 건 어려운 일도 아니야."

"그럼 얼굴 좀 풀어. 그렇게 계속 화난 표정을 짓고 있으니까 내가 너무 미안해지잖아."

그때서야 닥터 안은 고개를 돌려 윤영을 바라본다. 그러고는 곧바로 이렇게 묻는다.

"내가 화가 난 것은 알겠니?"

"응?"

"그냥. 궁금해서 그래. 네가 화난 표정이라고 하니까 내가 정말 그런 표정이었나 해서 말이야."

"닥터 안."

"좋아. 원하는 대로 해. 내가 어떻게 너를 막을 수 있겠니. 그런데 윤영아, 갈 땐 가더라도 네가 한 가지 알아야 할 게 있어. 내가 지금 이런 표정인 건 당장 병원이 곤란해져서가 아니라, 늘 뭔가를 숨기고 말을 하지 않는 너 때문이란 걸 말이야."

"……"

"내가 줄곧 생각해봤는데, 그 여자 일만 해도 그래. 네가 아무 말도 하지 않으니까 나는 나대로 자꾸만 이상한 쪽으로 오해를 했던 것 같아. 그게 지금 네가 이러는 이유일 것이라고 생각하고 싶지 않지만 의사로서 네 기분을 상하게 했을 수 있겠다는 생각은 들어. 인정해. 하지만 생각해봐. 너 또한 나에게 아무것도 말해주지 않았잖아? 입을 꼭 다물고서. 중요한 문제에 대해선 정말이지 아무것도. 그게 얼마나 옆에 있는 사람을 힘들게 하는지, 다가갈 수 없게 만드는지 언제든 한번쯤 생각해봤으면 싶다. 이곳을 그만두더라도 언젠가는 너도 또 누군가와 함께 일을 해야 할 테니까. 그때에는 지금과 같지 않길 바라는 순수한 마음에서 하는 말이야. 어쩌면 친구로서. 그래도 몇 년을 함께 일했는데 이 정도 충고쯤은 해도 되겠지?"

"무, 물론."

윤영은 조금 당황한다. 닥터 안에게서 이런 말을 듣게 되리라곤 생각해본 적이 없었다. 다른 사람에게 비쳐지는 자신의 모습이 그랬을 수도 있겠다는 생각을, 윤영은 이 순간 처음 해보는 것 같은 기분이 든다. 늘 뭔가를 숨긴 채 타인들을 다가오지 못하게 하는 사람. 그런 사람이 나였구나. 한편으로 어디선가 이런 말을 들은 적이 있다는 생각이 스쳤는데, 그건 바로 엊그제 만난 그 여자의 남편이 자기 아내에 대해 한 말이었다는 것을 윤영은 한참 뒤에야 떠올린다.

난, 난 단지 차갑고 무뚝뚝하고, 늘 뭔가를 숨기는 듯한 아내에게 화가 나 있었을 뿐이에요. 그런데 아내는, 그 여자는 이런 날 한 번도 따뜻이 안아준 적이 없었어요. 정말이지 한 번도, 날 자기 남자로 받아들이고 마음을 다해 안아준 적이 없었다고요.

문득 가슴 한쪽이 아파오는 것을 느끼며 윤영이 대답한다.

"그래. 새겨둘게. 그동안 네가 그렇게 느꼈다면 정말 미안하다. 하지만 누구에게나 결코 말하고 싶지 않은 이야기라는 게 있다는 걸

너도 언젠가 알게 되는 날도 있을 거야."

"언젠가?"

"그래, 언젠가는."

다행스러운 건 닥터 안은 아직 병원으로 경찰이 찾아온 적이 있었다는 사실을 모르고 있다는 점이었다. 병원을 그만두는 오늘에서야 윤영은 처음으로 자신의 당부를 잊지 않은 간호사들에게 고마운 마음이 든다.

하루 종일 휴대폰을 들고 있었지만, 오늘도 기다리는 전화벨은 울리지 않는다.

늦은 오후, 병원을 나서자마자 윤영은 휴대폰을 열고 전화번호부를 연다. 하도 오랜만이어서 한참 살핀 끝에 찾아낸 번호는 '문신포유'다. 긴장을 풀고 뭔가를 기다리기에는 최적인 공간.

"네, 진윤영님. 오랜만에 전화하셨네요? 예약하시게?"

주 고객층이 여성인 직업에 오래 종사한 탓일까. 언제 들어도 중성 같은 목소리의 최가 반갑게 묻는다. 윤영은 사각턱에 어울리지 않게 머리를 길게 묶은 최의 가는 눈매를 떠올리며 대답한다.

"네, 오늘, 괜찮나요?"

"물론이죠. 누구신데 저희가 맞춰드려야죠."

"그래요? 고맙습니다."

예의 바른 학생처럼 윤영이 인사치레를 하자마자 최가 조심스럽게 묻는다.

"그런데, 이번에도 나비?"

"네, 왼쪽 가슴에 하나 더 새기고 싶어서요."

"가슴? 허리가 아니라? 좋아요. 나야 뭐 윤영 씨 예쁜 가슴 보면서 작업할 생각 하니까 벌써 긴장되는걸요. 아무튼 얼른 와서 마음에 드는 걸로 골라봐요. 최근 정말 예쁜 디자인이 많이 들어왔어요."

윤영은 고개를 끄덕이며 대답한다.

"그럼, 한 시간쯤 후에."

"알았어요!"

전화를 끊고 길거리에 늘어선 쇼윈도를 바라보자 윤영의 몸 구석구석 새겨져 있는 나비들이 꿈틀 움직이기 시작한다. 숨 쉬는 일이 지독히 피곤하게 느껴질 때마다, 가슴이 갑자기 닫혀버릴 것 같은 어지럼증을 느낄 때마다, 하나 둘씩 생살에 상처를 내고 새겨 넣었던 나비. 전화를 끊고 시간 계산을 해보는 동안 윤영의 심장이 조금씩 빠르게 뛰기 시작한다. 말을 하진 않지만 나비들은 기억하고 있는 것이다. 피부 결을 따라 새겨진 땀구멍만 한 핏자국을 소독하고 물감을 뿌려 하나의 무늬를 완성했을 때 느껴지는 새로 태어난 기분 같은 것을. 몸은 기억하고 있는 것이 틀림없었다. 윤영은 흡족한 미소를 지으며 길을 나선다. 곧이어 새겨질 가슴의 커다란 나비를 상상하는 것만으로도 한결 상쾌한 기분이 된다.

"자, 아파도 조금만 참아요."

열 평 남짓한 방 안, 언제 들어도 감미로운 최의 목소리가 울려 퍼진다. 윤영은 다소곳이 눈을 감는다. 어지럽게 엉켜 있는 눈두덩 안의 흰 선들을 가지런히 정리라도 해주려는 듯 상의 한쪽을 내리고 앉은 그녀의 어깨에 올려진 최의 손바닥에 묵직한 힘이 들어간다. 아주 짧지만 아직까지는 그런대로 나른하게 느껴지는 최면의 시간이다.

"다른 데도 아니고 가슴이니까 더 많이 신경 쓰이는 게 사실이지. 여성들에게 가슴은 뭐랄까, 상징적인 의미가 있잖아요. 당연히 공들이고 또 공들여야지. 피곤하면 의자 뒤로 머리를 기대요. 얼굴을 보니 세상에, 평소보다 열 배쯤 스트레스 받는 시간을 보낸 모양이야. 좀 높게 해주고 싶지만 그러면 가슴이 옆으로 퍼져서 모양이 예쁘게 안 나오거든."

윤영은 머리를 뒤로 기대며 가볍게 고개를 끄덕인다. 좀 수다스럽긴 해도 최의 말들이 귀찮게 느껴지진 않는다. 방 안을 가득 채운 문신용 기구들과 물감, 여성도 남성도 아닌 듯한 최의 목소리, 누군가에게 편안히 몸을 맡기고 눈을 감고 있어도 된다는 안도감. 가끔 생살이 주는 물리적인 고통이 정신을 번쩍 들게도 하지만 그 정도는…… 진짜 삶이 주는 고통에 비하면 아무것도 아니다. 오히려 살을 찢는 듯한 신체의 아픔을 견뎌냄으로써 윤영은 어쩐지 자신감이라는 보너스를 얻곤 했다. 그런데…….

"아!"

자기도 모르게 소리를 지르고 나서 윤영은 두 눈을 번쩍 뜬다.

"이런, 그렇게 아파요? 이상하다, 별로 세게 안 했는데."

문신용 바늘을 든 채 멈칫 동작을 멈춘 최가 당황스러운 듯 문는다.

"그, 그러게요. 죄송해요."

"잘 모르겠지만 좀 예민해져 있는 것 같은데 괜찮겠어요? 힘들면 다음에 해도 되지만 그냥 할 거라면 복식호흡을 하면서 몸의 긴장을 풀어봐요."

윤영은 최가 시키는 대로 눈을 감고 코로 힘껏 공기를 빨아들인다. 그러나 한껏 빨아들인 숨들은 목에 걸려 가슴을 짓누르기만 할 뿐 명치까지 내려갈 생각을 하지 않는다. 억지로 숨을 쉬어보려고 할수록 어지러워진다. 윤영은 바보처럼 파하, 입을 벌리며 가쁜 숨을 몰아쉰다.

"이상하네. 가슴이 좀 답답한 것 같아요. 숨이 잘 안 쉬어지는데."

최가 걱정스럽게 묻는다.

"숨 쉬는 게 그렇게 어려워요? 눈만 질끈 감지 말고 천천히 숨을 더 들이마시고 온몸이 땅으로 꺼지는 듯한 느낌을 가져봐요. 편안히."

그러나 윤영의 시도는 번번이 실패로 끝난다. 숨을 쉬느라 얼굴까지 붉어진 채로 윤영은 도리어 최에게 묻는다.

"내가 오늘 왜 이러죠?"

"글쎄, 무슨 걱정거리가 있는 건 아닌지. 전에는 이보다 더 아픈 것도 잘 참았잖아. 아무런 내색도 없이 얼굴 한번 찡그리지 않아서 내가 더 놀랄 정도였는데, 이렇게 몸이 뻣뻣해서는 아무래도 안 되겠는걸? 작업은 다음에 해요. 오늘은 그냥 나랑 차나 한잔 어때요?"

아쉬운 대로 괜찮은 제안이다. 윤영은 마지못해 고개를 끄덕인다. 그때 마침 기다렸다는 듯 휴대폰이 진동한다. 그러나 모르는 번호다.

메디컬 위드 ○○○ 기자입니다. 지난번에 병원으로 전화 드린 적 있었는데 기억하시죠? 인터뷰는 아니지만, 심희진 씨 사건과 관련해 다른 용건으로 드릴 말씀이 있습니다. 문자 보시는 대로 연락 바랍니다.

한참 기다리던 전화가 아니라는 데서 오는 실망감이 온몸을 관통한다.

다른 용건이라니 뭘까. 그래봐야 자기 기사를 쓰는 데 필요한 가십거리겠지. 그들에게 타인의 불행이란 자극적 뉴스 혹은 특종과 동의어일 테니까. 윤영은 문득 기자의 문자가 불러들인 나쁜 기억들을 털어내듯 포트에 물을 준비하고 있는 최를 불러 세운다.

"저기 그냥, 할게요. 해주세요."

"글쎄, 나야 상관없지만 너무 아파하니까 그렇지. 그러면 예쁜 모양이 안 나와요."

"상관없다니까요! 모양 같은 건."

억지스럽게 최의 팔을 붙잡고서 윤영은 다시 의자 깊숙이 머리를 기댄다. 그러나 이내 비명을 지르고 만다.

"아!"

안타깝다는 듯 최가 윤영을 달래기 시작한다.

"나 참. 이것 보라고. 아까보다 더 살살 했는데."

할 말이 없다. 윤영은 조용히 일어나 옷과 핸드백을 챙겨 든다.

"나중에 다시 올게요."

"그래요. 나중에."

최가 웃는다. 오랜 단골에 대한 최대한의 예의가 담긴 미소였다. 윤영이 아쉬운 표정으로 뒤를 돌아보자, 최는 이제 그만 나가도 된다는 듯 가볍게 고개를 끄덕여준다.

저녁 8시. 숨소리를 지닌 뭔가가 윤영을 뒤쫓아 온다.

문신 포유를 나온 윤영이 클럽 데이 근처 주차장에 차를 놓아두고 거리를 배회하고 있을 때다. 설명할 수 없는 어떤 기운이 윤영의 뒤통수를 잡아당긴다. 윤영은 무심코 뒤를 살펴보다가 아무것도 없음을 깨닫고 다시 걷기 시작한다. 그러나 이내 다시 뒤를 돌아본다. 그리고 문득 발견한 그 무엇은, 거리 어디서나 무심히 스쳐가는 무심한 이미지가 아니다.

소녀다.

윤영은 흠칫 놀랐다가 이마를 찌푸린다. 하지만 이내 모른 체한다. 윤영은 다시 앞으로 걷기 시작한다. 걸음이 조금씩 은밀하게 빨라진다. 클럽 데이까지는 삼십 미터 정도가 남아 있다. 골목길에서 옆으로 돌아나가려던 순간, 윤영은 그러나 우뚝 걸음을 멈추고 만다. 어느새 앞으로 다가온 소녀가 그런 윤영을 뚫어지게 바라보고 있다.

"날 따라온 거니?"

윤영이 어이없는 표정으로 묻자 소녀가 다소곳이 대답한다.

"네."

"왜, 언제부터?"

"아파트 앞에서부터요. 병원으로 갔더니 이제 안 나오신다기에."

이런 한심한 간호사 같으니라고. 그렇다고 덜컥 주소를 알려줄
게 뭐람.

"병원에서 알려준 전화번호로 메시지를 드렸는데 답장도 없으시
구요."

소녀가 은근 서운하다는 표정으로 윤영을 바라본다.

"메시지? 아, 그건 그냥……."

"알아요. 여러 가지로 껄끄러우실 거라는 거. 그래서 그냥 제가
불쑥 왔어요. 이렇게 아니면 안 만나주실 것 같아서요."

당돌하다.

"저기 들어가실 건가요?"

소녀가 클럽 데이 간판을 가리키며 호기심 어린 눈을 반짝인다.

"같이 가면 안 돼요? 저도 오늘은 교복 벗고 나왔는데."

말하면서 소녀는 이것 보라는 듯 윤영을 향해 양팔을 벌린다. 그
러고 보니 소녀는 사복 차림이다. 머리카락도 가지런히 내려 빗어
굳이 확인하려들지 않는다면 대학생이라 해도 몰라볼 듯싶다.

"왜, 오늘은 학교 안 갔어?"

"말했잖아요. 언니 만나려고 병원 찾아갔었다고요."

"언니?"

윤영이 놀라서 눈을 동그랗게 뜨자 소녀는 피식 웃으며 말한다.

"왜요, 듣기 거북하세요? 선생님이나 이모보다는 나은 것 같아서…… 바꿀까요?"

"아니 됐어."

호칭이야 뭐. 겉으로 시큰둥한 반응을 보이면서도 윤영은 속으로 그런 반응을 보인 자신이 우습다고 생각한다. 어쩌면 이 어린 소녀에게 언니 같은 친근한 호칭으로 불리고 싶은 마음이 자신 안의 어느 구석엔가 있었던 것 같아서.

그런데 소녀는, 이제 보니 특이했다. 장례식장에서 본 슬픈 모습은 간데없고 뭔가 당돌하면서도 거침없고, 거침없으면서도 기분 나쁘지 않다. 오히려 귀엽기까지 하다. 골똘히 자신을 올려다보는 눈동자는 또 왜 이리 선명하고 새까만지. 너무 깨끗해서 바라보기 어려운 무언가 앞에 있는 것처럼 묘한 설렘이 느껴진다. 그러나 금방 경찰이 찾아와 했던 말들이 생각나 고개를 가로젓는다.

"하지만 어쨌든 여기는 미성년자 출입 금지 구역이야. 난 상관 안 하지만 여기 주인이 뭐라고 할 텐데."

따라오든지 말든지 그건 네 맘대로. 윤영은 계단 입구를 향해 몸을 돌린다. 그러자 소녀는 재빨리 윤영을 앞질러 출입구를 향해 달려가며 말한다.

"그건 저한테 맡겨요."

소녀보다 뒤늦게 계단을 다 내려온 윤영은 평소와 달리 시계를 보거나 옷맵시를 한 번 더 살피지 않고 안으로 들어간다. 그러고는 판을 고르느라 분주한 디제이 박스 건너편 홀에 자리를 잡고 앉는다. 카운터의 사장과 이야기를 나누고 있는 소녀의 입술에 함박웃음이 걸려 있다. 윤영은 쟁반을 들고 서빙에 바쁜 아르바이트생을 불러 세븐업 한 개와, 맥주를 부탁한다.

"세븐업요? 드시게요?"

아르바이트생이 웬일이냐는 듯 반문하는 사이, 소녀가 앞에 와 앉는다.

"자, 해결됐죠?"

"어떻게?"

"어떻게고 뭐고 할 것도 없잖아요. 굳이 묻지도 않았으니까. 언니가 하도 걱정스러워하는 것 같아서 그냥 담소를 좀 나누다 온 것뿐이에요."

윤영은 소녀를 빤히 바라본다. 소녀도 윤영을 빤히 바라본다. 두 사람은 마주 보며 서로의 눈을 탐색한다. 그러나 이 순간 분위기를 주도하는 건 윤영이 아니라 소녀임이 분명하다. 윤영은 상대를 바라보며 자연스럽게 미소를 짓고 있는 소녀의 눈을 끝까지 바라보지 못한다. 아르바이트생이 쟁반을 들고 나타나자, 소녀는 그럴 줄 알았다는 듯이 세븐업을 집어 든다. 그러면서 슬쩍 윤영 앞으로 맥주를 밀어준다.

"잠 못 드는 밤이면 아버지도 맥주를 즐겨 마셨죠."

윤영은 대꾸하지 않는다. 소녀도 기대하지 않는 표정이다.

"심희진 씨는 늘, 일찌감치 잠자리에 들었고요."

자신의 엄마를 무슨무슨 씨로 표현하다니. 원래 이렇게 버릇이 없는 아이인지, 아니면 엄마와 사이가 좋지 않았던 것인지 분간이 되지 않는다. 무슨 말이든 내뱉고 나서 물끄러미 상대의 눈치를 살피는 모습이 꼭 무언가 하고 싶은 말을 숨기고 있는 듯해 윤영은 신경이 곤두선다. 평소 아무렇지 않게 느껴졌던 클럽의 탁한 공기마저도 오늘따라 답답하게 느껴진다. 그러나 소녀는 아무것도 개의치 않는다. 흥미롭다는 듯 윙크를 해대며 이쪽을 힐끔대는 털북숭이 드러머도, 인디밴드가 제멋대로 연주해내는 음악도, 반쯤 벗은 옷차림으로 애인의 노골적인 애무를 즐기는 여자도, 실내에 자욱한 담배 연기와 그 연기를 따라다니며 취한 사람들의 코에 숨결을 불어넣고 있는 정체 모를 에너지도.

"상상해보세요. 아빠는 돈을 잘 버세요. 대대로 가난하지 않은 집안에서 자란 사람답게 몇 번 사업에 실패했어도 금방 일어설 수 있었을 만큼. 어쨌든 덕택에 지금 우리 집은 강남에서도 알아주는 타워 팰리스예요. 집안일을 전담해주시는 이모도 있고, 그냥 진짜 이모는 아니지만 어려서부터 그렇게 불렀어요. 아무 때나 필요하면 부를 수 있는 운전기사 아저씨도 둘이나 되죠. 거의 부를 일이 없긴 하지만 가끔 야간자율학습이 늦게 끝난 날, 갑자기 소나기가 내리기라도 하면 할 수 없이 호출을 하긴 해요. 엄마는 아마도 수면제를 먹거나 초저녁부터 일찍 잠이 들어 있을 테니까. 남동생은 지방에 있는 꽤 유명한 기숙중학교에 다녀요. 초등학교 때부터 뛰어나게 공부를 잘해서 애초에 그렇게 되도록 길이 정해져 있었어요. 웬만한 대학보다 들어가기 어렵다고 하던데 역시나 동생은 별로 힘들이지 않고 들어갔어요. 아무튼, 주말에야 가끔씩 집에 올 시간이 나는데 그때도 내신 관리다 주말 특강이다 바쁜 것 같더라고요. 지금은 일 년에 두어 번 얼굴 보기 힘들어요. 공부할 게 많대요. 아버지의 자랑이에요. 저야 뭐, 그저 그런 보통 아이니까 별 탈 없이 학교 잘 다니면 그만이지만. 근데 전 배우가 되고 싶어서 저녁마다 엄마 몰래 연기 학원에 다니느라 바빴죠. 엄마에겐 아무래도 집이 너무 컸었던가 봐요."

소녀는 아무렇지 않게 말한다.

야간자율학습이 늦게 끝난 날, 갑자기 소나기가 내리기라도 하면.

그러나 그 말을 듣는 윤영의 심장은 콩처럼 오그라들었다가 식어빠진 호떡처럼 딱딱해진다. 폐를 통과하지 못한 숨들이 다시 식도를 타고 역류하는 듯하다.

그러니까 소녀의 말에 따르면, 심희진 씨는 생각할수록 짜증나는 인간이라고 할 수 있었다. 가진 것을 가진 체하지 않고 차지한 물질적 복을 걷어찬 것도 모자라 주위의 부러워하는 시선에 어깨를 으쓱하지도 않았으며 굳이 그럴 필요가 없었음에도 직장을 고집하느라 남편과 싸워야 했으며 결과적으로는 파릇파릇한 청년들의 일자리를 빼앗는 데 일조하다가 우울증을 핑계로 자살해버림으로써 주위 모든 사람들을 피곤에 빠트리고 말았으니까 말이다.

그런데 나는 정말 피곤한 걸까. 귀를 막거나 자리를 박차고 일어나 소녀를 쫓아버리면 될 것을, 마치 소녀의 부드러운 목소리로 자신의 딱딱해진 심장을 녹이려는 듯 귀를 쫑긋하고 있지 않은가. 한참 만에야 윤영이 묻는다.

"어떻게 그렇게 잘 알아, 엄마에 대해?"

윤영의 질문에 소녀의 표정이 갑자기 굳어진다. 입술을 앙다물고 눈앞을 똑바로 응시하는 모습이 꼭 눈물이 나올까 봐 애써 참고 있는 모습 같기도 하다. 말을 시작한 건 소녀였지만 혹시라도 질문을 잘못 한 건 아닌지 윤영의 마음이 문득 불안해진다.

"말하기 싫음 말 안 해도 돼. 그냥 갑자기 궁금해서 물어본 거야."

소녀는 여전히 대답 없이 앞을 응시하고 있다. 윤영은 잠자코 기다린다. 그러다가 목이 타서 맥주를 다시 입으로 가져가는 순간 소녀가 입을 연다.

"일기를 봤어요. 엄마 노트북을 정리하다가요. 암호도 없었어요. 그저 누구나 보려고 들면 볼 수 있게. 어쩌면 나를 위해 남겨둔 것처럼."

그랬구나. 윤영이 고개를 끄덕이자 소녀가 덧붙인다.

"사실 그게 처음은 아니에요."

"응?"

"꽤 오래 엄마 일기를 봐왔다고요. 평소 엄마는 누구라도 보라는 듯 모니터를 열어놓거나 식탁 위에 USB 같은 걸 올려놓곤 했으니까. 아빠가 들어오시기 전에 그걸 제자리에 갖다놓는 게 제 일이었죠."

대부분 어떻게든 감추는 일기를 그런 식으로 관리하다니. 윤영의 상식으론 이해하기 어려웠지만 심희진 씨답다는 생각이 든다. 그동안 그녀와 나눈 이야기가 적지 않아서일까. 어쩌면 여자는 그렇게 해서라도 가족 중 누군가 대화를 하고 싶었던 것 아닐까, 하는 생각마저 든다. 윤영이 묻는다.

"왜, 아빠가 보면 안 되는 내용이라도 있었니?"

소녀가 말없이 고개를 끄덕인다. 그게 뭔지 윤영은 당장 묻지 않는다. 대신 화제를 돌려 한 가지를 짚고 넘어가야겠다고 생각한다.

"경찰이 찾아왔었는데."

소녀를 바라보며 윤영은 살짝 말끝을 흐린다. 혹시라도 윤영의 질문이 소녀에게 상처가 되지 않을지 조심스러워져서다. 그러나 다행스럽게도 그런 건 아니었는지 소녀의 표정에는 아무런 변화가 없다. 오히려 좀 전보다 활기찬 미소를 띤 채 이렇게 대답한다.

"아, 그거요. 결론만 말씀드리면, 다 없었던 일이 될 거라는 거예요."

"무슨 뜻?"

"그냥요. 외할머니가 오해하신 거니까."

"그건 또 무슨 뜻?"

"아빠랑 잔 건 맞아요. 하지만 그뿐, 아무 일도 없었거든요."

잔 건 맞는데 아무 일이 없었다? 윤영이 이해할 수 없다는 표정을 지어 보이자 소녀는 애써 부연 설명을 한다.

"두 분이 몹시 다툰 날 밤이었어요. 안방 침실 쪽에서 물건들이 던져지고 부서지는 소리가 들렸죠. 엄마는 비명을 질러댔고 아빠도 곧 엄마를 죽일 듯이 무서운 목소리로……"

"……"

"아마도 제가 들어온 걸 몰랐던가 봐요. 그랬으니까 그런 말들을 했겠죠. 더러운 창녀라고. 엄마는 울다가 기절했다가 그만 조용해지고 말았죠. 전 무서워서, 감히 말리지도 못하고 제 방으로 들어와 침대에 누웠어요. 어차피 그럴 생각이었으니까. 그리고 얼마 안 있어 제 방문이 벌컥 열렸어요. 아빠가 들어온 거였어요. 미처 이불을 덮지도 못하고 누운 채였는데."

소녀는 자는 척을 했다. 미처 딸의 귀가를 몰랐던 남자는 흠칫 놀랐다가 방문을 닫았으나 이내 다시 방으로 들어왔다. 소녀는 계속 자는 척을 했다. 자신이 방금 전 들은 말들이 무엇을 뜻하는지 알 수 없었을뿐더러, 알고 싶지도 않았기 때문이다. 소녀는 그저 어둠이 조용히 물러가주길 기다리며 꿈을 꾸고 싶었다. 배우가 되어 무대에 서는 꿈을. 부모의 자랑이 아니어도 상관없다. 그저 자신만의 행복한 상상 속에서 소녀는 신부도 되었다가 귀부인도 되었다가 성냥팔이 소녀도 되었다. 아빠가 엄마에게 던진 말을 들은 이상 죽어도 창녀 역은 맡을 수 없을 것 같았지만 그것도 상관없는 일이었다.

그때 아버지의 손이 소녀의 얼굴을 가만 쓰다듬기 시작했다. 소녀는 계속 자는 척을 했다. 아빠는 그런 딸의 얼굴을, 어깨를, 등을 쓰다듬다가 허리쯤에서 멈추고는 고민스러운 듯 잠시 망설이더니 툭툭 손가락을 이용해 딸의 허리를 두드렸다. 소녀는 그래도 깨어나지 않았다. 아빠도 거기서 더 이상 움직이지 않았다. 고요를 다 토해낸 어둠은 더할 나위 없이 깊고 투명했다. 소녀는 그 투명한 어둠이 속삭이는 소리를 듣고 있었던 것이다. 깨어나면 안 돼. 어둠 속의 얼굴을 들여다봐서도 안 돼. 이 밤만 지나면 다 괜찮아질 테니까. 소녀는 눈을 감은 채 고개를 끄덕였고 잠이 들었다. 아빠는 그런 딸을 뒤에서 꼭 끌어안았다. 그러고는 자신이 만들어 세상에 내보낸 작고 어린 생명과 함께 잠이 들었다. 잠자리에서 아내와 싸

218

우느라 달랑 팬티 한 장 걸친 차림이었다는 것도 모른 채.

"그게 다예요. 정말. 그걸 마침 아침 일찍 집을 찾아온 외할머니가 보게 된 거고. 그즈음 엄마의 우울증은 꽤 심각해져 있었거든요. 당황한 엄마가 한사코 아니라고 했는데도 평소 아빠를 탐탁잖게 생각하셨던 외할머니는 다른 내막이 더 있을 거라 생각하시는지도 모르겠지만 정말, 그게 다예요. 아빠가 좀 무섭고 돈만 아는데다 고지식하긴 하지만 그렇게까지 나쁜 사람은 아니거든요. 다만 엄마랑은 몹시 사이가 안 좋았어요. 늘. 하지만 그건 제가 이해할 수 있는 부분이 아니라서."

그렇죠? 라고 묻는 듯한 소녀를 바라보며 윤영은 어정쩡히 고개를 끄덕인다. 소녀의 말이 사실이라면 한 가지는 분명해진다. 심희진 씨가 그토록 짐승으로 여겨왔던 남자가 딸에게만큼 그다지 나쁜 아빠가 아니었을 수도 있다는 것. 상대가 누구인가에 따라 얼마든지 달라질 수 있는 인간관계의 다양성을 생각하면 이해 못 할 것도 없다. 모두에게 나쁘거나 모두에게 착한 사람이란 애초에 세상에 존재하지 않을 테니까.

그러나 그렇다고 해도 여전히 문제는 남는다. 시간이 지나 불필요한 가족 간의 오해가 풀린다 해도 여자의 남편은 아직 아내의 죽음의 이유가 성형 부작용에 있다고 믿고 있다는 것. 아직 일어나진 않았지만 그것이 가져올지 모를 번거로운 해프닝에서 윤영이, 혹은 닥터 안이 자유롭지 못하다는 것. 소녀가 재빨리 윤영의 생각을 가로막는다.

"최근에 애인이랑 헤어지면서 더 힘들어하셨던 것 같아요."

순간 윤영은 소녀를 물끄러미 바라본다. 엄마의 애인에 대해 이 토록 덤덤하게 말할 수 있는 딸이 세상에 몇이나 될까, 하는 생각 이 들었던 것이다.

"알고 있었니?"

"네, 사실 오래전부터. 하지만 모른 척했어요. 그냥 아빠를 좀더 사랑해주지 하는 마음 때문에."

"……."

"하지만 이젠 그럴 수 없게 되었죠. 엄마가 사라져버렸으니까. 아 빠도 그걸 알아요."

"아빠도 그걸 안다고?"

윤영은 깜짝 놀란다. 소녀는 여전히 덤덤한 표정으로 남의 얘길 전하듯이 대답한다.

"네, 최근까지 그 일로 정말 많이 다투셨거든요. 다만 인정하고 싶지 않아서, 엄마의 평소 약점을 물고 늘어지는 걸 거예요."

"엄마의 평소 약점이라면……."

이상한 일이다. 윤영은 어느새 소녀의 이야기에 푹 빠져 들어가 있다.

"오랫동안 엄마는 정말 강박적으로 성형에 매달렸거든요. 이제 와서 외할머니가 자꾸만 아빠를 의심하니까 아빠는 또 엄마를 수 술한 병원들에 그 책임을 돌리고 싶어 하시는 것 같고요. 하지만 결 국 인정할 수밖에 없을 거예요. 엄마가 꽤 오랫동안 우울증에 시달 렸다는 것을요. 그걸 애써 모른 척해 온 책임이 아빠에게도 있으니 까요. 다만 지금은 시기가 시기인지라 아빠를 이해해보려고 저도 노력하는 중이에요."

우울증. 책임. 이해. 낯익으면서도 낯선 단어들이 뒤엉키면서 윤영의 머릿속을 헤집어놓는다. 다만 윤영은 이 대목에서 안도의 한숨을 쉬어야 할지 슬픔을 눈물을 흘려야 할지 모르겠다. 그저 그모든 상황을 이해하고 있는 소녀가 새삼 대견하다는 생각이 들 뿐이다.

"마음이 꽤 넓네."

"넓은 게 아니라 자연스러운 거죠. 그리고 배우는 어떤 사람의 마음도 이해할 수 있어야 하니까. 특히 전 딸이니까 엄마를 더 잘 이해할 수 있는 부분이 있을지 모르고요."

"어쨌든. 누군가의 이해를 받는 건 행복한 일이겠지."

"물론 전적으로 엄마를 다 이해할 수 있다고 생각하는 건 아니에요. 그냥 엄마니까 이해해보려고 하는 것일 뿐. 솔직히 나 같으면 엄마처럼 살지 않아요. 이 세상 모든 딸들이 입버릇처럼 하는 거짓말이 아니라 정말로요. 그렇게 사랑하지도 않는 사람과 결혼해서 평생 불행하게……, 물론 아이를 둘씩이나 낳지도 않았을 거고요."

이건 또 무슨 얘길까. 뭐 더 필요한 건 없느냐고 묻는 종업원에게 물 한 잔을 더 부탁하고 나서 윤영은 되묻는다.

"사랑하지도 않는 사람과 결혼이라니?"

"언젠가 외할머니한테 들은 적 있거든요. 여기저기 병원에서 처방받은 약 때문에 엄마가 위장장애를 일으켜 일주일 정도 입원했을 때였을 거예요. 안 그래도 바쁜 아빠가 일을 핑계로 병원에 자주 못 와보시니까 외할머니가 무척 속상해하셨죠. 병실에 올 때마다

221

이렇게 결혼시키는 게 아니었어, 하는 말씀을 반복하시더니 제게
그러시더군요. 외할머니는 뭐랄까, 엄마 외에 다른 누구도 사랑하
지 않는 특이한 분이셨는데 그때 처음 제 손을 잡고 말씀하셨어요.
너는 무슨 일이 있어도 좋아하는 사람 만나 제대로 결혼하고 제대
로 잘 살아야 한다고. 그때 알았어요. 엄마와 아빠가 정략결혼 비
슷한 것을 했다는 것을요. 결혼할 당시 엄마는 좀 아픈 상태였는데
외할아버지가 거의 반강제적으로 결혼을 서둘렀다고.”

“아프다니? 어디가?”

“마음요.”

마음이라니. 왜. 되물으면서도 윤영은 긴장한다. 자신이 왜 이 이
야기 앞에서만큼 이토록 민감해지는지 모르겠다고 생각하면서도
어쩔 수가 없다. 소녀가 대답한다.

“자세한 것은 저도 잘 몰라요. 모두 쉬쉬하는 데다 할머니한테
물어도 속 시원히 설명을 해주지 않으니까요. 다만 저는 엄마가 일
기에 적은 대로 짐작할 수 있을 뿐이죠. 사실 그런 얘길 제가 입에
담아도 되는지 혼란스러울 정도로 좋지 않은 얘기였어요. 같은 집
에 살던 오빠가 자기 여동생이었던 엄마를 강간했다는 얘기였으니
까요. 한동안 엄마는 거기서 빠져나오지 못했던 것 같아요. 그리고
그 일이 엄마의 나머지 인생을 결정해버린 것이었고요.”

“……”

“그런데 아무리 생각해도 잘 이해되지 않는 게 하나 있어요. 성
형 말이에요. 대체 엄마는 어디까지 갈 생각이었던 걸까요?”

“글쎄.”

자꾸만 목이 말라 윤영은 맥주캔을 하나 더 딴다. 그때까지 세븐 업을 들고 있던 소녀는 이미 자기가 한 질문의 답도 알고 있다는 듯 혼잣말처럼 중얼거린다.

"그저 막연히 짐작해요. 혹시 엄마는 지금과 다른 무엇이 되고 싶었던 것 아닐까. 잘 모르겠지만 그게 막혀서, 그래서 숨을 쉴 수 가 없었던 것 아닐까. 모르죠 뭐, 그건 엄마만 아는 비밀일 테니까. 난 그저 인정하는 것 외에 다른 할 일이 없다는 생각이 들어요."

"지금과 다른 무엇⋯⋯."

윤영이 소녀의 말을 따라 한다. 소녀는 그런 윤영을 잠시 응시했 다가 다시 말을 잇는다.

"하지만 결국 아무것도 되지 못했죠. 처음엔 저도 그게 다 엄마 가 다니던 성형 병원들이 거짓말을 늘어놓았기 때문이라고 생각했 어요. 왜, 병원에만 가면 멀쩡한 사람들도 자기가 혹시 비정상은 아 닐지 의심하게 된다고 하잖아요. 그러니 엄마 같은 사람은 오죽했 을까. 혹시나 없는 병을 만들어 엄마를 흔들리게 한 건 아닐까. 갑 자기 화가 치밀어 올랐죠. 한동안 유리소녀가 되어 병원 홈페이지 에 드나들었던 건 바로 그런 이유였어요. 지금이야 제풀에 지쳐 나 가떨어졌지만."

유리소녀. 너였구나. 그렇다면 얼마 전 병원으로 전화를 걸어 나 를 찾았다는 어린 소녀 또한, 너였겠구나. 윤영은 이제야 알겠다는 듯 속으로 중얼거린다. 그러나 이상하게 아무런 느낌이 들지 않는 다. 말하고 나서 윤영의 눈치를 살피는 소녀의 표정에도 미안한 감 정이란 없다. 오히려 씨익 한 번 더 웃는 것으로 머쓱해진 분위기가 만회되었다고 생각하는 눈치다. 화를 내지 않아서 다행이라는 뜻일까. 얼마 전까지 엄마의 죽음과 무관하지 않은 이 세계의 거대한 시스템에 속해 있던 사람에게 보여주는 미소치곤 이상하리만치 아무런 적의가 느껴지지 않는다. 윤영이 묻는다.

"그랬구나. 그런데 난 왜? 네 말대로라면 나야말로, 두 번 다시 꼴 보기 싫은 사람 중에 하나일 것 같은데."

"당연히 처음엔 그랬죠. 하지만 지금은 달라요. 엄마의 일기를 조금 일찍 보았더라면 그런 짓도 하지 않았을 거예요. 그래도 마지막엔 엄마 이야기를 가장 많이 들어준 사람이잖아요."

윤영은 재빨리 고개를 젓는다.

"그렇지 않아. 난."

그때, 어느샌가 살짝 눈빛이 젖어버린 소녀가 윤영의 말을 자른다.

"그거 힘든 건데. 누군가의 이야기를 들어준다는 거요. 그건 그 사람이 되어준다는 뜻이잖아요. 딸인 제가, 오랫동안 엄마 일기를 훔쳐보면서도 아무것도 모른 척 아무 이야기도 하지 않았던 건 바로 그 이유 때문이었어요. 말을 시키면 엄마가 일기에 쓴 말들이 모두 사실이 되어버릴까 봐. 나는 그걸 듣고 싶지 않아서, 그걸 들으면 그때는 나도 엄마처럼 마음이 아픈 사람이 될까 봐 지레 겁을 먹은 거죠. 오랫동안 우리는 서로 모른 척하며 지내는 데 익숙했어요. 그렇지만 아마 엄마도 알고 있었을 거란 생각이 들어요. 내가 가끔 엄마 일기를 읽어본다는 사실을. 그때는 엄마가 그걸 모르길 바랐는데 지금은 오히려 다행이란 생각이 들기도 해요. 지금이라도 내가 엄마 마음을 알고 이해한다고 생각하면 저세상에서 엄마도 좀 편안해질 수 있지 않을까. 억지로 그런 생각을 하곤 해요."

결국 윤영은 묻지 않을 수 없다. 묻고 나서 후회한다고 해도 지금은 어쩔 수 없다.

"엄마 일기 속에 나는 어떤 사람이었니?"

소녀의 입에서 뜻밖의 대답이 돌아온다.

"좋은 사람."

"그게 다니? 다른 이야기는 없었어?"

"그런데 어딘가 애처로운 사람?"

"왜?"

"아름다운 얼굴 속에 진짜 표정을 감추고 있어서."

농담을 하는 걸까. 아니면 뭔가를 감추는 걸까. 그렇게만 말하고 물끄러미 윤영을 바라보고 있는 소녀의 마음을 윤영은 읽을 수가 없다. 소녀가 잠시 후 다시 입을 연다. 여전히 거침없고 당당한 듯 보이지만 언뜻언뜻 미간을 찡그리는 게 힘겨워하는 표정이 역력하다. 그러나 이미 시작한 얘기를 마치지 않을 수도 없다는 듯 결연한 표정이다.

"저는 한 번도 본 적이 없지만, 아니 그런 사람이 있었다는 것도 이제야 알게 되었지만, 엄마의 오빠였다는 그 사람이 식구들 몰래 엄마를 강간할 때마다 자기 얘길 자랑처럼 지껄이곤 했대요. 전에도 한 여학생을 여럿이 강간한 적이 있었다고. 그 여학생이 그날 어떤 꼴이 되었는지 알고 싶지 않다면 잠자코 있으라고……."

순간 윤영의 몸이 부르르 떨린다. 소녀의 손이 그런 윤영의 손 위에 포개진다. 작지만 따뜻한 손이다. 소녀는 떨고 있는 윤영을 위로하듯 잔잔히 바라보며 덤덤하게 말을 잇는다.

"어떻게 알았는지 나중에 엄마는……."

"……."

"그 여학생이 언니였다고 생각하고 있었어요."

어떻게 알았기는. 알려고 들면 얼마든지 알 수 있다. 한 사람이 이 세상에서 영원히 사라져버리기 전에는. 이름이 있고 흔적이 있고 여전히 계속되는 삶이 있는 한. 다만 아무도 알려고 하지 않을 뿐이다. 불편하니까. 굳이 그럴 필요가 없으니까. 알아봐야 서로 기분만 나빠질 뿐이니까. 그게 세상이다. 너의 엄마처럼 어리석은 여자를 빼고는 정말 아무도!

윤영은 말문을 잃은 채 멍하니 소녀를 바라본다. 결국 이런 얘기였다니. 막연히 생각했던 것보다 훨씬 잔인하고 형편없는 얘기가 아닌가. 슬픔과 분노로 심장이 짓눌리는 것만 같다. 소녀는 그런 윤영을 안타깝게 바라보며 얘기를 계속한다.

"제 생각에 엄마는 언니에게 뭔가 좀더 털어놓고 싶었던 것 아닐까 싶어요. 나는 아직 어리지만 언니는 다르니까. 나이도 비슷하고 무엇보다 의사니까. 아니라면 언니를 좋아했을 수도 있고요. 비록 나쁜 선택을 하긴 했지만 그럴 수 있었다는 것만으로도 엄마에겐 충분히 위안이 되지 않았을까. 아무튼 저한테 중요한 건 엄마가 언니를 찾아갔다는 사실이에요. 그래서 어떤 사람일까 궁금했는데 병원을 찾아갔더니 그만두셨다기에 더 궁금해졌지 뭐예요."

"그래 궁금증은 좀 풀렸니?"

윤영이 가까스로 마음을 다독이며 묻자, 소녀는 그때서야 안심이 된다는 듯 빙그레 웃는다.

"아뇨. 왠지 모르게 언니가 좋아져버렸어요."

"좋아져버렸다고? 왜?"

"봐요. 지금도 제 이야기를 끝까지 들어주고 있잖아요."

말로는 당할 수 없는 소녀다. 이상했던 건 그런 소녀가 윤영도 싫지 않았다는 것이다.

"겉모습은 영 아닌데 막상 대해보면 이상하게 좋아지는 사람. 언니가 그래요."

윤영은 입을 다문다. 그렇지 않다. 하지만 그렇지 않더라도 이 순간 소녀에게만은 그런 사람으로 남고 싶은 충동이 뜨겁게 윤영의 심장을 두드리기 시작한다. 마치 지금껏 그 누구에게도 그런 뜨거운 마음을 가져본 적이 없었다는 듯이.

대체 넌 누구니. 누군데 이렇게 거침없이 속수무책 내 마음을 파고드니.

윤영이 혼자만의 생각에 빠져 있는 동안, 화장실을 다녀온 소녀가 슬쩍 윤영 앞에 놓인 맥주캔을 가져다가 제 입술에 댄다.

"한번 마셔봐도 되죠?"

"글쎄, 그건 물어볼 필요가 없는 질문 같은데? 농담이 아니라 진짜 네 얼굴에 그렇게 쓰여 있거든. 나 실은 술 잘 마셔요, 하고."

"어머 진짜요? 어떡해. 난 순진하게 거짓말하는 배역 같은 건 절대 맡으면 안 되겠다. 그죠?"

대답 대신 빙긋 웃어주고 윤영이 습관처럼 휴대폰을 만지작거렸을 때다. 맥주를 한 두 모금 홀짝이던 소녀가 아차 싶은 얼굴로 물어온다.

"누구 전화 기다리세요?"

"아니, 그냥 버릇이야."

"서치맨 같은 데 가입해서 사람 찾는 것도요?"

세상에. 윤영은 눈을 동그랗게 뜬다. 그것도 너였니?

"뭘 그렇게 놀라세요. 구글 사이트에 이름만 치면 많은 것을 알수 있는 세상이에요. 병원 홈페이지에서 기억해둔 닉네임이 같았던 게 결정적이었죠. 구글링을 하다 보면 그런 경우가 종종 있거든요. 최소한 그 사람의 인터넷상의 흔적을 파도 타듯 따라다니다 보면 뜻밖의 정보를 얻기도 해요. 언니가 서치맨에 가입했다는 것을 알게 된 게 바로 그런 경우예요. 그리고 엄마를 찾는 글을 올렸다는 것도."

짐승을 찾는다는 것은? 다행히 소녀는 그 글까진 보지 않은 듯하다. 윤영은 마른침을 삼키면서 재빨리 화제를 돌린다.

"오호라, 그래서 이렇게 갑자기 내 눈앞에 나타난 거였구나. 나는 그것도 모르고."

"일부러 감춘 건 아닌데, 다른 이야기 하다 보니까 말할 틈이 없었어요."

"알았어. 괜찮아."

"……"

둘은 동시에 조용히 입을 다문다. 이야기를 나누는 동안 꽤 많은 시간이 흐른 듯했다. 충분한 건 아니지만 그래도 소녀를 통해 많은 것을 알게 되었다는 데 윤영은 만족한다. 설사 더 묻고 싶은 게 있다 해도 그것은 소녀가 감당해야 할 영역이 아니다. 저는 한 번도 본 적이 없지만, 이라고 소녀는 이미 말하지 않았던가. 애써 아무렇지 않은 척하고 있지만 열일곱이면 아직 어린 나이다. 엄마를 잃은 슬픔이 채 가시기도 전에 엄마의 최근 일기를 읽고, 그것을 이해하기 위해 애쓴 것만으로도 소녀는 이미 많은 에너지를 소모해야 했을 것이다. 그래서 어쩌면 윤영보다 더 혼란스러울지 모를 소녀에게 대체 그 짐승이 누구냐고, 지금 어디서 무얼 하고 있는지 아느냐고 어떻게 다그친단 말인가. 어지럽고 복잡한 마음속에서도 윤영은 여자가 죽은 지 이제 겨우 이 주가 지났다는 것을 떠올리며 소녀에게 말한다.

"늦었는데 가자, 이제. 어쨌든 오늘은 고마웠어. 덕분에 나도 많은 것을 알게 됐고."

그때였다. 천천히 고개를 돌려 윤영을 바라보던 소녀가 뜻밖의 제안을 한다.

"저, 그래서 말인데요. 오늘 밤 저랑 같이 자줄 수 있어요?"

"너랑? 왜?"

"그냥, 시간도 너무 늦었고, 이제 거의 다 말했으니까…… 실컷 울고 싶어서요."

"운다고? 그게 네 맘대로 되니?"

"네, 저는 그래요."

윤영은 소녀를 멍하니 바라본다.

무슨 일인지 한동안 재즈가 흐르던 실내에 귀를 찢는 드럼소리가 울려 퍼진다. 어둡고 탁한 공기 중을 떠도는 담배 연기의 농도는 한층 짙어져 있고, 음악은 어느새 재즈를 타고 록으로 넘어가는 중이다. 윤영은 어리둥절한 표정으로 주위를 둘러본다. 그사이 남은 세븐업을 다 들이켠 소녀가 성큼 일어서 밖으로 나간다. 멍하니 앉아 있는 윤영에게 따라오라는 신호를 보내거나 돌아보며 뒤에 올 사람을 재촉하지도 않는다. 그저 지금 저기 앉아 있는 '언니'가 곧 자신을 따라 이 어두컴컴한 계단을 걸어 나올 것이라는 걸 분명히 알고 있다는 태도다. 윤영은 홀린 듯 소녀의 뒷모습을 바라보다가 마지못한 표정으로 의자에서 일어난다. 그러고 보니 계단은 언제나 바로 눈앞에 있었다는 생각이 문득 윤영의 뇌리를 스친다.

사실, 따지고 보면 윤영 스스로도 그 어두컴컴한 계단을 걸어 나오기 위해 아무것도 하지 않은 것은 아니다.

십 년 전 압구정동에서 만난 한 정신과 의사는 윤영에게 '릴렉스'를 강조했다. 그러나 정작 어떻게 해야 릴렉스가 되는 것인지는 가르쳐주지 않았다. 매번 그 의사와 상담하는 데 걸리는 시간은 삼십 분도 채 되지 않았는데, 그때마다 윤영은 괜스레 교무실에 불려가 야단을 맞고 돌아가는 학생의 심정이 되곤 했다. 고지식해 뵈는 의사 앞에 앉아 있는 것만도 괴로운 일이었는데 그는 종종 두터운 안경테 속 피로한 눈빛을 껌뻑이며 '나를 슬프게 하는 것들' 류의 사건들을 생각나는 대로 적어보라 명령했기 때문이다. 물론 의사는 그걸 '애도일지'라는 거창한 말로 포장하였지만 윤영이 보기에 쓰레기와 별로 다르지 않은 것들이었다. 결국 윤영은 치료를 시작한 지 얼마 되지 않아 병원 다니는 일을 그만두었다. 산부인과 레지던트 1년차, 열정적으로 시작했던 병원 생활이 예상치 못한 벽에 부딪쳤을 무렵이다. 소득은 없었다. 아니다. 소득이라면 그 누구도, 그 무엇도 각인된 기억을 되돌려놓지 못한다는 사실을 알았다는 것뿐이었다. 윤영은 치료 대신 망각을 선택했다.

그러나 망각은 기억의 또 다른 이름일 뿐이었다.

이제 소녀도 엄마의 '죽음'이라는 어쩔 수 없는 기억을 감내해야 한다. 나쁜 기억들이 자신을 갉아먹지 않도록 뭔가를 해야 할 것이다. 그 뭔가가 미성년자에게 어울리지 않는 행동이라고 해서 핀잔을 줄 필요는 없을 것이다. 그러나 아직은 아니다. 아직은, 윤영은 울고 싶지 않았다. 하여 윤영은 지금 저만치 앞서 걸어가며 오늘 밤 울기 위해 잘 곳을 찾는 소녀의 팔을 붙들고 말한다.

"나중에. 나중에 정말 내가 울고 싶어지면, 그때 연락할게."

자정 무렵, 소녀를 보내고 집으로 돌아온 윤영은 휴대폰에 남은 기자의 번호로 문자를 전송한다.

내일 좀 뵙죠. 말씀하신 다른 용건이 무엇인지 들어보겠습니다.

15
혹시나

  빽빽한 건물들 틈 속에 끼인 듯 자리 잡은 투썸플레이스의 문을 열자, 차가운 에어컨 바람이 윤영의 볼을 기분 좋게 휘감는다. 수첩 대신 아이패드를 들고, 다방 커피 대신 아이스 아메리카노를 마시며 쉴 새 없이 뭔가를 검색하고 있는 기자를, 윤영은 어렵지 않게 찾아낸다.

  "오셨군요. 뭐 좀 마시겠어요?"

  윤영은 고개를 가로젓는다. 주문 대신 옆에 놓인 물컵에 물을 따라 기자 맞은편에 앉는다. 전화로 해결해도 될 일을 굳이 나왔다 싶어 어떻게든 시간을 단축하고 싶어서다. 윤영이 생각했던 것보다 부드러운 인상의 기자가 그런 윤영을 보고 빙긋 웃는다.

  "나와주셔서 감사해요. 저도 실은 전화보다는 직접 만나 뵙고 싶었거든요. 지난번 기사 건도 있고 궁금한 것도 있고 해서요."

용건을 미뤄두고 취재부터 하겠다는 건가.

"용건이 있다고 하지 않았나요. 뭔가 궁금한 게 아니라."

"아! 내 정신 좀 봐. 그랬죠."

기자가 다시 피식 웃음을 터트린다. 하지만 너무 직선적인 윤영의 태도가 유감이라는 듯 시선을 돌리며 커피를 한 모금 마신다.

"심희진 씨 때문에요."

그건 알고 있다. 윤영이 대답한다.

"네."

"말씀드리기 전에 제 소개부터 잠깐 할게요. 어차피 나중에 질문 하시게 될 테니까요. 괜찮으시죠?"

기자의 제안이 탐탁지 않았지만 윤영은 할 수 없이 고개를 끄덕 인다. 어차피 나중에 질문하게 될 거라면 미리 들어두어 나쁠 것도 없기 때문이다.

"제가 원래 의료 담당 기자는 아니었고요. 사회부 담당 기자 출 신입니다. 인터넷 포털 뉴스지만 이 바닥에서도 그런 구분은 확실 한 편이거든요. 한참 열심히 일할 때 본의 아니게 실수한 게 있어서 사회부에서 밀려났는데 윗분들이 일을 주지 않는 거예요. 다행히 해고를 당한 건 아니라서 여기저기 기웃거리다가 우연히 그 사건을 만나게 된 거죠. 정말 우연히."

"그래서요."

"그런 이유로 의학 분야에 대해서는 사실 잘 모른다고 하는 편이 맞습니다. 대신 그동안의 경험이랄까, 감이랄까, 하여간 어떤 사건 이 어떤 사회적 역학관계에서 일어나게 된 것인지 파악하는 데 좀 빠른 편이긴 하죠. 하필 그 여자분 죽고 나서 장모가 사위를 고소하기도 하고 좀 시끄러웠잖아요. 물론 아직 정확한 수사 결과는 나오지 않았지만 기자로서 흥미가 생기지 않았다면 거짓말입니다. 그래서 그런 기사가 나가게 된 거구요. 보셨으니 잘 아시겠지요."

"네, 잘 봤습니다. 하지만 정확한 내용은 아무것도 없었어요."

윤영이 시큰둥하게 반응한다.

"네, 그때는 그랬죠."

"그럼 지금은 정확하다는 뜻인가요?"

기자가 고개를 끄덕인다. 혹시나 싶어 윤영이 묻는다.

"혹시 그 뒤로 저희 병원 닥터 안과 통화를 하신 적이 있나요?"

"아뇨, 전혀요. 몇 군데 병원에서 항의를 받긴 했지만 오히려 선생님 병원에서는 아무런 반응도 없었습니다. 말이 좀 이상하지만 그점이 오히려 제 호기심을 부추긴 면이 없지 않죠. 어쨌든 섣불리 성형 부작용이니 뭐니 의심했던 것부터 사과드려야겠네요."

사과는 나쁘지 않은 일이지만 말 한마디로 모든 것을 덮으려는 태도는 사양이다. 윤영은 쓴웃음을 지으면서 대답한다.

"기자가 기사를 잘못 썼다면 정정 기사를 내보내면 되죠. 그렇지 않나요?"

"그야 물론, 당연히 그렇지요. 그런데 오늘 제가 찾아온 이유는 그것 때문이 아닙니다. 오히려 심희진 씨와 관련된 다른 기사를 하나 준비하다가 벽에 막혔기 때문이라고 할 수 있습니다."

"다른 기사라뇨?"

윤영이 다시 인상을 찌푸리며 묻자 기자가 오히려 윤영에게 되묻는다.

"외상 후 스트레스 장애, 선생님도 잘 아시죠?"

알다마다. 국시를 치르고 의사 면허를 딴 사람이라면 누구나 그 것과 관련한 케이스를 앉은 자리에서 수십 가지는 늘어놓을 수 있 다. 그런데도 기자는 무엇을 알아냈는지 의사를 앞에 놓고 한 술 더 뜨는 중이다.

"제 생각에 심희진 씨의 사인은 성형 부작용이 아니라 그것 아니 었나 싶어서요. 아뇨, 분명히 그렇습니다. 그러니까 제가 완전히 잘 못 짚은 거죠."

"무슨 근거로 그렇게 말씀하는 거죠?"

"고소 사건 때문에 심희진 씨 가족 관계를 조사하다가 한 가지, 흥미로운 사실을 알아냈거든요. 경찰서를 들락거리다가 심희진 씨 어머니란 분을 취재할 기회가 생겼었거든요. 쉽지 않았습니다만 어 쨌든, 자연스럽게 얘기를 하다가 알게 된 사실이에요."

다시 또 그 오빠 이야기였다. 하지만 다른 이야기이기도 했다. 이 제껏 윤영이 몰랐던 사실 하나를 추가하게 되었다는 점에서.

"오빠가 하나 있었다고 하는데 친오빠는 아니고 열여덟 살 때 여 자 쪽 집안으로 입양된 오빠라고 하더군요. 중요한 건 그게 아니라 그 오빠란 사람의 이름을 듣는 순간 제 머릿속에서 일어난 전기반 응입니다."

"전기반응이라뇨?"

"들어보세요."

기자의 말에 따르면, 여자의 아버지는 S시에서 알아주는 건설

회사를 소유하고 있었다. 바깥일이 많았던 아버지는 여자와 여자 어머니에게 왜 갑자기 그를 입양하게 되었는지 자세히 설명해주지 않은 채 밖으로만 돌았다. 어떻게 된 이유인지 학교를 그만두고 검정고시를 준비 중이던 오빠가 여자를 눈여겨보기 시작했던 건, 그로부터 몇 개월도 채 지나지 않아서였다. S시에서 고등학교를 다니고 있던 여자가 정신적으로 이상한 증세를 보이기 시작한 것도 그 무렵부터라고 했다. 그때서야 그를 입양한 뒤 뭔가 잘못되었다는 것을 깨달은 여자의 아버지는 딸의 졸업식을 기다려 다른 남자와 결혼을 시켰다. 그때 이미 여자의 오빠는 대학에 진학을 하면서 분가를 한 상태였고, 그 뒤로 오랫동안 그들은 서로 연락을 끊고 지냈다.

　— 그렇게 서둘러 결혼을 시키는 게 아니었는데, 어떻게든 애아버지를 말렸어야 했는데, 그 정신으로 결혼생활을 잘 하면 얼마나 잘할 거라고, 게다가 사위란 놈도 바깥으로만 돌긴 마찬가지지. 내평생 하나밖에 없는 딸년 걱정 때문에 하루도 편할 날이 없었는데 결국은 이렇게 되고 말았어.

　심희진 씨 어머니는 기자 앞에서 뒤늦은 후회의 눈물을 흘렸다.

　"그런데 이상하잖아요. 여자의 아버지는 왜 갑자기 있어도 그만 없어도 그만인 그를 양자로 받아들인 것일까. 여동생이 된 여자를 오빠가 눈여겨보았다는 건 정확히 어떤 뜻일까. 결과적으로 그를 입양하는 것이 좋지 않은 선택일 수 있다는 걸 여자의 아버지는 조금도 예견하지 못한 것일까. 물었더니, 아주 양자로 받아들이려고 그랬던 건 아니었다고 해요. 다만 당시 사업이 좀 어려운 처지였고 금전적으로 관계하고 있는 일이 있어서 상대편 집안의 제안을 거절하기 어려웠다고요. 그러면 상대 쪽 집안에선 왜 그런 말도 안 되는 제안을 했느냐 물었더니 다니던 학교에서 강제 퇴학을 당해서……라고만 하고 입을 다물어버리는 거예요. 그래서 제가 좀더 알아봤죠. 알아봤더니 정말로 그 시기 S남고에서 학생 여러 명이 강제 퇴학을 당한 일이, 있긴 있었더군요."

"그걸 어떻게?"

한낮인데도 환하게 불을 켜놓은 커피숍 안에는 손님이 거의 없다. 그래서인지 기자의 말은 더욱 또렷이 윤영의 뇌리에 박힌다. 대체 이 기자는 무엇을 알아내려는 것일까. 혹시나 표정이 굳고 얼굴빛이 창백해진 건 아닌지, 윤영은 창문에 비치는 자신의 얼굴을 힐끗거리며 기자의 말에 온 신경을 곤두세운다.

"그래도 제가 명색이 기자 아닙니까? 후배들을 시켜 당시 그 지역 신문들을 샅샅이 뒤져보았죠. 그리고 그해, 눈에 띄는 어떤 사건 하나가 그 일과 관련되어 있다는 것을 알게 되었습니다."

"눈에 띄는 사건이라면."

"그게 그러니까 입에 담기 고약스러운 사건이긴 합니다만, 옆 학교 여학생 하나가 S남고 학생 여럿에게 당한 일이 있었더군요. 비 오는 날 밤, 야간자율학습이 끝난 시간에 벌어진 일인 것 같아요. 선생님도 비슷한 세대시니 잘 아시겠지만 94년엔가 수능이 도입되면서 고등학교마다 야간자율학습시간을 늘린다고 난리들이었잖아요. 늦게 공부하다 혼자 귀가하던 여학생이 변을 당한 거죠."

윤영은 물을 한잔 마신다. 기자가 얘기를 계속한다.

"그런데 역시 문제는 당시 신문에도 학생 A, B, C, D 이런 식으로

만 기록되어 있어 정확히 여자의 오빠가 그놈들 중 하나였는지는 확인이 어렵다는 점입니다. 학교로 문의를 해봤지만 입양과 동시에 이름도 바꾼 것인지 그런 학생이 학교를 다닌 적도 없다고 하더군요. 특별한 이유도 없이 그 사건과 관련된 학생들의 신상을 확인해줄 수 없다 하고요. 게다가 그 사건은 피해 학생 쪽 부모가 재판도 하기 전에 합의를 해줘서 일단락되고 말았죠. 다만 그때 그 일을 주동했던 학생이 그 지역에선 꽤 영향력 있는 재단 쪽 자손이었다는 소문이 있던데 그것도 정확하게 확인할 방법이 없네요. 그래서 아직까지는 그냥 저 혼자 그놈이 혹 그놈이 아닐까 추측만 하고 있는 상태입니다."

기자는 잠시 거기서 말을 멈추고 앞에 놓인 물컵을 집어 든다. 숨 가쁘게 얘기들을 토해놓느라 어지간히 목이 말랐던지 벌컥벌컥 물을 마신다. 윤영이 입을 연 건 바로 그 순간이다. 아까부터 내내 궁금했던 것, 바로 그것을 물어보기 위해.

"글쎄요. 무슨 근거로 그렇게 추측하시는지 궁금하군요. 만에 하나 기자님 생각이 맞다 하더라도 심희진 씨는 이제 이 세상 사람이 아니에요. 설사 그녀의 자살이 오래전 그 사건과 관련이 있다 한들 그것을 밝혀내서 뭐가 달라질 수 있을까요? 아무것도 없잖아요? 그런데도 기자님이 이렇게 열심히 그 사건을 조사하는 이유가 뭐죠?"

윤영의 질문에 기자는 이제야 말이 통하게 되었다는 생각이라도 한 것일까, 얼굴에 한층 반가운 웃음을 머금으며 대답한다.

"거봐요. 결국 묻게 되실 거라 했잖아요."

그리고 나지막한 목소리로 이야기를 시작한다. 신기했던 건, 그와 동시에 윤영의 머릿속에 가득 차 있던 안개가 서서히 걷히기 시작했다는 것이다.

"전에도 한번 말씀드린 적 있는 것 같은데요. 기자들이란 원래 귀와 발이 여러 개 달린 사람이거든요. 우연히 어떤 사건을 만나면 머릿속에 저장되어 있던 또 다른 사건들과 서로 연결되는 경우가 다반사죠. 물론. 그러다가 정말 서로 연관되어 있는 사건들의 조합을 만나기도 하고요. 이번 경우가 그렇습니다.

답답하실 테니 결론부터 말씀드리지요. 지금까지 말씀드렸던 심희진 씨의 서류상 오빠 이름은 심종태입니다. 물론 입양과 동시에 개명하기 전, 제 추측이 맞다면 말이죠. 정확한 이름은 저도 아직 잘 모릅니다. 들어보셨는지 모르지만 현재 우리나라에서 꽤 알아주는 연예기획사를 운영하고 있어요. 그런데 이 사람, 육 개월 전엔가 소속 연예인 지망생 성추행 건으로 피소되었다가 금방 풀려났던 경력이 있거든요. 어떻게 된 일인지 고소를 했던 피해자가 금방 고소를 취하하고 소속사를 떠나는 것으로 마무리가 되었죠.

어떠세요. 전 이게 아무래도 마음에 걸려서 말이죠. 심희진 씨일도 그렇고 놈의 비밀스러운 전력도 그렇고, 혹시나 혹시나 말이에요. 너무 나간 것인지 모르겠지만 그때 문제를 일으킨 학생들 중하나가 그놈일 수도 있다는 추측이 가능할 수도 있지 않을까요. 그래서 최근까지도 그때와 비슷한 일들이 반복되고 있는 것이라면……. 돌아가신 분께 죄송하지만 전 솔직히 기자로서 현재 살아있는 이놈에게 더 관심이 있습니다. 오늘 선생님을 뵙고 싶었던 이유도 그것이구요."

"글쎄요, 제가 뭘 도와드릴 수 있을지."

윤영은 말끝을 얼버무린다. 기자는 조심스럽게 윤영의 눈치를 살피며 대답한다.

"그래도 여러 번 심희진 씨와 상담을 하셨으니까 혹시 뭐 알고 계신 이야기가 있으신가 해서요. 혹시라도 상담 중에 그때 일에 관해서 심희진 씨가 얘기하는 걸 들은 적은 없는지 문득 궁금해지더군요. 말씀드렸다시피 너무 오래된 일이라 당시 사람들을 일일이 찾아다니는 게 수고스럽기도 하고, 옆집의 살인사건에도 무관심한 요즘 사람들에게 신빙성 있는 증언을 기대하기도 힘들고, 정말이지 혹시나, 혹시나 해서 찾아왔습니다."

그때서야 윤영은 기자의 눈을 똑바로 바라본다. 그러고는 할 수 있는 한 최대한 감정이 없는 목소리도 대답해준다.

"아뇨. 미안하지만 저는 들은 얘기가 아무것도 없습니다."

윤영으로부터 아무런 힌트를 얻지 못한 기자의 얼굴에 실망의 표정이 역력하다. 하지만 그러면서도 나중에라도 뭔가 생각나는 것이 있으면 전화를 달라는 말을 남기며 명함을 건네준다. 윤영은 명함을 받아 들고 곧장 뒤돌아선다. 바깥은 어느새 잔뜩 흐린 날씨다. 하늘은 어두웠고 공기는 습했다. 기자가 들려준 한 남자의 이름이 머릿속에서 떠나지 않는다. 윤영은 성큼성큼 택시 승강장을 향해 걸어가며 이마에서 흘러내리는 땀을 닦는다. 곧 비가 쏟아지겠지. 아무런 의미도 없는 그런 말을 중얼거리며 윤영은 하늘을 올려다본다. 곧 비가 쏟아지겠네. 윤영은 다시 중얼거린다.

16
세일러복의 추억

하나씩 하나씩, 그래 서두를 건 없어. 아무것도 없다니까.

오랜만에 열어보는 베란다 창고는 몇 년 묵은 곰팡이와 눅눅한 냄새로 가득 차 있다. 언제인가 쓰다 남은 벽지 쪼가리들과 최근까지 거의 써본 적 없는 여행 가방, 닥터 안이 동업 기념 파티를 하자면 찾아왔던 날 선물 받은 주방 기구 세트들이 어지럽게 널려 있다. 윤영은 그곳에 오랫동안 처박아둔 트렁크를 꺼낸 후, 그 위에 덕지덕지 내려앉은 시간과 먼지와 무관심을 닦기 시작한다.

S시를 떠나오던 날, 윤영은 트렁크에 짧았던 S시에서의 추억을 담았다. 지방 소도시지만 명문 S여고 진학을 축하하며 아버지가 사주셨던 가방과 학용품, 등하굣길을 오가며 부딪쳤으나 이름도 모르는 짝사랑 남학생에게 썼던 편지들과 일기, 단짝이었던 친구와

바꿔 쓰기로 하고 돌려주지 못했던 몽블랑 샤프, 갑자기 서울로 전학을 가는 바람에 다 쓰지 못하고 중간에서 멈춰버린 종합 노트와…… 어느 날 밤 피로 얼룩져 못쓰게 되어버린 세일러복.

그 세일러복 대신 체크무늬 교복을 입고 서울의 한 변두리 고등학교에 다니던 시절, 아이들은 늘 윤영을 곁눈질로 바라봤다. 쟤 있잖아, 왠지 좀 그렇지 않니. 무슨 큰 비밀이 있는 것처럼 우울해 보이는 게 이상하다니까. 전 학교에서 무슨 큰일을 당했다던데 선생님들도 쉬쉬하시기만 해. 안 그래도 공부에 흥미를 잃은 지 오래였는데 사팔뜨기들이 천지인 이런 학교를 더 다녀서 뭐 하나. 서울로 전학 온 지 삼 개월 만에 윤영은 대학 입시를 포기하고 학교를 그만두었다.

그 무렵 엄마와 아버지는 거의 매일 부부 싸움을 했다. 지금이라도 그 녀석들을 감방에 처넣어야 하는 건 아닌지 후회돼요. 엄마가 울 때면 늘 똑같이 이어지던 지겹고도 지겨웠던 말소리, 말소리들…….

그러나 열여덟 살, 사방에 모르는 사람들뿐인 서울은 윤영에게 너무나도 매력적인 곳이었다. 감추어야 할 기억을 지우고 새로운 기억을 덧칠하기에 안성맞춤인 곳이었다고나 할까. 공기는 적당히 탁했고 거리는 미로처럼 복잡했다. 화려한 밤거리를 배회하다 맨홀 같은 좁은 골목으로 빠지면, 조금 전 화려한 거리에서 볼 수 없던 희한한 광경들이 넘쳐났다. 무엇보다 윤영의 마음에 들었던 건, 희고 고운 사람들의 얼굴에 어김없이 나타나던 무관심과 피로의 흔적이었다. 윤영은 서울이라는 신세계를 배경으로 남은 인생의 새로운 지도를 그렸다.

우선 대학은 가지 않을 생각이었다. 대신 평소 해보고 싶었던 것을 마음껏 해보기로 했다. 피아노와 그림, 아르바이트와 여행. 그리고 윤영에게 첫 남자의 이미지를 지워줄 수 있는 운명과의 마주침. 다행히 딸을 위해 무엇이든 해줄 것 같았던 엄마가 윤영의 편을 들어주었다. 적어도 일 년 뒤 아버지가 사고로 돌아가시기 전까지. 서울에 올라온 뒤에도 윤영의 눈을 마주 보지 못했던 아버지는 교통사고로 돌아가셨다. 새벽길에 아버지를 친 택시기사는 술에 취한 보행자가 갑자기 뛰어드는 바람에 자기도 미처 피하지 못한 것일 뿐이라며 눈물을 흘렸다.

이 땅 위의 모든 사람에게 예외가 없듯, 슬퍼할 시간은 많지 않았다. 윤영과 엄마는 돈을 벌어야 했다. 시간이 갈수록 불안해지는 미래를 생각하면 늘 머리가 지끈지끈 아파왔다. 집을 줄이고 가구를 줄이고 꿈을 줄이면서 윤영은 자존심도 줄였다.

— 내가 잘 아는 바bar가 있는데, 한번 일해볼래?

아는 언니의 꼬임에 빠져 한 일 년은 바에서.

— 너 그러다 큰일 나겠다. 뭐라도 배워서 취직하자.

바에서 함께 일한, 바 같은 곳에서 일하면서도 꿈을 가질 수 있다는 것을 알려준 친구의 권유로 시작한 것이 검정고시였다. 아버지의 죽음과 술집에서의 경험을 떠올리며 윤영은 서서히 방황의 종착점을 향해 달려갔다. 정신을 차리지 않으면 그렇게 평생 망가진 삶을 살 수밖에 없다는 걸 깨달았을 즈음, 윤영은 자주 코피를 흘렸다. 공부를 너무 열심히 하는 것 아니냐는 친구의 걱정은 위로였고

이 년 만의 의대 합격은 윤영의 삶에 새로운 희망이 되어주었다.

그러나 이제 와 돌이켜보면 그것은 불완전한 희망에 불과했다. 타인 앞에 무언가를 감추는 건 쉬워도 자기 안의 불안을 잠재우는 일은 늘 어려운 일이었으니까. 학교와 도서관, 병원을 오가는 단순한 생활을 유지하기 위해 안간힘을 쓰는 동안에도 수시로 찾아오던 불안은, 언젠가 누구에겐가 뭔가를 들킬 수도 있다는 걱정 때문이 아니라 자신이 영원히 그 기억에서 자유로울 수 없을 것이라는 또렷한 자각에서 비롯된 것이었다. 심희진 씨 표현대로 얼굴 속에 표정을 감추지 않고서는 버티기 힘든 날들이었다. 윤영은 여러 개의 가면을 준비했다. 화장을 짙게 바른 여자처럼 어디에서도 진짜 표정을 드러내지 않았다. 나중에는 가면이 자신의 얼굴인지 자신의 얼굴이 가면인지 알 수 없을 지경이 되어버렸다. 그렇게 계속된 삶 속에서 한 여자가 자신 앞에서 고통으로 죽어가는 것을 멀거니 바라만 보았다.

그랬는데, 이제 와 놈의 존재를 알게 된 것은 어떤 의미일까.

다 닦아낸 트렁크의 손잡이를 빼내 다시 베란다 창고에 넣어두고 윤영은 거실로 들어온다. 탁자에 올려둔 노트북을 켜고 서치맨 회원 가입 기록을 삭제하고 나자, 휴대폰이 짧게 진동한다. 애송이로부터 전송된 문자다.

자기 오늘 약속 잊지 않았죠? 아 씨발, 보고 싶어 죽겠네.

잊었을 리가. 기억하고 있다. 윤영은 문자를 확인하고 한참 거실

한가운데 서 있다가 화장대 서랍을 뒤지기 시작한다. 그중에서 수면제 몇 알과 GHB를 꺼내 핸드백에 챙겨둔다. 아직 오후인데 베란다 창으로 비친 하늘엔 먹구름이 가득하다. 지난 보름의 피로가 이제야 찾아오는 듯 외출 준비를 하기 위해 욕실로 들어가는 윤영의 몸이 한번 휘청한다.

17
애송이

하필이면 비야.

애송이가 말한 바를 향해 차를 몰면서 윤영은 중얼거린다.

게다가 금요일, 통계적으로 사람들이 가장 우울함을 느끼는 요일이다. 한밤중인데도 날씨가 몹시 흐릿하다는 게 느껴질 정도다. 안개 같은 어둠 속에서 희미하게 보이던 초록색 등이 어느새 선명한 붉은색 등으로 바뀐다. 윤영은 하이힐 앞굽을 움직여 브레이크 페달을 꾹 눌러준다.

그때 문득 윤영의 차창 오른쪽으로 장미를 안은 한 남자의 실루엣이 비친다. 가슴 가득 장미를 안고 느릿느릿, 남자는 횡단보도를 건너가는 중이다. 비가 내리고 있는데 우산을 쓰지 않았다. 머리카락이 젖어 볼품없이 흘러내리는데도 개의치 않는다. 그래서일까. 남자의 가슴에 꼭 안긴 장미 한 다발이 더 애틋해진다. 갑자기 남자의 얼굴을 보고 싶다. 윤영은 허리를 숙여 차 앞 유리 쪽으로 얼굴을 내밀어본다. 그러나 남자는 그새 윤영의 차를 지나쳐 횡단보도를 거의 다 지나가는 중이다. 윤영의 눈앞에는 다시 컴컴한 어둠이 놓여 있을 뿐이다. 가벼운 한숨을 내쉬고 다시 운전에 집중하는 윤영의 귓속으로 귀에 익숙한 노래가 들려온다. 수요일엔 빨간 장미를 그녀에게 안겨주고파. 비 오는 수요일엔 빨간 장미를. 윤영은 무의식적으로 라디오의 볼륨을 높여보았다가 이내 꺼버린다.

남자와 비.

어쨌든 윤영에겐 최악의 조합이다. 이제 가서 전희의 시간을 최대한 줄이고 곧바로 모텔로 직행한다 해도 한두 시간? 몸이 단 애송이가 모텔 침대에 들어가자마자 쓰러지는 것을 보고 귀가한다 해도 새벽이 될 가능성이 컸다. 윤영은 갑자기 몰려오는 피로를 물리치려는 듯 자꾸만 무거워지는 눈두덩을 꾹 눌러준다.

"당신의 아름다움은 정말 치명적이야."

약속시간보다 세 시간 늦은 윤영이 자리에 앉자마자 애송이가 말한다. 윤영은 기분이 좋은 척 웃어준다. 가벼운 섹스를 기대하는 애송이에게 어울리는 가벼운 농담이라고 할까. 윤영은 운전하느라 헝클어진 머리칼을 쓸어 올려 하나로 묶는다. 애송이의 손은 어느새 그녀의 뒷목을 쓰다듬고 있다.

"뭐 마실래요?"

"마가리타 한 잔."

애송이가 바텐더에게 술을 주문하는 동안 윤영은 살짝 고개를 돌려 실내를 돌아본다. 그런대로 조용한 분위기다. 잔뜩 술이 취해

시비를 거는 손님도, 어여쁜 바텐더 아가씨들을 옆에 앉혀놓고 엉덩이를 쥐고 주무르는 철면피도 없다. 다행이네. 윤영이 고개를 돌리려는 순간, 맞은편 테이블에 앉아 있던 남자들이 한꺼번에 윤영에게 윙크를 한다. 그때 마침 윤영의 시선을 따라 고개를 움직이던 애송이가 그 모습을 본다.

"짜식들, 껄떡대긴. 괜찮아요. 친구들이에요. 당신이 많이 늦는다기에 심심해서 불렀죠."

"친구들?"

"네, 금방 갈 거예요. 내가 오늘 죽이는 데이트 있다고 했거든요. 그랬더니 당신 모습 한 번만 보고 간다고 저러고들 죽치고 있네."

애송이의 말에 윤영은 어깨를 으쓱하며 자세를 고쳐 앉는다. 그러면서 얼굴에 살짝 미소를 머금는 것도 잊지 않는다. 예상치 못한 친구들의 등장에 낭패감이 스쳤지만, 죽이는 데이트를 위해 세 시간이나 기다려준 애송이에게 이 정도 성의쯤은.

"자, 마셔. 기다리게 해서 미안해."

"풋, 보기보다 미안하단 소리는 잘하네."

윤영이 잔을 들자, 오른쪽 입술을 끌어올려 피식 웃음을 터트린 애송이가 말한다. 뒷목에 가 있던 그의 손은 어느새 윤영의 허리께로 내려와 있다.

"응?"

"아니에요. 난 뭐 기다리는 동안 재미있게 즐겼으니까 됐고요. 마시죠?"

커다란 유리잔이 두 사람의 눈앞에서 쨍그랑 부딪친다. 식도를 핥으며 흘러내리는 알코올이 서서히 윤영의 기분을 업그레이드시킨다. 상대가 애송이든, 그 애송이의 친구들이든, 자신의 삶과 무관한 사람과 술을 마시는 게 좋은 이유는 수십 가지도 넘는 법. 그중에 으뜸은 단연, 서로에 대해 전혀 알 필요가 없다는 사실이다. 그 어떤 대화도, 설명도, 해명도 필요 없다는 사실이다.

상대방을 향해 잔을 들고 한 모금. 알 듯 모를 듯한 미소 흘림. 흘러나오는 음악에 맞춰 적당히 흔들흔들. 그러고 나서 또 한 모금. 상대의 표정을 살핀다. 적당한 때가 되었는지 아닌지는 늘 윤영이 판단한다. 직감은 언제나 이성보다 빠른 판단을 내린다. 애송이가 볼일을 보러 간 사이 윤영은 재빨리 캡슐 안의 하얀 가루를 애송이의 잔에 털어 넣는다. 아니나 다를까. 윤영이 네 잔째의 마가리타를 홀짝이며 힐끗 곁눈질을 하자 자리로 돌아온 애송이가 기다렸다는 듯 화답한다.

"나갈까요?"

"그럼. 이게 막잔?"

윤영이 먼저 잔을 비우고 건너편에 놓인 애송이의 잔을 집어준다.

"좋아요. 자, 됐어요?"

마음이 급한 애송이는 선 채로 잔을 비우고 윤영의 손을 잡아끈다.

바에서 일 분 거리에 있는 모텔. 그는 마치 굶주린 짐승처럼 윤영의 몸을 파고든다. 방 키를 받아 들고 엘리베이터에 오르자마자 치마 속 윤영의 엉덩이를 꽉 쥐더니, 손을 씻거나 샤워를 할 시간도 주지 않은 채 그녀를 침대로 몰아간다.

"미치는 줄 알았어."

스타킹을 끌어내리자 드러난 윤영의 허벅지에 정신없이 키스를 퍼부으며 애송이가 내뱉은 탄식이었다. 윤영은 그 말에 반응하듯 침대에 반쯤 기댄 자세로 팔을 돌려 원피스의 지퍼를 끌어내린다. 꽉 조여져 있던 가슴이 활짝 열리면서 봉긋 솟아오른 유방이 원피스 밖으로 튀어나온다. 입술이 터지도록 그녀의 허벅지에 키스를 하다가, 윤영을 힐끔거리다가, 헉헉대던 애송이가 이윽고 바지를 벗어 던지려고 할 때다. 갑자기 눈동자가 돌아간 애송이가 바지춤을 잡고 침대 밑으로 굴러 떨어진다. 드디어 약기운이 올라오는 것인지 애송이의 눈동자는 초점이 없다. 경험에 비추어 그 상태에서 기절하기까지 걸리는 시간은 정확히 삼십 초. 윤영이 잠시 눈을 감고 삼십 초를 세고 일어나자 애송이는 벌써 바닥에 널브러져 있다.

윤영은 내려진 스타킹을 끌어올리며 애송이 앞으로 다가간다. 쾌락에 대한 기대 때문에 칵테일의 맛도 구분하지 못한 애송이의 얼굴엔 좌절된 욕망의 평온한 그림자가 짙게 드리워져 있다. 짐승의 얼굴을 벗고 이제야 비로소 인간의 얼굴을 갖게 된 것이다. 윤영은 만족한 미소를 지으며 천천히 흐트러진 옷매무새를 매만진다. 널브러진 애송이의 두 다리를 침대에 묶고 입에는 청테이프를 붙여둔다. 정신이 들어 당황스럽긴 하겠지만 조금만 머리를 쓴다면 자신의 양손이 자유롭다는 것을 금세 깨달을 수 있을 것이다. 윤영은 선 채로 잠시 그 모습을 노려보다 화장대 앞으로 다가간다. 거울 앞에 놓인 메모지에 몇 글자를 남겨둔다.

잘 잤니? 네가 너무 곤히 자버려서 장난을 좀 쳤어. 정신이 들었다면 근처 하수구에 던져버린 네 자동차 키도 찾아보길. 그럴 리 없겠지만 다시 연락한다면 더 심한 장난이 기다리고 있을 테니 각오해.

서둘러 옷을 챙겨 입고 모텔을 빠져나가는 윤영의 뇌리로 한 달 전 인터넷 스토어에서 만난 남자의 목소리가 들려온다.

— 그러니까 이게 말하자면 물뽕이라고. 흔히 GHB라고도 합니다만 어쨌든 들어는 보셨죠? 필로폰이나 코카인에 이어 새로 나온 제품인데 효과는 아주 죽이는 거죠. 일반 알약처럼 캡슐형인 데다 이십사 시간 내로 인체에서 빠져나가버리니 추적도 쉽지 않고요. 뭔지 모르지만 원하시는 결과를 충분히 얻을 수 있을 것입니다. 하지만 명심하세요. 사람에 따라 금세 의식이 돌아오는 경우도 있으니 행동은 신속해야 합니다. 만일의 경우에 대비해서 나쁠 건 없잖아요. 물론, 아주 드문 경우이긴 합니다만 무호흡증으로 치명적 결과를 가져오는 경우도 있으니 한 상대에게 반복적인 사용은 권하고 싶지 않네요. 어쨌든 중독이 되면 그다음엔 문제가 복잡해지거든요. 그걸 원하시는 건 아니겠지요?

인터넷에서 신종 마약을 유통시키던 남자는 말끝에 희미한 웃음기를 보탰다. 그러면서 그는 이 비밀스러운 알약의 구입자가 데이트 상대를 보기 좋게 속아 넘기며 강간에 성공하는 모습을 상상했을지 모르겠다. 그러나 천만에, 윤영이 원한 것은 강간이 아니라 욕망의 좌절이었다. 예의 없고 무례하기까지 한 그들 안의 짐승을 잠재우는 일이었다. 날뛰기만 할 뿐 멈출 줄 모르는 짐승들의 아랫배 깊숙이 깨진 욕망의 유리 파편을 한 조각 한 조각 심어놓는 일이다. 그것만이 윤영이 아직 거추장스러운 유희의 겉옷을 걸치고 밤거리를 배회하는 이유가 될 수 있었으니까.

윤영은 잠시 근처에 숨어 있다 애송이가 간신히 모텔을 빠져나오는 모습을 구경할까 싶기도 했지만 오늘은 그냥 여기서 멈추기로 한다. 여기까지. 애송이는 진짜 짐승이 아니고 진짜 짐승은 애송이처럼 호락호락할 리 없다. 이제부터 윤영이 신경을 집중해야 할 대상은 애송이가 아니라 '그놈'이었기 때문이다.

갑자기 소녀가 몹시 보고 싶어진다.

18

빈 의자

늦은 밤 갑자기 불려 나온 소녀는 윤영에게 이유를 묻지 않는다. 어젯밤 너무 피곤했던 탓일까. 아니면 오늘 학교에서 너무 공부를 많이 한 탓일까. 반바지에 짧은 티셔츠를 걸치고 나온 소녀의 얼굴엔 차분한 우울이 번져 있다. 한밤중인데도 연인들로 북적이는 도심 속 스타벅스. 카라멜 마키아또를 천천히 휘저으며 골똘히 뭔가를 생각하고 있는 소녀를, 윤영은 멍한 눈빛으로 바라본다. 문득문득 윤영의 시선을 느낀 소녀가 고개를 들어 조용한 미소를 보여줄 때마다 놀란 사람처럼 커피 잔을 움켜쥔다. 한참 후, 소녀가 윤영의 표정을 살피며 조심스럽게 묻는다.

"기분이 울적하신 거죠, 그렇죠?"

기다렸다는 듯 고개를 끄덕이고 나서 윤영은 소녀에게 "그날 네가 울고 싶다고 말한 게 기억나서"라고 말한다. 그래도 공부하는 학생인데 시간이 될까 싶었지만 소녀는 의외로 흔쾌히 대답한다.

"좋아요."

"정말? 집에서 아빠가 기다리지 않아?"

윤영이 걱정스러운 표정을 짓자 소녀는 픽 웃으며 자리에서 일어선다.

휘황한 모텔이 즐비한 골목을 걷는 동안 둘 다 아무 말이 없다. 그러다 문득 소녀가 걸음을 멈춘 곳은 달랑 'M'이라는 이니셜이 박힌 모텔 앞이다. 소녀가 걸음을 멈춘 채 손가락으로 그곳을 가리킨다. 두려운 듯, 멋쩍은 듯, 이 순간만큼은 소녀도 영락없는 어린 학생이다. 윤영은 피식 웃고 나서 카운터로 들어가 계산을 한다. 그때서야 소녀가 쭈뼛쭈뼛 모텔의 문을 열고 들어온다. 뒤늦게 따라 들어온 소녀를 보고 카운터의 남자가 놀란 듯이 윤영을 바라본다. 윤영은 그의 손에 어정쩡히 걸려 있는 방 키와 자질구레한 물건들을 낚아채듯 받아든다.

"콘돔은, 필요 없어요."

두 사람을 태운 엘리베이터는 6층에서 딩동댕, 하는 소리를 내며 멈춘다. 카드 키를 집어넣자마자 스르륵 열린 모텔 방은 예상보다 훌륭했다. 고작해야 한두 시간 쉬고 가는 연인을 위해서도 이만큼의 시설의 필요하다는 것이 놀라울 만큼. 하얀 시트에 원목 트윈 침대, 침대의 절반 크기만 한 TV며 TV 크기만 한 모니터가 딸린 컴퓨터 두 대, 냉장고며 화장대, 모든 것이 빌트인된 고급 아파트처럼 정갈하다.

"피이, 침대가 하나였으면 더 좋았을걸."

주춤주춤 안으로 들어온 소녀가 아쉬운 듯 그렇게 말하고는 욕실 스위치를 찾아 누른다.

"실은 오늘 살짝 메이크업을 했는데 아까부터 얼굴이 답답해서요."

"어차피 울 거라면서 뭐하게."

농담 반, 진담 반. 윤영은 유리컵의 냅킨을 걷어내고 물을 따르며 어깨를 으쓱해 보인다.

"그래도."

물 한 잔을 다 마신 윤영은 소파 깊숙이 등을 기댄다. 눈을 감자마자 예민해진 귀는 이제 막 소녀가 들어간 욕실에서 들려오는 소리를 빨아들인다. 볼 수 없으므로 상상한다. 방에 들어서자마자 안도의 한숨을 내쉬었던 소녀는 이제 막 욕실의 거울 앞에 서서 자신의 얼굴을 들여다보는 중이다. 그러고는 망설임 없이 꽉 잠긴 수도꼭지를 옆으로 비튼다. 윤영은 여전히 눈을 감고 있다. 그러나 그녀의 귀는 어느새 방 안의 먼지들이 떠도는 소릴 들을 수 있을 정도로 열려 있다. 맨 처음 그곳에서 들려오는 소리는 세면대의 수도꼭지가 돌아가는 소리이다. 손을 씻는 걸까. 윤영은 막힌 벽 저쪽에서 들려오는 소리에 온 신경을 집중한다. 이윽고 화장실 변기 덮개가 올라가고 작고 어여쁜 엉덩이가 그 위에 주저앉는 소리, 오줌 누는 소리, 도르르 말린 화장지가 뜯겨나가는 소리, 허벅지까지 내려갔던 팬티가 다시 엉덩이로 끌어올려지는 소리, 물 내려가는 소리가 들려온다. 마침내 샤워기를 들어 올린 소녀가 쏴아, 쏴아, 머리에서부터 물을 쏟아내는 소리가 들려온다.

윤영은 여전히 눈을 감고 있다. 이해할 수 없는 것은 소녀가 아니라 자기 자신이다. 어쩌자고 나는 이토록 순순히 소녀의 제안에 응하고 있는 것일까. 울고 싶었다는 소녀의 말이 왜 내내 목에 걸려 있던 것일까. 윤영은 절레절레 고개를 가로저으며 소녀의 알몸을 상상해본다. 소녀의 고백처럼 정말로 아무 일 없었던 것이라면, 아직은 아무도 밟지 않는 흰 눈밭처럼 깨끗하고 고울 열일곱 소녀의 알몸을, 보지 않고 질투하며 그리워한다. 혓바닥의 침이 마르고 심장이 두근거린다.

"아, 시원하다. 편하게 있어도 되죠?"

윤영은 깜짝 놀라 눈을 뜬다. 어느새 욕실에서 나온 소녀가 화장대 앞에 서서 긴 머리를 털며 윤영을 향해 환한 웃음을 날리고 있다. 가슴만 살짝 가린 스포츠 브라에 얇은 팬티 차림이다.

"응? 그, 그래. 나도 좀 씻어야겠다."

"그러세요. 제가 다 준비해놓을게요."

떨어진 팔뚝처럼 돌돌 말린 수건을 품고 욕실로 들어가려다 말고 윤영은 문득 소녀를 돌아다본다. 준비라니, 뭘? 어이없고 황당하면서도 기대에 부푼 마음을 숨길 수 없다. 아니다. 더 정확히 말하면, 설레었다. 마치 열일곱의 두 배가 되는 시간보다 더 멀리 와버린 자신이 다시 소녀가 된 것처럼.

윤영이 대충 손과 얼굴을 씻고 욕실을 나오자, 소녀는 얇은 티셔츠를 걸쳐 입고 침대 옆에 놓인 나무 의자에 앉아 있다. 의자와 의자 사이에 놓여 있던 티 테이블은 말끔히 치워진 채다. 윤영이 어리둥절한 표정으로 소녀를 바라보자, 소녀는 여전히 해맑은 미소를 지으며 말한다.

"자, 이제부터 우리 빈 의자 놀이를 하는 거예요."

"빈 의자 놀이?"

윤영이 수건을 아무렇게나 던져놓고 되묻는다.

"네, 빈 의자 놀이. 엄마 돌아가시고 나서 계속 생각했던 거예요. 처음엔 혼자 할까 생각했는데 왠지 봐주는 사람이 있었으면 좋겠더라고요. 그때 문득 언니가 떠올랐어요. 왜인지는 나도 모르겠지만."

윤영은 소녀 앞에 놓인 빈 의자를 바라본다. 아무도 없다. 그런데 이상하다. 자연스러운 상황이었다면 이 방의 다른 누군가, 그러니까 소녀와 함께 모텔에 들어온 자신이 앉으면 되는 의자에 다른 사람이 앉아 있기라도 한 듯 선뜻 다가서지 못한다. 윤영은 대신 그 의자를 가리키며 다시 묻는다.

"이걸로, 설마 이걸로 실컷 울겠다는 뜻은 아니지?"

"맞아요. 이거예요. 이거 하나면 난 충분히 울 수 있어요."

윤영은 말없이 두 눈만 깜빡인다. 도대체 오리무중인 소녀다.

"어떻게 하는 건데?"

윤영의 질문에 소녀는 기다렸다는 듯 설명을 시작한다.

"간단해요. 여기 앞에 놓인 빈 의자에 우리와 가까운 누군가 앉아 있다고 상상해보는 거죠. 그리고 난 이렇게 여기 앉아 그에게 평소 하고 싶었던 말을 하는 거예요. 그냥요. 마주 보고 하지 못했던 말도 좋고 늘 하고 싶었던 말도 좋아요. 그러니까 여기엔 없지만 진짜로는 내 마음속에 있는 상대에게 말을 걸고 그와 대화를 나누는 거예요. 어렵지 않죠? 그렇죠? 말을 다 했으면 상대편 의자에 앉아 그 사람이 되어 변명을 할 수도 있어요. 어쨌든 중요한 건 그와 진짜 대화를 하는 거니까요."

"누군가?"

"네, 아무나요. 상관없어요. 시간은 많으니까. 하지만 이왕이면 이 자리에 쉽게 올 수 없는 사람으로 정해요. 그래야 더 효과가 있을 테니까."

이 자리에 쉽게 올 수 없는 사람.

한참을 골몰하던 윤영의 머릿속으로 초췌한 표정의 소녀의 얼굴이 떠오른다. 어딘가를 쏘아보고 있는 듯 뚫어지게 한곳을 응시하고 있으나 아무도 보고 있지 않은 그 소녀는, 두터운 유리벽 안에 자신을 가두고 아무도 들여다볼 수 없다는 듯 결연하고 불안한 자세로 서성이는 열일곱 살 윤영이다.

"생각했어요?"

소녀가 묻는다.

"응."

윤영이 대답한다.

"자, 그럼 제가 먼저 해볼게요. 언니는 저기 침대에 걸터앉아 제가 하는 걸 지켜보세요. 그러다가 코치하고 싶은 말이 생각나면 아무 때나 끼어들어도 상관없어요. 그러니까 오늘 언니는 성형외과 의사 선생님이 아니라 정신과 의사 선생님이 되는 거예요. 어때요, 재밌겠죠?"

그렇게 하여

소녀 앞에 놓인 빈 의자엔 심희진 씨가 앉았다.

소녀의 말대로 침대에 걸터앉은 윤영은 저만치 던져두었던 수건을 다시 집어 무릎 위에 곧게 편다. 그리고 양손을 가지런히 모아 무릎 위에 올려놓고 살짝, 그것을 움켜쥔다. 뭔가 조금 유치한 기분이 들긴 했지만, 지금 이 순간 그 축축한 수건이야말로 긴장된 마음의 지푸라기처럼 유용하게 느껴졌기 때문이다. 윤영은 자꾸만 다문 입술에 침을 바르고 또 바른다.

빈 의자를 앞에 놓고 소녀는 몇 분이 지나도록 아무 말이 없다. 그러더니 한참 후에야 작고 낮은 목소리로 이야기를 시작한다. 윤영이 그 이야기의 뜻을 깊이 음미할 새도 없이 의자를 왔다 갔다 하던 소녀는, 제멋대로 소녀가 되었다가, 또 문득 심희진 씨가 되었다가 한다.

엄마…… 엄마, 난 솔직히 엄마가 미워…… 아니 미워 죽겠어…… 그건 아무리 생각해도 바보 같은 짓이잖아…… 엄마의 행동은…… 절대로 납득이 되지 않아…… 우리 모두에게 그렇게 커다란 상처를 주고 가버리다니…… 내가 용서 안 하면 어쩌려고……

미안하다…… 하지만 난…… 그때는 어쩔 수가 없었어…… 그때는 정말이지 순간적이었던 거야, 그뿐이야…… 그러니 더 이상 마음에 담아두지 마…… 제발……

마음에 담아두지 말라니 그게 돼? ……말 좀 하지…… 나한테라도 말 좀 하지…… 어떤 말이라도 좋으니까…… 이래 보여도

난 속이 깊다고…… 엄마도 알다시피 내가 좀 책을 많이 읽었잖아…… 아직 엄마만큼 살진 못했지만 말했으면, 말했으면, 머리로라도 이해했을 텐데…… 왜 혼자만 외로운 척…… 아픈 척…… 죽을 것처럼 그랬어……

미안하다…… 미안해…… 정말……

그러나 그 순간 소녀의 얼굴이 점점 굳어지는 것을, 윤영은 멍하니 바라본다. 감정이 격해진 것일까. 아니면 무언가 엄마에 대한 다른 생각이 떠오른 것일까. 꽤 한참 입을 다물고 건너편 의자를 노려보듯이 쏘아보고 있는 소녀의 얼굴이 어딘지 화난 것처럼 보여서 윤영은 내심 당황한다. 소녀는 여전히 심희진 씨 자리에 앉아 있다. 마침내 소녀가 입을 연다.

하지만 너도 그런 말 할 자격은 없어…… 이제 와서 나를 생각해주는 척하다니…… 너희 아빠도 네 동생도 같은 여자인 너마저도…… 아무도 나한테 관심 없었잖아!

짧게 소리를 지른 소녀가 재빨리 자리를 바꿔 앉으며 대답한다.

아니야, 엄마…… 그렇지 않아…… 그렇지 않았다고……

소녀는 허둥지둥 다시 일어나 심희진 씨의 자리로 간다. 이후로 몇 번씩 소녀는 자리를 바꿔 앉으며 엄마가 되어 호통을 치기도 하고 딸이 되어 변명을 늘어놓기도 한다.

아니, 넌 그랬어…… 모두들 자기밖에 몰랐어…… 너 또한 네가 제일 중요했을 뿐이야……

아니라니까 엄마 …… 진짜 내 마음은 그게 아니었어…… 하지만 그렇다 해도 미안해…… 진짜야…… 내가 몰라줘서 미안해……

또렷이 앞을 응시하고 있던 소녀의 눈에 눈물이 맺히기 시작한 건 바로 그 순간부터다. 윤영은 수건을 쥔 손에 더욱 힘을 준다.

아니야…… 아니야…… 실은 내가 더 미안해……

어느새 심희진 씨의 자리에 앉은 소녀는 앵무새처럼, 마치 그 말밖에 할 말이 없다는 듯이 미안해라는 말을 되풀이한다. 눈물이 범벅이 된 얼굴로. 아니 이것은 윤영의 상상이다. 피멍 든 얼굴을 하고 병원을 찾아왔던 그날 저녁, 귀찮아하는 윤영을 붙잡고 펑펑 울던 그녀의 모습이 떠오른다. 상상 속에서 윤영은 그녀의 볼 위로 손을 길게 뻗어본다. 그러게 이런 건 골방에서 조용히 쏟아버려야 한다고 했잖아요, 라고 조용히 타이른다. 바로 그때 자기 의자로 돌아온 소녀가 별안간 버럭 소리를 지른다.

제발, 그 미안하다는 말 좀 그만해!

그리고 정말, 운다. 펑펑.

윤영은 그저, 그런 소녀를 지켜볼 수 있을 뿐이다.

한참 후

윤영 앞에 놓인 빈 의자엔, 열일곱 살의 윤영이 앉았다.

윤영 대신 침대에 걸터앉은 소녀는 연신 빨개진 눈가를 닦으며 윤영을 바라본다. 실컷 울고 나서인지 정말이지 편안해진 얼굴이다. 빈 의자는 여전히 비어 있었고 소녀가 앉았던 의자는 눈물을 쏟지 않았는데도 축축한 기운이 느껴진다. 윤영은 그만 참지 못하고 자리에서 벌떡 일어서버린다. 그리고 의아해하는 소녀에게 말한다.

"미안한데, 난 무슨 말을 해야 할지 모르겠다."

자리에서 일어난 소녀가 다가와 윤영을 끌어안으며 중얼거린다.

"괜찮아요, 언니……."

도대체 어찌 된 일일까. 조용히 윤영을 부르는 소녀의 목소리만으로 그만 눈물이 쏟아져버릴 것 같은 기분이다. 윤영은 거칠게 소녀의 몸을 떼어낸다. 소녀가 빙긋이 웃는다.

"그래도 해봐요. 평소 하고 싶었던 말을요."

"글쎄, 난 한 번도 이런 식으로 말을 해본 적이 없어."

"그래요? 왜요?"

"싫었으니까. 끔찍하게."

"그럼, 그 말부터 시작해봐요."

윤영은 다시 빈 의자를 앞에 놓고 앉았다. 두근두근 심장이 뛰고 있는 것이 온몸으로 느껴질 정도다. 그러나 그건 심장이 뛰는 소리가 아니다. 마음속 깊이 가두어진 말들이, 내보내 달라고, 밖으로 내보내 달라고 아우성치는 소리다. 윤영의 목소리가 개미 소리처럼 기어든다.

난 항상 네가…… 싫었어…… 아주 끔찍할 정도로……

윤영은 그만 입술을 오므린다. 숨 막히는 긴장이 뇌에 구멍을 내고 관자놀이를 짓누르는 것 같아 도저히 빈 의자를 마주 볼 수가 없다. 도대체 저 빈 의자에 대고 무슨 말을 할 수 있단 말인가. 윤영이 고통스러워하자 소녀가 조심스럽게 끼어든다.

"힘들면 위치를 바꿔봐요. 빈 의자에도 앉아보라고요."

윤영은 어쩔 수 없다는 듯 그렇게 해본다. 그러자 신기하게도 이제 막 자신이 겁에 질린 표정으로 앉아 있는 어린 소녀가 된 듯한 기분에 휩싸인다. 고개를 푹 숙인 채, 교복 치맛자락을 꼭 쥐고, 어떤 거짓말이 자신을 안심하게 해줄 것인지 몹시도 궁리하는 몸짓이다. 소녀 윤영은 그러나, 그 불안한 눈동자에 자신을 다 숨기지 못해 더 불안해 보이기만 한다.

……알아……

이것은 누구의 목소리인 걸까. 윤영은 금방 자신의 입에서 나온 말을 믿을 수 없어 다시 벌떡 일어서서는 자신의 의자로 돌아간다.

안다고…… 다 안단 말이지……

……하지만 네가 아무리…… 날 싫어해도 난…… 여기 있을 수밖에 없어……

그래 그렇겠지, 그래서야…… 널 더 좋아할 수가 없어……

……그것도 알아……

……안다고…… 바보같이…… 그 말밖에 할 줄 아는 게 없어……

어쩔 수 없으니까…… 내 시간은 멈춰 있고…… 어디로도 갈 수가 없어…… 영원히…… 난 그저 널 바라보고…… 널 기다릴 수 있을 뿐이야…… 왜냐면……

왜냐면?

……이런 나도 너라는 사실은…… 변하지 않을 테니까……

변하지 않는다고? 정말 그래……? 무슨 말인지 모르겠어…… 왜 네가 나야…… 아니야…… 그건 싫어……

……그렇구나…… 하지만…… 천천히…… 서두르지 않아도

돼…… 지금까지처럼 난 기다릴 수 있어……

말도 안 돼…… 아직도 난 이렇게 네가 싫은데…… 어떻게 기다린다는 거지……

말했잖아, 어디로도 갈 수가 없다고…… 그리고 그건…… 내 잘못이 아니었으니까…… 난 아무 잘못이 없어……

잘못이 없다고……

응……

윤영은 몇 번이고 일어선다. 그리고 몇 번이고 같은 말을 반복한다. 소녀는 조용히 그런 윤영을 지켜본다. 빈 의자는 빈 의자대로 자리를 옮겨가며 미친 사람처럼 중얼거리는 윤영을 덤덤히 기다려준다. 윤영의 이마에 조금씩 땀이 맺히기 시작한다. 이윽고 목덜미로, 등으로, 허리로 땀이 흐르기 시작한다. 언제인가 모르게 그 미끄러워진 등짝 위로 소녀의 손이 닿는다.

"언니, 언니 괜찮아요?"

소녀의 물음에 윤영은 스스로 놀라 눈을 흡, 떴다가 기어이 눈물한 방울을 떨어뜨린다. 그 눈물에, 어이없음에, 자기도 모르게 털썩 주저앉은 모텔 방은 깜짝 놀랄 만큼 차가웠다. 그 바람에 꽉 막혀 있던 감각들이 활짝 열리며 윤영의 온몸에 구멍을 만들고, 샘을 만들고, 넘치는 눈물들을 밖으로 밀어낸다. 눈으로 코로 입으로, 심지어 귀로. 그것을 꾹꾹 참고 있는 자신의 모습이 영락없이 두려움에 떨고 있는 열일곱 소녀다.

윤영은 빈 의자에 기대 울고 있는 소녀 윤영을 내버려둔다. 이제야 그녀는 열일곱을 넘어 열여덟으로 가는 중이라는 생각이 들어서다. 윤영은 울고 또 운다. 열여덟이 열아홉이 되고 스물이 되고 스물을 넘고 또 넘어 지금 윤영의 나이가 되도록.

더 이상 거짓말은 필요 없을 것이다. 이렇게 울어버린 이상 윤영이 항상 거짓말을 해왔다는 것을 소녀도 심지어 윤영 자신도 다 알아버렸기 때문이다.

얼마나 시간이 지난 것일까.

소녀가 한껏 구부러진 윤영의 등을 어루만지며 묻는다.

"세상에, 이제 다, 울었어요, 언니?"

한밤. 소녀는 하얀 침대 위에 꼼짝없이 누워 있다.

다시 욕실에 들어가 온몸을 씻고 나온 윤영은 말없이 그 옆에 눕는다. 단 몇 시간 사이 소녀도 윤영도 진이 다 빠져버린 상태라 굳이 집으로 돌아갈 생각이 없다. 소녀가 말없이 누워 있는 윤영의 손을 잡아끈다. 몹시 따뜻하다.

"이런 걸 어디서 배웠니?"

아까보다 한참 차분해진 윤영이 소녀의 손을 슬며시 맞잡으며 묻는다.

"예전에요. 제게 처음 연기를 가르쳐준 교수님의 첫 수업 시간이었죠. 각자 돌아가며 자기소개를 하자마자 교탁을 치우더니 빈 의자 한 개를 놓고 거기에 앉아 자기에 대해, 자기 가족에 대해, 자기의 경험에 대해 뭐든 이야기해보라고 했어요. 모두들 고개를 갸웃거렸죠. 당연히 장난스러운 마음도 들었고요.

그런데 그게 아니었어요. 처음에 장난스럽게 자기 이야기를 시작한 사람들이 차츰 진지해지더니 말하다가 울고, 저는 정말이지 배우가 되고 싶은데 집안의 반대가 만만치 않다는 이야기를 하다가 그만 통곡하고 말았어요. 왜 그랬는지 몰라요. 그 정도 고민 없는 사람이 어디 있다고. 그만한 고난은 고난 축에도 못 끼는 것이었는데 말이에요.

이상한 일은 그다음이에요. 살다가 뭔가 답답한 일이 생기거나 누구에겐가 화가 났을 때 종종 전 그때의 빈 의자를 생각하며 나도 모르게 중얼거리게 되었다는 거예요. 그러고 나면 한결 마음이 편안해지고, 죽어도 이해 못 할 것 같은 사람도 그 사람 나름 이유가 있겠구나 하는 생각에 너그러워지기도 하고. 문제가 어떻게 해결되든 그것과 상관없이 마음의 여유가 생겼어요. 기다릴 줄도 알게 되고. 무엇보다 나에게 상처를 줄 수 있는 사람은 오직 나 자신뿐이라는 걸 알게 되었어요.

그걸 알고 나니 문득 내 자신을 그만 괴롭혀야겠다는 생각이 들더라고요. 사랑하고 쓰다듬고 아껴주고 싶은 마음도 들었어요. 마음도 몸도 세상에 단 하나, 유일한 내 것이니까요. 유일할 뿐 아니라 꽤 쓸 만한 방패인 내 몸과 마음에 일부러 생채기 낼 필요는 없잖아요? 어떻든 힘들 때 마음을 다스릴 수 있는 유용한 방법이었던 것 같아요."

"그랬구나. 나도 좋았어."

윤영이 천장을 응시하며 조용히 말한다.

"다행이에요. 그리고……."

"응?"

"함께 있어줘서 고마워요."

윤영은 소녀의 손을 더 힘껏 그러쥔다. 그 순간 소녀가 갑자기 윤영의 손을 뿌리치며 윗몸을 일으킨다. 그러고는 몸을 돌려 누워 있는 윤영을 빤히 바라본다.

"그런데요……."

"어?"

"아까부터 말하고 싶은 게 있었어요."

"뭔데?"

윤영이 묻자 소녀는 거꾸로 입을 다문다. 그러더니 자못 심각한 표정으로 입술을 앙다문 채 음, 음, 하면서 웃기만 한다.

"그만 망설이고 말해봐. 어서."

"언니 가슴 진짜 예쁘다. 내 건 너무 작아서 고민인데 나중에 성형해줄 거죠?"

윤영이 놀라 몸을 일으키자 소녀는 까르르, 웃음을 터트리며 침대 위를 데굴데굴 굴러간다.

"지금 네 가슴이 더 예뻐. 진짜야."

"피이, 언제 봤다고요?"

"그래? 그럼 어디 보여줘봐."

윤영이 정말 소녀의 셔츠를 벗길 듯이 달려들자 소녀는 가슴을 가리며 저만치 달아난다.

"어머, 싫어요."

장난을 치다가 웃다가, 누구랄 것 없이 스르르 잠이 든 시간은 12시다. 삼십 분쯤 선잠이 들었다 깬 윤영은 그대로 눈을 감은 채 소녀의 숨소리를 듣는다. 침대 위에 켜진 미등만 조용히 제 존재를 드러내며 두 사람이 누워 있는 방 안을 따뜻이 감싸준다. 윤영은 누운 채로 그 불빛이 비추고 있을 소녀의 몸을 상상해보다 불현듯 눈을 뜬다. 그 몸을 자세히 보고 싶다는 참을 수 없는 충동이 윤영의 몸을 일으키고 팔을 들어 올린다. 그러나 선뜻 팔은 앞으로 나가지 못하고 소녀의 몸 위에서 멈칫거린다.

보고 싶어.

윤영은 아쉬운 듯 혼잣말을 내뱉는다. 바로 그때였다. 윤영의 중얼거림을 들은 듯 뒤척이던 소녀가 부스스 눈을 뜬다. 그러고는 천장을 향해 곧게 누워 있던 몸을 돌리며 자연스럽게 따라온 한쪽 팔을 툭, 윤영의 허리 위에 떨어뜨려 놓는다. 아주 잠시 윤영을 올려다보며 멋쩍게 미소 짓는다. 그러나 정말 몹시도 졸린 모양인지 소녀는 금방 눈을 감고 만다. 엄마 품속에 잠든 아기처럼 평온하고 두려움 없는 표정이다. 그래서 더욱 아름답고 자연스럽다. 윤영은 멍해진다. 다시 누워야겠다는 생각이 들었지만 소녀가 깰까 봐 걱정스럽다. 그러자 자는 줄 알았던 소녀가 눈을 감은 채 묻는다.

"왜 안 자요?"

그때서야 윤영은 어정쩡히 놓여 있던 자신의 팔로 소녀의 어깨를 쓰다듬기 시작한다. 소녀가 반사적으로 몸을 웅크린다. 새벽이 되도록 윤영은 그런 소녀의 머리부터 발끝까지 바라보고 또 바라본다. 세영이라고 했던가. 장례식장에서 얼핏 들은 적 있는 소녀의 이름을 가만히 떠올려보다가 윤영은 문득 웃음을 터트린다. 세영, 어찌 된 일인지 우리는 이름 끝 자가 같구나……

밝은 아침빛이 서서히 창틈에 스며들 무렵이었다.

윤영이 깜빡 잠이 들었다 눈을 떴을 때 소녀는 더 이상 보이지 않는다. 대신 머리맡 탁자에 소녀가 적어놓고 간 메모가 놓여 있다.

제 전화번호예요. 한세영. 010-○○○○-○○○○. 저장해주시면 감사. 가끔 뭔가 얘기하고 싶을 때 전화해도 되죠?

그럼, 당연하지.

윤영은 자기도 모르게 혼자 그렇게 중얼거리고는 태연히 카운터에 들러 초과 요금을 지불하고 모텔을 빠져나온다. 마음속 깊은 곳어딘가 꾹꾹 눌러져 있던 쓰레기통을 비운 듯 개운하고 상쾌한 기분이다. 꼬박 하루 소녀와 시간을 보낸 것일 뿐인데 어제와 이토록 다른 아침이라니 놀랍기만 하다. 윤영은 모처럼 가슴을 열어 선선한 초가을의 아침 공기를 마음껏 들이마신다. 세상에 이렇게 간단한 거였어? 가볍고 경쾌해진 기분을 낯설게 느끼며 윤영은 중얼거린다.

웬일이세요? 하고 묻는 기자의 목소리엔 반가움과 의혹이 반쯤섞여 있다. 소녀를 만난 후 마음이 급해진 윤영은 그런 기자의 반응을 무시하고 대뜸 연예기획사 사장이 되었다는 남자의 연락처부터묻는다. 다행히 아주 눈치가 없는 과는 아닌 모양이다.

얼마 전 서치맨을 통해 알게 된 남자가 문자를 보내온 건, 윤영이콧노래까지 흥얼거리며 막 자동차에 올라 시동을 건 순간이었다.

찾았습니다. 그놈요.

핸들을 쥐고 있던 윤영의 손에 자연스럽게 힘이 실린다. 모든 것이 한곳을 가리키고 있다는 기분 좋은 확신과 함께 두려움도 몰려들었지만 윤영은 계속 앞으로 나가보기로 한다. 여기까지 온 이상 아무것도 하지 않는다는 것은 지금까지의 자신을 그대로 방치하겠다는 의미였으므로.

아침의 옅은 안개를 밀어내며 차는 서서히 도시의 아침 속으로 미끄러진다.

19
되돌려주다

……SIK 엔터테인먼트, 탄탄한 재력을 바탕으로 초단기간에 국내 굴지의 연예기획사로 성장. 올해 초 소속 연예인 지망생에 대한 성추행 건으로 약간의 잡음이 있었으나 사실 무근의 해프닝으로 마무리, TV와 브라운관을 넘나드는 다양한 스타들을 배출한 회사답게 유명세를 톡톡히 치름. 최근까지 아시아 전역에서 활발한 활동을 펼쳐왔던 아이돌그룹 G의 미국 진출 또한 성사시킴으로써 잇따른 주목을 받고 있음. SIK의 이 같은 성공에 결정적 역할을 한 심종태 대표는 큰 키에 호남형으로 부유한 집안에서 좋은 교육을 받고 자랐음. 수많은 연습생들의 사생활까지 세밀하게 살피고 필요한 지원을 아끼지 않는 따뜻한 성격의 소유자로 알려짐……

듣던 대로 남자의 키는 평균 이상이다. 유행을 따르고 싶었던 듯 나이에 어울리지 않는 숏컷 파마가 두둑한 뱃살과 전혀 어울리지 않는 것을 빼면 옷차림도 준수하고 천천히 옮기는 걸음걸이에는 성공한 사람의 자신감이 물씬 묻어난다. 유럽풍의 산뜻한 테라스가 일품인 호텔 레스토랑. 윤영은 그때까지 선글라스를 벗지 않은 채로 남자의 움직임을 꼼꼼히 살펴본다. 웨이터에게 뭔가를 묻던 남자는 곧 어렵지 않게 윤영을 찾아낸다. 그때서야 윤영은 선글라스를 벗고 조심스럽게 자리에서 일어나 남자를 맞는다. 다섯 번이 넘는 통화 끝에 이루어진 만남이니 만큼 이 정도 예의는 기본 중의 기본이다.

"아, 만나서 반갑습니다."

전화로 들었을 때보다 실제로 듣는 남자의 목소리에는 낯익고도 먼 시간의 흔적이 묻어 있다. 달라진 게 있다면 소년에서 남자로 옮겨오는 동안 목소리도 진화하여 예의 바름이라는 교묘한 외피를 뒤집어쓰고 있다는 점일 테다.

"자, 그쪽도 앉으시죠."

웨이터가 빼준 의자에 먼저 앉은 남자가 윤영의 위아래를 훑어보며 말한다. 사업상 이런 자리는 익숙하다는 듯 자연스러운 몸짓이다. 남자는 서론을 생략하고 곧바로 본론으로 들어간다.

"성형외과의시라구요. 일의 특성상 우리야 친해져서 나쁠 것 없는 분들이시긴 한데 이렇게 직접 의사선생님이 나오는 경우는 처음이라 좀 낯설군요. 어쨌든 이렇게 뵙게 되었으니 구체적인 이야기를 들어보도록 하죠."

어련하시겠어요. 윤영은 입가에 엷은 웃음을 띠며 고개를 끄덕인다. 다행인지 불행인지 남자의 안색 어느 구석에도 한때 여동생이었던 심희진 씨의 죽음을 애도하는 흔적은 없다. 이 세상 누군가 자기 때문에 죽었다는 사실도, 죽을 수도 있다는 사실을 모르는 태연한 얼굴. 윤영은 남자의 지극히 사무적인 표정에서 타인의 고통에 대해 단 1%도 이해할 수 없는 철면피의 차가움을 읽어낸다. 하지만 아직은 이른 때, 딜을 제안하는 자의 나긋한 자세를 유지하기 위해 윤영은 다시 한번 부드러운 미소를 입에 문다.

"구체적인 이야기랄 것도 없이 간단합니다. 서로 윈-윈 할 수 있는 제안이니까요. 일의 특성상이라고 하셨나요. 잘 아시겠지만 일의 특성을 운운하지 않더라도 성형은 요즘 시대의 자연스러운 현상이라고 할 수 있죠. 그런 사람들보다 좀더 특별해지고 싶은 예비 스타들에겐 더더욱 그럴 테고요. 오죽하면 신인류라는 말이 등장했을까요. 다행히 저희 병원은 예비 스타들의 그런 무한한 욕망을 채워줄 수 있는 병원이고 사장님께서 소속 연예인들의 성형을 우리 병원에 맡겨주시기만 한다면 SIK는 한층 업그레이드된 자원을 보유한 회사가 될 수 있을 것입니다. 물론 최대한 저희 병원을 추천하시겠다는 약속을 전제로 저렴한 비용을 보장해드리겠습니다. 덩달아 저희 병원을 홍보할 수도 있는 일이니까요."

"저렴한 비용이라……."

닥터 안이 들으면 기겁을 할 제안이지만 윤영의 입에선 술술 거짓말이 잘도 나온다.

"나쁘지 않은 제안이군요. 그렇게만 된다면야 우리도 나쁠 게 없겠군요. 그렇지 않아도 실력은 되는데 얼굴이 안 되는 연습생들이

제법 있으니 말이죠. 그런데 뭘 믿고 나더러 당신의 제안을 받아들이라는 것입니까?"

남자는 의구심이 가득한 표정으로 윤영을 바라본다. 뭘 믿고…… 라니? 네 스스로 감을 믿는 거지. 왜 뭔가 의심스러워? 그렇게까지 신중한 척할 필요는 없어. 어차피 이 계획이 그대로 실행되는 일은 없을 테니까. 윤영은 속으로 중얼거리며 재빨리 응수해준다.

"비록 삼 년의 짧은 역사를 가지고 있지만 그동안 저희 병원을 거쳐 간 케이스들이 상당합니다. 그 유명세를 타고 최근 저희 병원으로 TV프로그램 출연 섭외가 들어올 정도였으니까요. 여기 혹시 참고가 되실까 하여 자료들을 가져왔으니 천천히 살펴보세요."

준비해온 자료 사진들을 꺼내 놓으며 윤영은 상체를 약간 숙인 채로 남자를 올려다본다. 그 바람에 깊게 파인 원피스 위의 가슴골이 시원하게 드러난다. 자료를 받아 들며 윤영과 살짝 손이 스친 남자가 그런 윤영을 힐끗 쳐다보았다가 다시 시선을 탁자로 가져간다. 윤영은 그사이 잔상처럼 남은 남자의 흔들리는 눈빛을 예리하게 포착한다. 묘한 기분이 든다. 꿈에도 마주하고 싶지 않았던 존재를 이런 식으로 대면하고 있으리라곤 상상해보지 못한 탓이다. 하지만 거꾸로 너무 오래 걸렸다는 생각이 드는 것도 어쩔 수 없다. 한 사람의 얼굴을 마주 볼 수 있기까지 이십여 년의 세월이 흐른 셈이었으니.

"그런데 상당히 미인이시군요."

한참 자료를 살펴보던 남자가 고개를 들더니 애매한 웃음을 흘리며 중얼거린다. 윤영은 짐짓 남자의 추파를 모른 척한다. 물론 이건 의도적인 제스처다. 추파를 앞세워 여자를 정복하려고 드는 남자일수록 거절하는 여자에게 매력을 느끼는 것과 같은 이치라고나 할까. 다만 지금 이 순간 윤영의 마음은 지극히 단순하다. 남자의 마음에 당겨진 작은 불씨가 큰 불길이 되어 남자를 통째로 집어삼킬 때까지 극도의 인내심을 발휘해야만 한다는 것. 그것만이 바로 지금 상대방이 착각하기 좋을 만큼 애매한 미소를 흘리며 남자를 상대하는 이유였다.

"사진들이 마음에 드셨나 보네요. 그럼 오늘 대화는 잘 마무리된 것으로 생각해도 될까요?"

남자가 말없이 고개를 끄덕인다. 그러고는 그런 일쯤 어떻게 되든 상관없다는 듯 물끄러미 윤영을 바라본다. 일 분, 이 분, 그리고 삼 분. 뭔가를 탐색하듯 윤영의 얼굴을 이리저리 뜯어보고 나서 불쑥 묻는다.

"어떻게 공부를 하셨을까?"

"네?"

"그런 얼굴로 말이에요. 의사가 되려면 족히 십 년은, 아니 되고 나서도 계속 공부해야 한다고 알고 있는데 아까워서 말이죠."

혹시나 했는데 역시나. 사람은 변하지 않는다. 반성이 없는 한 점점 나쁜 쪽으로 진화할 뿐이다. 윤영이 말없이 미소를 삼키자 남자는 더 흥에 겨워진 듯 제 자랑을 늘어놓는다.

"십 년만, 아니 이십 년만 일찍 우리가 만났더라면, 좀 다른 인생을 살 수 있었을지도 모르잖아요. 아니 뭐 의사가 별 볼일 없다는 건 아니니 오해는 하지 마시고, 내가 이 손으로 키워낸 스타가 제법 많다는 뜻일 뿐이니 이해하시기 바랍니다. 각자가 사는 방식은 각자가 정하는 것이겠지만 아름다운 여자가 과도한 노동을 하는 것을 보면 왠지 안쓰럽다는 생각이 먼저 들어서 말이죠. 미모와는 거리가 먼 여자들 얼굴이며 몸 구석구석 뜯어고치는 일이 어디 쉬운 일이겠어요. 하긴 요즘 남자 녀석들도 성형은 기본이라고 합니다만. 아무튼 상당한 미인이세요. 실례지만 나이가 어떻게 되시죠?"

갑자기 나이는 또 왜? 스스로 묻고 긴장하는 동안 웨이터가 와서 물을 더 따라주고 간다. 저 물잔을 쏟아버리고 싶다, 고 윤영은 생각한다. 물잔을 셔츠에 쏟아부어 저놈의 가슴팍을 확인하고 싶다고 윤영은 생각한다. 오래전 어느 날 스치듯이 본 적 있으나 캄캄한 어둠에 가려져 어느덧 희미해져버린 그 흉터 자국을 확인해볼 수만 있다면. 윤영은 웃으며 기다린다. 방금 전 받은 칭찬이 마음에 들었음을 드러내는 미소를 보이며 만족스러운 목소리로 대답해준다.

"대표님 마음대로 짐작하세요. 생각지도 않은 칭찬을 들어서인지 저는 굳이 나이를 밝혀 대표님을 실망시켜드리고 싶지는 않네요."

"그런가요?"

혼자 되묻고 나서, 남자가 호탕하게 웃는다. 윤영의 맞장구에 기분이 좋아진 모양이다. 윤영은 그때를 놓치지 않고 남자에게 밥을 산다고 해본다. 오늘 제안을 받아준 데 대한 감사의 마음과 방금 전까지의 칭찬을 핑계로 둘러댄다.

그런데 웬일일까. 갑자기 표정이 굳어진 남자가 윤영을 찬찬히 살펴보기 시작한다. 마치 윤영의 얼굴 어느 구석엔가 의심할 만한 수상한 흔적이 없는지 살피는 눈치다. 설마 뭔가를 눈치챈 건 아니겠지. 윤영은 탁자 밑에 놓인 스커트 자락을 움켜쥔다. 그사이 남자의 눈은 스캐너처럼 윤영의 위아래를 재빠르게 훑어 내린다. 처음과 달리 용의주도해 보이면서 어떤 상대라도 위압감을 느낄 만큼 경계심이 가득한 눈빛이다. 날 함부로 대했다간 큰코다치게 될 거야. 당신, 내 앞에서 뭘 감추고 있는 거지? 하고 집요하게 묻는 눈빛.

윤영은 차분히 남자의 눈빛을 받아낸다. 입술 끝에 걸어놓은 연막 같은 미소를 놓치지 않기 위해 속으로 안간힘을 쓴다. 천만다행으로 남자의 기억력은 과거의 먼 시간에 닿지 못하고 윤영의 미소 앞에 부서진다. 잠시 동안 윤영에게 보여주었던 날카로운 눈빛을 거둔 남자가 어깨를 으쓱하며 말한다.

"고마운 제안이군요. 하지만 지금은 좀 바빠서. 내가 꼭 가봐야 하는 광고 촬영이 있어요."

어쩌면 남자를 너무 쉽게 생각한 걸까. 윤영이 아차 싶은 기분을 억누르며 할 말을 찾는 사이 다시 남자의 목소리가 들려온다.

"하지만 혹시 저녁에 시간이 되신다면 와인이나 한잔하죠."

영리하게도 남자는 나른한 오후가 아닌 밤을 선택한다.

다시 한 번만, 마지막으로.

지난번에 애송이를 상대로 실험했던 GHB의 남은 분량을 백에 담고 소중히 버클을 채운 뒤 집을 나서며 윤영은 중얼거린다. 차라리 비가 왔으면 좋으련만. 남자가 보기 좋게 속아 넘어가줄까. 무사히 그를 호텔 방까지 유인할 수 있다면 반은 성공이라고 할 수 있을 텐데.

밤이 다가올수록 초조해진 마음 탓인지 누군가와 얘기를 하고 싶다는 생각이 간절해진다. 충동적으로 전화번호를 눌러보지만 세영의 전화기는 꺼져 있다. 7시면 아직 이른 저녁인데. 고개를 갸웃거리며 윤영은 차를 출발시킨다. 그러나 몇 미터 가지 못하고 다시 길가에 차를 댄다. 그리고 핸들에 얼굴을 묻은 채 심호흡을 한다. 신경이 곤두서 목구멍으로 숨을 토해내는 일만으로도 에너지가 온통 소모되는 느낌이다. 차창을 내리고 바깥 공기를 한껏 들이마셔 보아도 별로 나아지는 것이 없다. 그때 마침 윤영의 휴대폰으로 세영의 전화번호가 뜬다.

"여보세요?"

윤영은 문득 목이 멘다. 열일곱 나이답지 않은 세영의 차분하고 영리한 눈동자가 그릴 듯 그려진다.

"여보세요. 언니?"

"그래, 나야."

"갑자기 전화를 다 주시고, 무슨 일 있으세요?"

"아니 그런 건 아니고, 그냥 한 가지 궁금한 게 있어서."

윤영이 조심스럽게 묻는다.

"저기, 아버지 말이야. 아직 경찰서에 불려 다니시니?"

"아뇨. 그냥 몇 번 조사를 받으시긴 했지만, 지금은 집에 계신 걸로 알고 있어요."

"알고 있어요? 그렇담 너는, 집에 안 들어간단 말이니?"

"네, 그냥 외할머니 댁에."

"왜?"

"그냥요. 여기가 편해서죠. 엄마의 엄마니까 엄마 같은 느낌도 들고. 아버지도 혼자 있을 시간이 필요한 것 같아서요. 그런데 언니야말로 왜 그렇게 캐물으시는데요?"

"아니야. 그냥. 혹시……, 혹시 말이야."

"네."

갑자기 세영의 음성이 가라앉는다.

"지난번 네가 한 말. 아버지와 아무 일 없었다는 말. 믿어도 되는 거지?"

"아이 참. 언니도. 그렇다니까요. 경찰에도 이미 그렇게 진술했다니까요."

세영은 마치 일부러 그러기라도 한 듯 밝게 소리친다. 그때서야 윤영은 크게 안도한다.

"그래. 하지만…… 혹시 그런 일이 있었다고 해도……."

윤영이 잠시 말을 멈추었지만 세영은 아무런 대꾸가 없다.

"그건 절대 네 잘못이 아니야. 그치?"

"당연하죠. 그걸 말이라고 해요?"

이번에 윤영은 진심을 다해 한 번 더 강조해준다.

"그건 엄마도 마찬가지야. 그치?"

역시나 세영은 거침이 없다.

"그것도 당연한 거고요."

"그래. 그렇담 하나 부탁해도 돼?"

"뭔데요?"

"엄마 일기 말이야. 나한테도 보여줄 수 있어?"

이번에 세영은 바로 대답하지 않는다. 잠시 침묵이 흐른다. 한참 만에 세영이 대답한다.

"네. 하지만 지금 말고 나중에요. 나중에 언니가 지금보다 좋아졌다고 생각될 때, 그때 보여드릴게요. 그래도 되죠?"

윤영이 반문한다.

"내가 지금 좋지 않다고 누가 그랬어?"

"세상에! 시치미 떼시긴. 지난번에 그렇게 울어놓고서는."

할 수 없이 윤영은 한 발 뒤로 물러난다. 그래 알았어, 하고 윤영이 전화를 끊으려 하자, 세영은 덧붙인다.

"당분간 외할머니 댁에서 학교랑 연기 학원 다니다가 연극영화과가 있는 대학교에 진학해보려고요. 제때에 해야 할 일을 못하고 건너뛰었다가 나중에 후회하게 될까 봐. 쉽지 않을 거라는 건 알지만, 뭐든 내가 나를 위해 할 수 있는 건 해봐야죠! 그러다 가끔씩 빈 의자가 생각나면 전화해도 되죠?"

"당연하지."

"고맙습니다!"

명랑하게 전화를 끊는 세영의 목소리를 들으며 윤영은 다시 자동차의 시동을 건다. 잠시나마 기운이 충전된 것 같은 기분 좋은 느낌이 윤영의 몸을 경쾌하게 감싸준다.

차머리는 어느새 남자와의 저녁 약속 장소로 향해 있다.

차가 막히진 않을까. 시원하게 뚫린 차도를 기대하며 윤영은 액셀을 밟은 발에 힘을 준다.

눈을 뜨자 조용한 클래식 음악이 흐르는 엘리베이터 안이다. 통유리로 비치는 도시의 야경은 화려하고 밤인데도 시야는 티끌 하나 없이 맑다. 그러나 먼 기억 속을 헤매는 윤영의 귓가엔 한 뭉텅이 구름이 한 장소에 멈추어 쏟아붓는 빗소리가 가득하다. 캄캄한 밤, 늘 그렇듯 성난 빗줄기에 여기저기 구멍이 난 아스팔트 위로는 붉은 핏자국이 선명하다. 조금 전까지 남자와 나누어 마셨던 레드 와인의 빛깔처럼.

엘리베이터를 타고 호텔 룸으로 올라오기 전 이미 취한 남자는 모든 게 귀찮다는 듯 손에 쥐고 있던 양복 상의를 침대 위로 집어던진다. 그러고는 냉장고에서 꺼낸 물병을 통째로 들고 턱을 치켜든 채 벌컥벌컥 마셔댄다. 고작해야 한 시간, 함께 와인을 마신 것뿐인데 남자의 눈은 벌써 반쯤 풀려 있다. 몸을 가누기 힘이 드는 듯 침대에 걸터앉아 윤영을 올려다보는 남자의 눈가는 실망의 그림자가 여실하다. 취기 때문에 아랫배에 들끓었던 욕망을 채울 수 없게 된 것이 몹시도 억울한 모양이다. 그것이 술기운이 아닌 약기운 때문임을 알 리 없는 남자가 머리를 흔들며 중얼거린다.

"내가 원래 이런 사람이 아닌데, 이상하게 오늘은 빨리 취하는군."

윤영은 다소곳이 남자 앞에 선 채로 남자의 머리통을 끌어안고 쓰다듬어준다.

"괜찮아요. 한숨 푹 자요."

"자기는?"

남자가 간신히 한 팔을 들어 윤영의 허리춤을 붙들려다 포기하며 몽롱한 표정으로 묻는다. 안, 갈, 거……지? 미처 말을 마치지 못한 남자가 침대 위로 쓰러진다. 말 잘 듣는 착한 아이처럼 반듯이 등을 대고 누운 자세다. 그때서야 윤영은 기다렸다는 듯 침대에 엉덩이를 걸치고 앉아 남자의 셔츠를 풀어 가슴에 박힌 흉터를 확인한다.

있다. 그것은 당연한 듯 그 자리에 있다. 오래전 어느 날 빗길에 쓰러진 여학생이 발버둥을 치며 잡아 뜯었던 남학생의 교복 안쪽 가슴에 점처럼 박혀 있던 작은 흉터가. 아무리 시간이 지났어도 지워지지 않는 이 사내만의 표식이. 약기운이 퍼진 남자는 여전히 미동 없이 눈을 감고 있다. 윤영은 그런 남자의 얼굴을 노려보며 떨리는 목소리로 중얼거린다.

"당연히 안 가죠. 이 시간을 얼마나 기다렸는데. 당신은 그냥 푹 자면 되고, 난…… 할 일이 있어. 당신이 좀 기분 나빠질 수도 있겠지만 참아야 할 거야. 잠깐이면 끝날 일이니까. 물론 당신이 내게 아주 잘 협조해준다는 전제하에서 말이지. 어려운 일은 아니야. 그냥 잠깐 내가 들려주는 옛이야기 한 편을 듣고 그 이야기의 주인공이 누구였는지 알아맞히면 돼. 어때, 쉽겠지? 내 생각이 맞다면 당신은 아마 쉽게 문제를 해결할 수 있을 거야. 영리한 사람이니까. 지금까지 수없이 많은 사람들의 눈을 속여왔잖아. 덕분에 아무도 당신을 알아볼 수 없었어. 그것도 모르고 이제껏 속아온 사람들은 무슨 죄냐고…… 응? 그러니 너무 불쾌해할 필요는 없어. 당신은 겨우 이제야 그 기분을 되돌려받는 것일 뿐이니까. 아무튼 지금부터 내가 당신을 좀 만지려고 해. 조심조심 당신의 몸을 침대 아래로 내려놓고 두 팔을 탁자에 묶을 거야. 혹시나 자유로운 두 다리로 뭔가를 걷어차면 안 되니까 두 다리 또한 침대에 묶어둘 생각이야. 덩치가 있으니 좀 힘들겠지만 그 정도쯤이야 참아야겠지. 미리 말해두지만 힘으로 어떻게 해볼 생각은 안 하는 게 좋을 거야. 당신 뼈만 으스러지게 될 테니까. 당신이 움직일 수 있는 건 오직 그 혀, 비 오는 날 밤 길 가던 여학생을 겁주고 모욕했던 그 혀뿐이란 걸 명심해."

고이 잠든 남자의 사지를 침대와 탁자에 묶고 윤영은 기다린다. 아쉽게도 시간은 더디게 흐른다. 정확히 몇 시간 후 남자가 깨어날 수 있을지 알 수 없다. 애송이를 상대로 실험할 때만 해도 이런 시간이 기다리고 있으리라곤 예상하지 못한 탓이다. 인터넷 판매자의 말대로라면 약기운이 인체에서 빠져나가는 데 걸리는 시간은 이십사 시간, 꼬박 하루다. 그사이 사업상 바쁜 남자를 누군가 찾기라도 한다면? 불현듯 걱정에 휩싸인 윤영은 남자의 재킷 주머니를 뒤져 휴대폰을 빼낸 뒤 배터리를 뽑아둔다. 동시에 자신의 휴대폰 또한 진동 모드로 바꿔놓는 걸 잊지 않는다. 푹 자고 일어나면 남자의 의식도 그만큼 명료해져 있으리란 기대만으로도 온몸의 생기가 돈다. 모름지기 원수 같은 상대일수록 이성적 대화를 필요로 하는 법이었으니까. 그때를 위해 윤영은 잠도 자지 않을 생각이다.

으으으으……

혹시나 했는데 역시나다. 판매자의 설명은 과장이었다. 죽은 듯 잠을 자던 남자가 깨어난 시간은 정확히 일곱 시간 후, 아직 어둑한 새벽 무렵이다. 윤영은 의자에 앉은 채로 남자의 몸이 의식과 함께 뒤틀리며 깨어나는 모습을 지켜본다. 눈을 가리고 있지만 온몸이 결박당했다는 것을 깨달은 남자의 얼굴이 창백해진다. 그때서야 윤영은 비로소 남자가 자신의 존재를 기억할 수 있도록 흠흠, 헛기침을 뱉어준다. 불행인지 다행인지 남자는 바로 몇 시간 전까지 자기, 라고 불렀던 여자의 존재를 기억하지 못한다. 충격 때문일까.

"여, 여보세요? 거기 누구 없어요? 누가 있는 게 맞다면 말 좀 해봐요!"

윤영은 의자에서 일어나 남자 가까이 다가간다.

"진정해. 여긴 어젯밤 당신이 직접 체크인을 하고 들어온 호텔 방이고 난 그때까지 당신의 팔짱을 끼고 있던 사람이야. 기억하는지 모르겠지만 함께 들어와서 먼저 잠들어버린 건 당신이고 난 지금까지 당신을 기다려준 거지."

차분하고 낮은 윤영의 목소리에 안도감을 느낀 것인지, 남자가 다소 진정된 목소리로 묻는다.

"어젯밤이라면, 의사 선생?"

"맞아. 기억력이 나쁘지 않은 걸 보니 다행이네. 난 오늘 네게 듣고 싶은 말이 아주 많거든."

남자가 입술을 깨문다. 그리고 한번 크게 숨을 들이쉰 다음 낮은 목소리로 말한다.

"무슨 말을 하는 건지 모르겠지만 이것부터 풀고 말하지. 보다시피 내 꼴이, 이게……"

"그건 안 돼. 넌 움직일 수 없어. 말했듯이 넌 그냥 내가 묻는 말에 대답만 하면 돼. 세 치 혀를 굴리는 데 설마 다른 신체의 도움이 필요한 건 아니겠지?"

그때서야 남자는 비로소 상황이 파악된 모양이다. 황당할까? 아니면 당황스러울까? 자신의 삶을 돌아보고 뉘우쳐본 적이 없을 테니 뭐가 뭔지 알 수 없는 기분일 것이다. 그러니 이렇게 소리를 지를 수밖에.

"이, 이것 봐요. 당신 뭐야? 당신 지금 큰 실수를 하고 있는 거 알아? 겁도 없이 감히 내가 누구인 줄 알고!"

큰 실수라는 남자의 말이 윤영의 비위를 심하게 거스른다.

"실수? 큰 실수라고? 웃기지 마. 과거에 네가 저지른 짓에 비하면 이 정도는 아무것도 아니니까. 겨우 몸이 조금 불편한 걸 가지고 그렇게 엄살을 떨다니 실망인데."

과거라는 말 때문이었을까. 남자는 입을 다물고 꼼짝하지 않은 채로 침묵을 지킨다. 그리고 잠시 후 혼란스러운 목소리로 묻는다.

"우리가, 서로 아는 사이인가?"

알지. 그것도 아주 잘. 남자는 그렇게 말하고 나서 뭔가를 생각하는 척한다. 기억을 잃은 드라마 속 주인공이라도 되고 싶은 것인지 입술을 깨문 채로 깊은 한숨을 내쉰다. 이 순간 저 더러운 눈에 스치는 낭패와 불안감을 똑똑히 눈에 담아둘 수 있으면 좋으련만. 윤영은 작심한 듯 손을 뻗어 남자의 눈을 가렸던 가리개를 풀어준다. 남자의 동공이 크게 벌어진다. 왜, 그때와 상황이 반대가 되니 이제야 생생히 떠올라? 윤영은 차근차근 오랫동안 꼭꼭 닫아두었던 과거의 악몽 속으로 걸어 들어간다. 여기까지 온 이상 더 시간을 끌 필요는 없을 것이다. 조금이라도 빨리 남자에게 자신이 누구인지 이해시키고, 오랫동안 마음속에 품어온 질문을 하고 싶을 뿐이었다.

"비가 많이 내렸던 날 밤이었어. 난 열일곱이었고 너희들은 나보다 한 학년 위였으니 열여덟이었을 거야. 야간자율학습이 늦게 끝났고 나는 무척 피곤했어."

"너, 너는⋯⋯."

그때서야 잊었던 기억이 떠오르는 모양이다. 남자의 얼굴이 하얗게 질린다. 그 얼굴을 보니 다시금 분노가 치솟는다. 몸 어딘가로부터 뜨거운 열기가 올라와 윤영의 얼굴을 붉게 물들인다. 하지만 말해야 한다. 하나도 남김없이 다 말해야 한다. 그리하여 남자에게 고스란히 자신이 고통스럽게 기억하고 있는 말들을 돌려주어야 한다. 그것만이 찰거머리처럼 자신의 생에 붙어 떨어지지 않은 과거의 어두운 기억으로부터 스스로를 건져낼 유일한 방법이었다. 윤영은 자꾸만 잠겨드는 목구멍에 억지로 침을 삼켜 넣으며 말을 잇는다.

"그깟 시험이 뭐라고. 어떻게든 중간고사의 성적을 올려보겠다고 학교에 늦게까지 남은 게 내 실수였어. 매일 같이 다니던 길동무를 먼저 보내는 게 아니었는데. 집으로 돌아가는 길에 우산을 씌워주겠다던 남자애들 중 누군가 내 등을 떠밀었어. 너니?"

"아니야!"

반사적으로 남자는 소리친다. 묶인 사지를 버둥거리면서 어떻게든 부인해보려고 애를 쓴다. 하지만 뜻대로 되지 않을 것이다. 윤영은 놀람과 당혹, 부정하고 싶은 욕망과 두려움으로 보기 흉하게 일그러진 남자의 얼굴을 쏘아보며 말을 계속한다. 남자의 눈이 눈에 띄게 흔들린다. 겁에 질린 그 모습이 나쁘지 않다고 윤영은 생각한다.

"그리고 모든 일이 약속이나 한 것처럼 순식간에 일어났어. 먹이를 앞에 둔 짐승들처럼 너희들이 앞을 다투어 내 살을 물어뜯는데도 아무런 저항을 할 수도 없었어. 너희들은 여럿이었고 나는 혼자였으니까. 너무 정신이 없어서 나는 아무것도 느낄 수 없었어. 지금 무슨 일이 일어나고 있는지, 내가 아픈 건지, 내가 어떻게 해야 하는지 아무것도 알 수 없었지만 그날 밤 너희들이 낄낄대며 지껄였던 말들은 똑똑히 기억해."

하고 나서, 윤영은 그 말들을 그대로 남자에게 돌려준다.

"아 씨발, 재수 없으려니까!"

"뭐야? 생리 중이야?"

"어쩌지?"

"어쩌긴 뭘 어째? 빨리 해. 새끼야!"

윤영의 말이 이어지는 동안 남자는 입술을 깨물었다가 한숨을 쉬었다가를 반복한다. 체념을 한 것인지 시인을 하는 건지 더 이상 버둥거리지도 않는다.

"설마 기억나지 않는다고 하진 못할 거야. 합의가 되고 이름을 바꾸면서 넌 완벽히 그때 일을 사람들의 머릿속에서 지워버렸다고 생각했는지 모르지만, 난 아니야. 네가 아니라고 부인할 생각도 하지마. 여기 오기 전에 이미 너에 대해 많은 걸 알고 왔으니까. 너뿐 아니라 다른 놈들도 알아. 하지만 난 늘 네가 궁금했어. 그 이유는 너도 잘 알겠지. 내가 궁금한 건…… 그날 밤 네가 한 말은 무엇이었을까? 하는 거야."

남자가 다시 입술을 깨문다. 윤영이 다시 다그쳐 묻는다.

"응? 넌 뭐라고 지껄였어?"

윤영의 외침에 남자가 몸을 부르르 떤다. 바로 그때 남자의 머리 맡에 있던 유리컵 하나가 탁자에서 떨어져 산산조각이 난다. 소리에 놀란 남자가 흥분해서 소리친다.

"아무 말도! 아무 말도 안 했어. 그리고 난 아니야. 이런 미친 여자 같으니라고. 어디서 그런 말도 안 되는 이야기를 듣고 와서 협박이야? 경찰 부르기 전에 당장 이거 풀지 못해?"

죽을힘을 다해 유지하고 있던 윤영의 평정심이 흔들린 건 그 순간부터다. 윤영은 남자의 몸을 타고 앉아 남자의 목을 조르기 시작한다. 남자의 차갑고 물컹한 목에 손바닥이 닿자마자 온몸에 소름이 돋는다. 순간 벗어나고 싶다는 생각이 섬광처럼 윤영의 심장을 뚫고 지나간다. 하지만 여기서 물러설 수는 없어. 절대로. 윤영은 숨을 참고 생각을 집중한다.

"널 죽여버릴 수도 있어. 여기서 이렇게. 하지만 난 대답을 듣고 싶어. 최소한 사과는 해야 할 것 아니야. 용서를 빌 용기가 없다면 그 정도라도 해야 할 것 아니야? 어떻게 한 인간이 이렇게 오래도록 짐승으로 살 수 있는지 나는 정말 경이로울 지경이거든. 내게 한 짓으로도 모자라 여동생까지. 그러고도 네가 사람이니? 응? 사람이야? 나는 물론, 한 여자가 침대에서 약을 먹을 정도로 괴로워했어. 그런데도 너는 아무렇지 않은 얼굴로, 정말이지 태연하기만 한 얼굴로 여자와 술을 마시고 어떻게 하면 그 여자를 손에 넣을 수 있을까 궁리하느라 정신이 없었지. 어젯밤 우리가 다정하게 나눠

마신 여러 잔의 와인이 그걸 증명해. 무슨 생각을 했을까? 하룻밤? 아니 이틀 밤? 말을 듣지 않으면 그때처럼 주먹을 쓸 생각이었어? 그런데 어쩌나. 유감스럽게도 지금은 그때와 상황이 아주 다른걸. 그런데 뭐, 경찰을 부르겠다고? 어디 부를 수 있으면 불러봐."

"이, 이봐. 자, 잠깐만. 여동생이라니. 그건 또 무슨 소리야?"

끝까지 남자는 발악을 할 모양이다. 윤영은 바닥에 흩어진 유리 조각 하나를 손안에 움켜쥔다. 유리의 뾰족한 끝이 남자의 목을 겨누도록 쥐고 남자가 헷갈려서 기억하지 못하는 일이 없도록 똑똑히 그녀의 이름을 말해준다.

"심희진. 비록 한때였지만 네 동생이었던 여자잖아!"

순간 일그러진 표정으로 윤영을 응시하고 있던 남자의 동공이 더 크게 벌어진다.

"다, 당신이 죽은 그 앨 어떻게⋯⋯."

역시나 남자는 알고 있다. 그런데도 이렇게 태연한 것이다. 윤영은 여자의 장례식장에서 스치듯이 목격한 이상한 장면을 떠올린다. 빈소에 들어가지 못하고 입구에서 내쫓기던 체구가 큰 남자. 남자를 내쫓고 바닥에 주저앉아 가슴을 쥐어뜯으며 울던 여자는 심희진 씨의 어머니였을 것이다. 그걸 추측하는 건 어렵지 않은 일이다. 그날의 소란 또한 모두 예상 가능한 일이었다. 그런데도 왜? 남자는 그곳에 간 것일까. 무엇을 보기 위해? 생각만으로 불쾌한 기분이 들었지만 남자는 혹 오래전 자신의 악행이 불러온 비극을 내심 즐기고 있었던 건 아닐까. 꽈배기처럼 꼬인 의심이 꼬리를 물었지만 자신이 고통에 빠트린 한 여자의 죽음을 보러 가는 남자의 마음 따위 더 이상 상상하고 싶지 않다. 거기에 어떤 진심이 담겨 있었을 리 없을 테니까.

"그건 몰라도 돼. 중요한 건 네가 나한테 한 짓을 똑같이 그녀에게 되풀이했다는 것이지. 그것이 평생 나와 그녀의 삶을 왜곡해버렸다는 것이고. 찰거머리처럼 너는 우리의 기억에 붙어 기생해온 악몽이야. 죽지 않은 한 떼어낼 수도 떼어내지지도 않아. 그때마다 나는 매번 살점이 떨어져나가는 고통을 느껴. 내가 왜 너 같은 인간 때문에 그런 고통을 견디며 살아야 하지? 대답해봐. 이 모든 게 네가 벌인 짓들이었잖아!"

윤영은 남자의 목을 누른 한 손에 더 힘을 싣고 소리친다. 그러자 남자 또한 숨이 막힌다는 듯 생기침을 내뱉으며 소리친다.

"그래. 알아. 하지만 다 지난 일이야. 다 어렸을 때 일이라고! 희진이 그 애 또한 결혼한 뒤로 한 번도 본 적이 없어. 맹세해. 그러니 제발 이성을 찾아. 둘이서 무슨 얘길 지껄였는지 모르지만 내가 그냥 아무 생각도 없이 그런 것도 아니야. 그래 씨발, 내가 그렇게 아무 생각도 없이 장난삼아 그랬던 게 아니라고! 생각해봐. 다 좋아하는 마음이 있었으니까 그랬던 거 아니겠어? 그런 맘이 없었다면 내가 그랬겠냐고. 당신도……."

순간, 윤영은 주먹을 들어 올려 남자의 얼굴을 후려친다. 유리조각을 쥐고 있던 손바닥에서 날카로운 통증이 느껴진다. 좋아해서 그랬다고? 이런 세상에. 변명치고는 너무 낭만적인 핑계 아닌가. 이 뻔뻔한 입을 어떻게 다물게 하지. 치밀어 오른 분노가 윤영의 얼굴을 뜨겁게 달궈놓는다. 윤영은 들고 있던 유리조각으로 남자의 목을 찌른다. 자기도 모르게, 마치 그것 말고는 다른 무엇을 해야 할지 아무것도 모르겠다는 듯이.

"이, 이봐, 무슨 짓이야?"

흔들리던 남자의 눈 속엔 어느새 공포가 가득 차 있다. 상처는 깊지 않았지만 둔탁한 유리조각에 찔린 남자의 목에선 붉은 피가 흘러내린다. 손이 덜덜 떨려오는 것을 느끼며 윤영은 그것을 멍하니 바라본다. 오래전 어느 날, 먹잇감이 되어 남자의 몸에 짓눌려 있던 소녀의 몸에서도 흘러나왔을 진한 그 핏빛의 흔적을 바라보며 윤영은 다시 한번 다짐을 받듯이 경고를 한다.

"말했잖아. 널 죽여버릴 수도 있다고."

이제야 이 모든 상황이 장난이 아니라는 것을 깨달은 것일까. 남자는 아까보다 더 거칠게 버둥거리고 고개를 흔들면서 목숨을 구걸하는 개처럼 애원한다.

"알아. 알았어. 잠깐만 내 말 좀 들어봐. 말할게. 그러니 이거 치워. 제발 부탁이야."

"아니. 그전에 사과부터 해."

남자는 그러나 여전히 머뭇거린다. 아무래도 좀더 길고 날카로운 유리조각이 필요했던 모양이다. 윤영은 손안의 유리조각을 바꿔 들고 마지막 경고를 한다.

"왜, 사과하기 싫어? 그럼 인정이라도 해. 네가 맞잖아? 그날 밤, 장난삼아 길 가던 여고생을 겁탈하기로 한 녀석이?"

입술을 꼭 깨문 남자가 천천히, 그러나 점점 세게 고개를 끄덕인다. 바보가 아닌 이상 이제 어쩔 수 없다는 걸 남자도 알게 된 것이다. 말하지 않으면 죽을 수도 있다는 걸 깨닫게 된 것이다. 그러나 아직 몇 가지 질문이 더 남아 있었다. 윤영은 성질 더러운 취조실의 검사처럼 남자를 짓누르며 계속해서 다그친다. 그래서? 일이 다 끝난 뒤에 너희들끼리 무슨 얘길 나눴어? 내가 도망치듯 그 도시를 떠난 뒤에 기분은? 후련했어? 응? 후련했었냐고, 이 개자식아!

남자는 꽤 오랜 시간 꼬박꼬박 윤영의 질문에 대답한다. 마지못해 훌쩍이는 시늉을 하기도 하고 진심으로 뭔가를 뉘우치는 표정을 연기하기도 했지만, 그러면서도 끝까지 할 말이 남았다는 듯 마지막엔 이렇게 지껄인다.

"그래, 맞아. 하지만 말했듯이 장난이었어. 다 그냥 장난이었을 뿐이라고!"

훗. 자기도 모르게 윤영은 웃음을 내뱉는다. 그러고는 마지막으로 한 번 더, 유리조각을 쥐고 있던 두 손으로 남자의 목을 짓누르며 말한다.

"너희들의 장난이 내 삶을 어떻게 무너뜨렸는지 넌 죽었다 깨어나도 상상할 수 없을 거야. 그러니 앞으로도 계속 그따위 변명을 하고 싶거든 오늘을 기억해. 이건 절대 장난이 아니니까."

다시 붉은 피 한 줄기가 바닥으로 흘러내린다. 윽으으으으…… 남자는 기절할 듯이 신음을 내뱉으며 몸을 웅크린다. 윤영의 손에서 툭 유리조각이 떨어진다. 어느새 온몸의 기운이 다 빠져나가 버린 듯 허탈한 감정이 몰려든다. 이걸로 된 걸까. 이걸로 남자의 과거와 현재를 동시에 증명할 수 있을까. 문득 구토가 치밀 것 같아 윤영은 서둘러 남자의 몸 위에서 내려온다.

"이봐, 제발……."

널브러진 채로 애원하는 남자의 목소리엔 아직 가시지 않은 공포가 가득하다. 윤영은 그 목소리를 차가운 표정으로 외면한다. 설마 이 정도로 죽지는 않을 것이다. 윤영은 남자를 좀더 그대로 두기로 한다. 일생일대의 불운을 뜻밖의 장소에서 만난 남자에게도 생각할 시간이 필요할 테니까. 아마도 남자는 체크아웃을 위해 마스터키를 들고 온 호텔 직원의 비명을 들으며 자신이 조금 전 어떤 꼴을 당했는지 똑똑히 확인하게 될 것이다.

윤영은 지금까지 남자와 대화가 저장된 녹음기를 챙겨들고 유유히 호텔을 빠져나온다.

얼마 전 병원으로 찾아왔던 경찰이 윤영을 다시 찾아온 건, 그로부터 만 하루도 지나지 않아서다.

20
진술

도대체 뭐가 어떻게 된 일인지, 참.

안 그래도 마침 전화하려던 참이었는데 이런 일이 생기다니 유감입니다. 상대편 부상이 깊지 않아 다행이긴 하지만 자칫 살인미수죄가 될 수도 있었다는 거 알고 계시죠? 전혀 예상치 못한 일이라 저희로서도 어리둥절하지만 아무튼 조사에 성실히 협조해주시기 바랍니다.

아, 그전에 심희진 씨 남편에 대한 고소가 취하되었다는 걸 알려드려야겠네요.

알고 보니 소녀의 진술이 사실이었습니다. 외할머니가 오해하신 거였어요.

그리고 보니 심희진 씨 어머니라는 분, 이전에도 여러 번 사위를 고소했다 취하했다 소란을 피운 적이 있었더군요. 사위 되시는 분은 물론 도대체 영문을 모르겠다고 합니다. 오히려 별것도 아닌 집 안일에 사사건건 끼어들어 자신을 무슨 천하에 나쁜 짐승으로 모는 데 아주 질릴 지경이었답니다. 급기야 마지막까지도 자신을 딸을 범한 금수만도 못한 인간으로 내몰았으니 장모에 대한 원한을 어디 가서 푸느냐며 오히려 우리한테 하소연하더군요. 보아하니 그 남편분은 그동안 심희진 씨 어머니 외에 다른 식구들은, 그러니까 어제 당신에게 해를 입고 병원으로 옮겨진 오빠가 있었다는 것도 모르고 살아온 것 같더군요. 아무튼 복잡하네요. 하지만 저희야 뭐, 최선을 다해 사건을 조사할 따름이죠.

자, 이제 당신 차례입니다. 진윤영 씨. 왜 그런 행동을 했는지 진술해주시겠습니까?

어제 당신이 부상을 입힌 심종태 씨와 같은 지역 고등학교를 다닌 적이 있던데, 맞습니까?

취조실. 복도의 환한 불빛이 원목블라인드 틈으로 쏟아진다. 얼굴은 창백했지만 어제보다 한층 진정된 표정의 윤영이 고개를 끄덕이며 책상 앞에 놓인 물을 한 모금 마신다.

네. 형사님 말씀이 맞습니다.

그리고 이미 아시겠지만 심희진 씨 또한 그놈과 무관하지 않은 사람이구요. 형사님들도 놀라셨겠지만 저 또한 아직, 그녀가 한때 놈과 같은 집에서 생활했다는 사실이 놀랍고 당황스러울 뿐입니다. 어쩌면 이런 우연이 있을까. 누군가 억지로 나와 그녀를 그놈과 연관시켜 이야기를 지어낸 건 아닐까. 그러니 혹 이 모든 추측은 황당한 상상에 불과한 것 아닐까. 저도 내내 그런 생각들을 했습니다. 나중에 소녀를 만나고 그녀가 남긴 일기가 있다는 말을 듣고 나서야 심희진 씨가 저를 그냥 찾아온 게 아니라는 것을 알게 되었습니다. 형사님들이야 불법이라고 정색하시겠지만 돈만 주면 어디서 누가 뭘 하며 살아왔는지 알아내는 것은 식은 죽 먹기니까요. 네, 분명히 그랬습니다. 그래서 일부러 저를 찾아왔던 것이죠. 좀더 일찍 그걸 알았다면 그렇게 차갑게 굴지 않았을지도 모르는데, 지금은 그저 후회스러울 뿐입니다.

어쨌든, 처음 우리 병원에 왔을 때 그녀는 몹시 지쳐 보였어요.

그저 호기심 때문에 온 대부분의 환자들과는 많이 달랐습니다. 뭐랄까요. 너무 진지했고 또 너무 불안해 보였습니다. 수년 동안 하루에도 몇 번씩 수술 상담을 해야 하는 저로서는 가장 까다롭고 불편한 환자를 만났다 생각했죠. 직업상, 당연히 그런 환자는 피하고 보자 하는 생각이 먼저 든답니다. 어차피 그녀가 아니어도 병원은 매일 성형 상담을 하기 위해 찾아오는 환자들로 북적이는 곳이니까요.

그런데 말입니다. 어느 순간부터였는지 모르겠습니다. 살갗만 조금 긁혀도 발악하는 아이처럼 엄살을 부려대는 그녀의 말을 들어주고 싶어졌던 것 같습니다. 그런데도 겉으로는 여전히 귀찮은 척 그녀를 냉대했으니 지금에서야 몹시 후회가 되는군요. 언젠가 한번은 백화점에서 마주친 적이 있었는데 그때도 저는 그녀를 모른 척 했습니다. 그녀가 너무 힘들어 보여서. 그녀가 지고 있는 마음의 짐이 너무 무거워 보여 피하고만 싶었던 것 같습니다. 도망치면서, 스스로를 합리화하기 위해 계속 이렇게 물었습니다.

뭐가 그렇게 힘들어? 왜? 그렇게 아픈 척하지 마.

아픔이라는 게 오직 느끼는 자의 것이지 듣는 자의 것이 아니라는 걸 잊고 있었던 거죠.

솔직히 직업상 심희진 씨처럼 말 못 할 사연을 가진 여자분들을 많이 만나는 편입니다. 병원 안에서 그녀들의 관심은 오로지 사랑이죠. 병원 밖에서 그녀들이 누구인지 모르지만 최소한 병원 안에서는 그렇답니다. 껍데기를 벗고 알몸으로 누우면 누구나 사랑하고 사랑받고 싶은 개인에 불과할 따름이니까요. 이제 와 생각해보면 저 또한 마찬가지인 사람입니다.

그러고 보면, 심희진 씨는 그중 제 말을 가장 믿지 않고 신뢰하지 않았던 불량 환자였음이 틀림없습니다. 아마도 제가 늘 거짓말을 하고 있다는 것을 알고 있어서였겠지만, 본래도 의심이 많고 걱정이 많은 타입이긴 했습니다. 그런 여자를, 과거의 상처가 어떻게 무너뜨려왔는지 생각해보는 일은 형사님들의 상상에 맡겨야 할 문제인 것 같군요.

네, 저요? 그건 그렇다 치고 왜 놈을 찾아갔느냐고요?

역시나 제게 어떤 의도가 있었는지 궁금해하시는 눈치시군요. 좋아요. 돌려 말하지 않겠습니다. 그에 대한 제 대답은 '네'입니다. 전혀 우발적인 행동이 아니었다는 말씀입니다. 정말 기가 막히잖아요. 한 여자가 죽었는데 정작 놈은 아무것도 모르는 얼굴로, 아무

책임이 없다는 얼굴로 유명 인사 행세를 하며 살아가고 있는 모습이라니 말입니다. 그러면서도 아직까지 아무 반성도 하지 않은 뻔뻔한 얼굴로 짐승의 욕망을 품고 살아가는 모습이라니 말입니다.

그래서였습니다.

저는 처음부터 의도적으로 놈에게 접근했습니다. 놈에게 먹일 약물이며 손발을 묶는 도구들은 인터넷에서 너무나 쉽게 구입할 수 있었습니다. 다행히 놈은 덥석 제가 던진 미끼를 물고 침을 흘리더군요. 그 상황이 너무나 예상했던 대로여서 오히려 화가 날 지경이었습니다.

호텔 방까지 아무런 방해를 받지 않고 저는 놈을 유인할 수 있었습니다. 그리고 놈이 쓰러지길 기다렸습니다. 대화가 필요했으니까요. 이런 일에 정상적인 방법이 통하지 않으리라는 것쯤 형사님도 잘 아시겠지요.

갑작스러운 상황 앞에서 놈은 놀란 입을 다물지 못하더군요. 웬 미친 여자인가 싶었던 모양입니다. 놈은 곧 불쾌한 표정이 되었습니다. 말씀드렸듯 저는 대화를 원했지만 놈은 오히려 언성을 높이며 자기가 누구인지 아느냐고 윽박지르더군요. 오래전 자신이 저지른 일을 부정하는 것으로도 모자라 경찰을 부르겠노라 협박까지 했습니다. 깨진 유리조각을 집어들었던 건 바로 그 이유 때문이었습니다. 생각보다 유리조각이 날카롭지 않아 속으로 실망을 많이 했는데 놈이 눈치채지 못하게 하느라 얼마나 애를 먹었는지 모릅니다. 하지만 놈도, 전혀 예상치 못한 상황에서 누군가에게 해코지 당하는 기분이 어떤 것인지 알아야 하지 않겠습니까. 저는 있는 힘을 다해 놈의 목에 유리조각을 찔러 넣었습니다.

나머지 일들은 형사님들도 다 아실 테니까…… 더 이상 말씀드리지 않겠습니다.

굳이 일을 그렇게 만든 이유에 대해서도 더 이상 변명하지 않겠습니다.

후회하지 않으니까요.

다만 저는, 이 세상 어딘가에, 끝까지 놈을 지켜보는 눈동자가 있다는 걸 분명히 알려주고 싶었던 것뿐이었으니까요.

정말이지 그것뿐이었습니다.

에필로그

마지막으로 세영을 본 게 언제였더라.

윤영은 습관처럼 이른 아침에 깨어 한 시간을 이불 속에서 뒤척인다. 느지막이 일어나 마음과 몸이 가는 대로 느끼고 행동하는 단순한 일과만으로도 사람이 얼마나 평온해지는지를 체감하는 중이다.

경찰서에서의 마지막 진술이 끝난 뒤, 일 년이라는 시간이 지나는 동안 윤영이 겪은 일들 중 가장 반가운 변화였다. 윤영은 새삼 느긋한 기분으로 자신이 여기까지 오는 동안 만났던 사람들을 떠올렸고, 극도의 긴장 속에서도 무사히 견뎌온 시간들을 되돌아보았다.

윤영의 부탁으로 그동안 여러 차례 놈에 관한 기사를 써주었던 기자에게는 고맙다는 말과 미안하다는 말을 동시에 전했다. 대표가 불미스러운 일에 휘말린 SIK 주가는 하락했고 놈은 다시 연습생 성추행 건과 관련된 소송들에 휘말렸다. 호텔에서의 일 이후, 윤영을 고소한 놈의 행보가 오히려 그동안 모습을 드러내지 않았던 다른 피해자들의 분노에 기름을 부은 것이다. 그때 놈이 어떤 표정을 지었을지 굳이 상상하고 싶지 않다. 오랫동안 감춰졌던 진실들이 수면 위로 드러나는 데 긴 시간은 걸리지 않았다. 봇물처럼 놈의 악행과 관련된 증언들이 쏟아져 나오는 상황 속에서 판사는 결국 윤영의 손을 들어주었다. 정상참작에 집행유예. 윤영이 저지른 행위의 잘잘못을 떠나 행위의 의도를 증명해야 했던 재판은 길고 지루했으나, 어떤 결과든 받아들일 준비가 되어 있던 윤영에게 그것은 조금 의외이면서도 기쁜 결과였다.

어디로든 여기 아닌 곳으로 떠나보고 싶다는, 전에 없는 욕망이 윤영의 발아래서 꿈틀거렸던 건 그때부터였을 것이다. 윤영은 우선 별 필요가 없어진 자동차를 처분했다. 그리고 듬성듬성 싸두었던 트렁크에 옷가지를 좀더 넣고 달려온 이곳이 강원도 춘천 어디쯤이라는 것은 알겠는데 지도상 정확한 위치는 애매모호하다. 폭 좁은 강가에서 가깝고 수풀이 우거져 머물기에 좋은 장소라는 것만 확실할 뿐. 월세로 집을 빌리고 푹 쉬다가 주중에 한 번 느릿느릿 걸어 나가 버스를 타고 병원엘 다녀온다. 다행히 의사와는 의사소통이 잘되는 편이다. 그는 주로 윤영이 말하도록 기다려줄 뿐, 수년 전 압구정동에서 만난 의사처럼 A4 용지 같은 것을 내밀며 '애도일지' 같은 것을 쓰라고 요구하지도 않는다. 그저 윤영이 내키는 대로 내뱉는 말을 듣다가 가끔씩 질문을 한다.

그래서, 어떻게 하실 생각인데요?

그때 기분이 어땠어요?

다행인 건 그 자리에서 바로 그 질문들에 대한 대답을 하지 않아
도 된다는 사실이다. 그래서 윤영의 일주일은 느긋하고 한가롭다.
하나의 질문에 대한 답에 골몰하다 보면 어느새 다시 새로운 일주
일이 시작된다. 생각이라는 게 웬만한 노동보다 힘든 것이어서 윤
영 나름 바쁘고 꽉 찬 하루 일과를 소화한다고도 할 수 있다. 그래
서일까. 예전처럼 한밤 어둠 속에서 멀거니 눈을 뜨고 있는 일도,
번잡스러운 도시의 밤거리를 누비며 무작정 사내들을 미행하고 싶
은 충동도 없다. 언제나 슬프게 웃고 있는 엄마의 마음을 할퀴고
모진 말들을 퍼붓고 싶은 분노도 없다. 쓰레기를 비우듯 마음을 비
우고 몸을 비운다. 기억마저 비우고 상처도 비워낸다. 아쉬움 없이
모든 것들을 뱉어낸다.

가끔은 닥터 안이 찾아와 이런저런 이야기를 함께 나누기도 한
다. 물론 금방 다시 병원 돌아가야 하는 그녀로선 미처 하지 못한
이야기의 아쉬움을 전화로 대신하기도 하지만.

완벽하진 않았지만 평화로운 일상이었다. 윤영은 만족했고, 아
무것도 서두르지 않았다. 그 느긋함 때문이었을까. 매일 밤 눈을 감
으면 늘 비슷한 꿈을 꾸게 된다.

꿈속에서

윤영은 열일곱 살보다 더 어린 소녀로 돌아가 있다. 교실 뒷면에
알록달록한 색종이 작품과 그림들이 걸려 있는 것을 보면 초등학

교 교실이다. 잠 때문에 몽롱한 시선을 이리저리 움직이자 제자리에서 한시도 가만있지 않은 서른여 개의 머리통들이 보인다. 평소와 달리 꺼내어놓은 책도, 공책도 없다. 특강 시간이다. 아이들은 뭔가 특별한 이야기를 기대하듯 조금 들떠 있고 분위기는 어수선하다. 윤영의 몽롱한 시선이 교실 중앙에 긴 머리를 늘어뜨린 한 소녀에게 멈춘다. 꿈을 꾸면서도 윤영은 그 소녀가 그녀 자신임을 알아차린다.

소녀는 책상 위로 두 팔을 괸 채 칠판에 쓰인 글씨를 뚫어지게 쳐다보고 있다.

'소중한 우리 몸, 아름다운 성'

성교육 강사로 초빙된 여자는 평범한 인상이었지만 꽤 우렁찬 목소리를 가지고 있다. 뭔가를 칠판에 붙이고 있던 그녀가 마침내 뒤돌아서 "모두들 조용히!"라고 외치자마자 아이들은 일제히 입을 다문다. 제멋대로 떠들다가 혼이 날까 무서워서가 아니다. 그녀가 칠판에 붙인 그림이 너무 적나라해서 모두들 할 말을 잃은 탓이다. 강사는 그런 아이들의 반응을 살피다 말고 피식, 웃음을 터트린다. 우락부락한 체형에 동네 아줌마 같은 옷차림을 하고 있었지만, 눈빛만큼은 부드럽고 진지하다. 교실을 비워주느라 뭘 빠뜨리고 나갔던 담임 선생님이 문득 교실 문을 열고 들어왔다 황급히 문을 닫는다.

와, 고추다!

어디선가 짓궂은 남자애가 장난처럼 말하자 여자애들은 어머! 외치며 두 손으로 얼굴을 가린다. 소녀는 남자애를 흘겨본다. 남자애는 재미있다는 듯 낄낄거리며 더 능청을 부린다.

그런데, 계집애들은 뭐라 하지?

조용히 해, 입 다물어 새끼야.

누구랑 싸울 때마다 어른처럼 '씨발'이란 욕을 내뱉던, 제법 덩치 큰 또 다른 남자애가 짓궂은 남자애에게 주먹을 날린다. 어디선가 그런 말들은 함부로 하는 게 아니라는 걸 배운 아이처럼 제법 의젓한 척을 한다. 그래봐야 잰 척하는 것일 뿐이어서, 소녀는 입을 씰룩거리며 남자애들을 향해 눈을 흘긴다. 그때였다.

잠지, 또는 보지. 바보야, 그것도 몰라?

소녀 옆에 앉아 있던 소녀의 짝꿍이 대답한다. 소녀는 그때서야 턱을 괴고 있던 손을 풀고 짝꿍을 바라본다. 그게 뭐 어떠냐는 듯 태연한 표정이다. 소녀는 큭, 웃고 만다. 그렇지? 그게 뭐 어때서. 눈빛으로 서로의 마음을 교환한 뒤 강사를 바라본다. 강사는 그런 아이들의 반응 정도는 예상하고 있었다는 듯 차분하게 칠판에 걸린 그림들을 설명하기 시작한다. 소녀는 그날 처음 그녀의 귀에 들어온 생소한 낱말들을 차근차근 기억 속에 저장한다.

음경과 정소, 자궁과 수란관, 정자와 난자, 질과 소음순, 배란과 임신.

어떤 말은 쉽게 이해되었고, 어떤 과정은 쉽게 이해되지 않았다. 이를테면 수천 개의 정자가 난자를 찾아 여행을 떠나는 과정 같은 것이다. 난자를 찾아 떠나는 정자 여행이라니. 저것들은 모두 어디서 온 것이지? 하지만 소녀는 굳이 그것을 강사에게 묻지 않는다. 그저 사람의 몸이 그토록 정교한 구조로 만들어졌다는 것을 이해

한 것만으로도 신기했다. 그리고 그 구조가 우리들 모두 쉬쉬해야 할 만큼 부끄러운 게 아니라는 것을 안 것만으로도 충분히 감동적이었다. 어렸지만 소녀는 제법 이해력이 빨랐다.

소중한 우리 몸, 아름다운 성.

특강을 듣는 내내, 소녀는 그 말을 머릿속에 새겨둔다.

그 이듬해 봄, 윤영은 첫 생리를 했다.

어디선가 나타난 엄마가 피로 얼룩진 팬티를 벗어 빨고 있는 윤영에게 묻는다.

"와, 우리 딸 드디어 시작했네. 축하해. 기분은 어때? 설마, 창피한 건 아니지?"

"아니. 뭐가."

정말이지 창피할 것도, 부끄러울 일도 없었다. 그것은 모두 자연스러운 몸의 작용이라고 했던 성교육 강사의 말을 윤영은 잘 기억하고 있었다.

꿈속의 시간은 그러나, 그런 자연스럽고 평화로운 장면을 오래 보여주지 않는다. 어느덧 시간을 건너뛰어 윤영은 열일곱 살 여고생이 되어 있다.

길은 어둡고 축축하다. 거리에 있음 직한 건물도 사람들도 보이지 않는다. 자율학습 때문에 피로해진 눈꺼풀은 자꾸만 감겨오고, 윤영은 어디 벤치라도 있지 않나 주위를 두리번거린다. 하지만 이미 늦은 시간이다. 윤영은 걸음을 재촉한다. 시간이 갈수록 굵어지는 빗줄기가 만들어놓은 웅덩이로 움푹 움푹 운동화가 빠진다. 한번, 두번, 그리고 세 번째 발이 웅덩이에 빠졌을 즈음, 알 수 없는 두려움을 느낀 윤영은 달리기 시작한다. 눈을 감은 채 숨이 목이 차도록 길 끝을 향해 달려간다. 길은 여전히 어둡고 축축하다. 넓이를 알 수 없던 세상이 좁디좁은 동굴로 변하는 것만 같아 윤영은 힘껏 달리면서도 초조해진다. 겨우 다다른 집 앞에서, 그녀는 더 이상 한 발짝도 움직일 수 없을 것 같은 온몸의 극심한 통증을 느낀다.

왜 이렇게 아픈 거지? 왜 이렇게 아픈 거야? 누구에게 맞은 것도 같고 어디선가 넘어진 것도 같지만 아무런 기억도 나지 않는다. 딱히 다친 곳도 없고 멍든 곳도 없다. 이상한 일이네, 고개를 갸웃거리며 주위를 둘러보던 그녀는 금세 놀라 눈을 동그랗게 뜬다. 좁았던 골목 끝에서부터 넓어진 도로 한가운데 오랫동안 베란다 창고에 처박아둔 트렁크가 놓여 있는 게 아닌가.

윤영은 조심스럽게 트렁크를 집어 든다. 그러곤 마치 오래전부터 그럴 생각이었다는 듯 품속 어디엔가 감춰두었던 라이터를 꺼내 불을 붙인다. 조잡한 무늬를 뒤집어쓴 채 낡고 닳은 트렁크는 순식간에 활활 타오르다가 한 줌 초라한 재로 남는다. 윤영은 매번 그 순간이 너무 짧다고 생각한다. 허탈한 웃음을 지으며 손을 탈탈 털고 일어설 때면 어김없이 그 여자, 심희진 씨의 엄살기 많은 얼굴이 달처럼, 어두운 밤하늘에 붕 떠올랐다 사라졌다.

매일 같은 꿈, 같은 꿈속의 화형식이 지날 때마다 윤영의 몸무게가 조금씩 늘어났다.

꿈을 깨면 항상 세영이 생각났다.

긴 망설임 끝에 전화를 걸었더니, 세영은 바로 어제 헤어졌다 만 난 사람처럼 반갑게 전화를 받는다.

"잘 지내니?"

"네. 좀 있으면 학교 축제예요. 우리 연극 동아리에서도 작품을 올리기로 했거든요. 준비하느라 정신없죠."

"응, 그렇구나. 바쁘겠네. 나도 잘 지내. 가끔씩 네 빈 의자 바라보면서."

"어머, 그러세요?" 하며 까르르 웃는 세영의 목소리 뒤로 쿵 쾅 쾅, 뭔가를 부수고 짓는 소리들이 들려온다. 나무토막 자르는 소리, 못 박는 소리. 작업하는 인부들이 학생들과 농담하는 소리. 잡담하며 작품 무대를 꾸미는 소리. 그 소리들을 배경으로 희미하게 들려오는 세영의 목소리에도 활기가 가득하다. 윤영은 미안한 듯 서둘러 전화를 끊는다.

"나중에 다시 전화할게요!"

세영이 소리친다. 이번에는 아쉬움이 가득 담긴 목소리다. 목소리에 감정을 실어내는 솜씨도 여간내기가 아니다. 직접 해내는 연기를 볼 수 있다면 더 좋으련만. 초대를 받을 수나 있을까. 궁리를 하며 머리를 쓸어 올리려는 순간, 오랫동안 옷 속에 갇혀 숨죽이고 있던 가슴의 나비들이 한눈에 들어온다.

윤영은 그제야 생각났다는 듯 욕실로 들어가 옷을 벗고 자신의 몸 안에서 오랫동안 함께 숨을 쉬어온 나비들을 들여다본다. 날카로운 바늘이 스친 자리에서 날개를 퍼덕이며 두터운 피부를 뚫고 나오려 애를 쓰는 그것들의 애처로운 몸짓을 바라본다. 답답하지.

이제 여기서 나가. 응? 어디로? 열일곱 윤영이 묻자 이제 막 한 살을 뛰어넘어 열여덟이 된 윤영이 대답한다. 여기가 아닌 다른 곳. 지금은 너도 알지 못하는 곳……

오전에 전화를 받은 문신 포유의 최는 이 시간에 웬일이냐고 반문하면서도 오랜만의 단골을 반갑게 맞아준다. 윤영은 그에게 덤덤한 목소리로 몸의 문신들을 지울 수 있는 방법이 있느냐고 묻는다.

"아주 지운다고? 글쎄, 아주 불가능한 건 아니지만 그건 좀 시간이 걸릴 텐데."

괜찮아요. 윤영은 그것이 자기 안에서 나오는 목소리라고 믿을 수가 없다. 괜찮아요. 한낮을 향해 달려가는 시간의 한가운데 서서 윤영은 계속 그 말을 반복하고 있었다.

〈끝〉

1. 작품 후반부 주요 장면으로 등장하는 주인공과 소녀의 '빈 의자 놀이'는 게슈탈트 심리치료기법으로 잘 알려진 '빈 의자 기법'에서 착안하였다.
2. 유방 성형 후 자살 충동에 관한 내용은 코메디닷컴 뉴스를 발췌, 인용한 것이다.
3. 이 책의 주요 소재로 활용된 '여성성형'에 관한 일반적인 내용은 여러 병원의 홍보 자료를 토대로 재구성한 것으로 실제 상황과 다를 수 있다.
4. 인터넷 메디컬 위드는 가상의 매체이며, 기사 내용은 포털사이트에 올라온 일부 전문가들의 의견을 참고하였다.

장편소설로는 처음이다. 나름대로 꽤 긴 시간이 걸렸다. 당연히 기쁘고 벅찬 일인데 한편으론 두렵기도 하다. '성폭력'이라는 가볍지 않은 주제를 다루면서 부주의하게 놓친 부분은 없었는지 걱정이 앞서서일 것이다. 어떤 의미로든 처음이라는 것은 첫인상과 관련된 것일 테니까. 하지만 이제 내 손을 떠난 이 책이 저 혼자 힘으로 누군가의 마음에 가 닿을 수 있기를 바라는 것 외에 내가 할 수 있는 일이 없는 것 같다.

여성에 대해 말하는 일은 언제나 어렵다.

내가 여성이고, 나의 여성적 체험 안에 그 답이 어느 정도 들어 있을 텐데도 그렇다.

현재와 과거를 통틀어, 여성과 관련된 수많은 비참한 사회현상을 목격하고 분노하면서, 왜 끝없이 그런 일들이 반복되고 있는지 이해하기 위해 노력하면서도, 정작 내 안에는 아직도 (어디선가 주입된) 여성성에 대한 많은 터부와 억압이 존재하고 있기 때문은 아닐까.

말하는 게 꺼려지고 말을 해도 조심스럽다. 어느 정도는 부끄럽고 수치스럽다. 공격을 당할까 봐 불안하고 그러느니 차라리 입을 다물고만 싶어진다. 그렇잖아도 너무나 피곤한 세상이잖아, 하고 스스로 최면을 걸며 얼마간은 아무것에도 관심을 두지 않을 때의 고요한 평온을 느끼기도 한다.

그러나 경험상 그런 시간은 오래가지 않는다. 나는 곧 다시 책상에 앉아 생각한다.

여성이면서 여성에 대해 말하기를 주저해온 나의 이런 이중적인 태도(혹은 침묵)는 어디서 왔을까.

2년 전 퇴고를 마치고 묻어둔 이 소설에 자꾸 눈길이 머물렀던 건, 바로 그런 의문들이 그 어느 때보다 나의 마음을 가득 채우고 있어서였을 것이다. 운 좋게 책을 출간하기로 결정한 날부터 지금까지 나는 다시 이 이야기가 어떻게 마무리되어야 할지 새롭게 고민하기 시작했다. 중간중간 필요한 책들을 찾아 읽으며(결국은 다른 사람보다 내 자신을 이해하는 것이 급선무였다), 앞서 발언하며 튼튼한 연대의 네트워크를 구축해 나가고 있는 많은 여성들의 의견에 귀를 기울이기도 하면서, 속을 알 수 없어 애를 태우는 애인을 만나듯, 매일 밤 내 소설 속의 그녀를 불러내어 말을 걸고 질문을 던져보았다. 다행스럽게도 그녀는 아주 느리고도 조심스럽게, 오랜 시간에 걸쳐 자신의 이야기를 내게 들려주었다(부디 그 말들을 제대로 받아 적었기를).

누군가를 사랑해보지 않고 어른이 되는 사람은 없다.
거기에는 늘 우리가 말하기 꺼려하고 그래서 아무도 모르게 침묵의 상자 안에 넣고 봉인해버리는 지극히 개인적인 성性의 문제가 있다. 그 안에서 우리는 모두 (때로는 자신의 의지와 상관없이) 행복하거나 불행해진다. 만약 지금 우리가 불행하다면 어떻게 해야 할까?

지금까지 내가 이해하고 있는 대답 하나는, 그것에 대해 어떤 방식으로든 말할 수 있어야 한다는 것이다. 변화를 거부하는 욕망을 대변하는 것이 침묵이고 어떻게든 변화하고 싶다는 욕망을 대변하는 것이 말이라면, 더 불행해지지 않기 위해서라도 우리는 말해야 한다. 그저 개인적인 것으로 치부되고 잊어버려도 되는 체험 따윈 이 세상에 아무것도 없다. 한 개인의 체험은 우리 모두의 체험이기도 하다. 내가 곧 타인이고 타인이 곧 나다. 이런 생각들이 우리를 연결해줄 것이다. 이 땅에서 '여성으로 인간답게' 살아간다는 건 어찌 되었든 무엇인가를 전복하는 일이기 때문이다. 전통과 인습의 굴레에 묶인 여성에 대한 오래된 생각, 편견과 몰이해, 여성다움에 대한 강압적 사고와 비아냥, 심지어는 조롱까지도. 섣부른 판단일지 모르겠으나 아직까지 내가 믿는 진실은 그게 전부이다.

이 책 속의 주인공이 한 말 중에 오래도록 내 마음에 남아 있는 게 하나 있다.

"자신의 가장 소중한 것을 잃어버린 사람이 자기 자신을 지키는 방법이 뭔지 아세요? 그것을 소중하지 않다고 생각하는 거예요."

솔직히 나는 이 말을 쓰면서 마음이 많이 아팠는데, '자신의 가장 소중한 것'이란 말 대신 그 자리에 다른 어떤 말을 집어넣어도(예컨대

311

우리가 평생 추구하는 사랑이라든지 행복 같은) 어느 정도는 의미가 통하고, 그것이 어쩌면 우리의 현실 아닌가 하는 서글픈 생각이 들어서였던 것 같다. 그래서 나는 아직도 생각한다. 도대체 자신의 가장 소중한 것을 소중하지 않다고 생각해야 살아지는 삶이란 어떤 것일까?

이 책을 읽은 독자들과 함께 오래도록 고민해보고 싶다.

물론 세상에는 작가보다 훨씬 사려 깊고 눈 밝은 독자들이 있어, 이 책에 내가 애써 적은 것들보다 훌륭한 통찰을 지닌 사람들이 이미 많다는 걸 알고 있지만 말이다.

끝으로, 원고를 읽고 흔쾌히 출판을 허락해준 새움출판사와 책이 나오기까지 여러 귀한 의견을 보태준 김화영 편집자에게 감사드린다. 서랍 속에 잠자고 있던 이 원고에 생명을 불어넣어준 건 순전히 그분들 덕분이다. 더 열심히 좋은 작품을 써야겠다는 다짐을 해본다.

2018년 2월
최형아